HANS ERNST

DER RUF DER ABENDGLOCKEN

HANS ERNST

Der Ruf der Abendglocken

(Wenn die Masken fallen)

Roman

TITANIA-VERLAG STUTTGART

ISBN 3 7996 9184 7
Verlags-Nr. 9184

Printed in Germany
Gesamtherstellung:
Wilh. Röck, Weinsberg (Württ.)
Buchdruckerei — Großbuchbinderei

1.

Über dem Bodensee hing der Himmel wie eine Glocke aus Glas. Ganz langsam, nur von den kleinen Wellen getrieben, schaukelte ein Boot über das Wasser. Hin und wieder tauchte Irene Haydenegger die Ruder ins Wasser, um die Richtung einzuhalten. Ihr schmales Gesicht war der aufsteigenden Sonne zugewandt. Es war noch sehr still um diese Stunde auf dem Wasser. Von Konstanz her zog der fahrplanmäßige Dampfer der Nordküste zu. Wie ein großer weißer Schwan glitt er feierlich dahin.

Die Weinberge am Ufer leuchteten im Glanz der Morgensonne. Eine Glocke läutete mit dunklem Ton, und ein paar Fischerboote zogen lautlos gegen die Insel Mainau hin. Sie holten die Netze ein, die am Abend gelegt worden waren. Ein Fenster nach dem anderen öffnete sich jetzt an der weißen Front des Strandhotels.

Irene Haydenegger sah auf die Uhr. Schon bald halb acht! Mein Gott, wo war denn nur die Zeit geblieben? Die letzten Sterne waren gerade verblaßt, als sie hinausgefahren war. Das Alleinsein auf dem großen Wasser hatte sie wie eine Gnade empfunden. Jetzt aber wurde es lebendig ringsum. Ein paar schnittige Boote rauschten mit straffgespannten Segeln an ihr vorbei. Da griff Irene in die Ruder und trieb das Boot zum Ufer.

Hermine saß bereits wartend in der Hotelhalle, in Zeitungen und Zeitschriften vertieft. Bei Irenes Eintreten sah sie flüchtig auf. „'n Morgen, Irene. Das Frühstück im Garten?"

„Ja, bitte, bestell es einstweilen, ich komme sofort."

Hermine raffte ein paar Zeitungen an sich, gab einem der Mädchen die Bestellung auf und suchte sich im Garten einen Tisch mit Sonnenschirm. Als Irene und sie beim Frühstück saßen, schob sie der Schwester die Neuesten Nachrichten zu. „Lies einmal, Irene! Ganz oben, unter Kulturnachrichten!"

Obwohl Irene an Hermines Gesicht sofort erriet, daß es sich um sie handeln müsse, zeigte sie keine Hast und Aufregung, sondern griff erst nach herzhaftem Abbeißen nach der Zeitung.

„Der Leitung des Luisentheaters ist es gelungen, für die kommende Spielzeit zwei junge Nachwuchskräfte, den Schauspieler Ludwig Kappler und die vielversprechende Irene Haydenegger zu gewinnen. Der Intendant Werner von Halwig hat sich von jeher um nachdrängende junge Talente verdient gemacht, doch glauben wir, daß mit der Verpflichtung dieser beiden Schauspieler zwei Kräfte gewonnen wurden, von denen zweifellos Großes zu erwarten ist."

Nach einer Weile sagte Irene:

„Na ja, wollen mal abwarten."

„Kennst du diesen Kappler, Irene?"

„Woher sollte ich ihn kennen? Ich erinnere mich aber, kürzlich eine gute Kritik über ihn gelesen zu haben. Wenn ich mich nicht täusche, war er vor ein paar Jahren am Stadttheater Konstanz."

Hermine lehnte sich zurück und nahm aus einer

kleinen Dose eine Zigarette. Da sagte Irene, ohne von der Zeitung aufzublicken: „Laß das, Hermine! Ich finde es nicht schön in der Öffentlichkeit."

Zu anderer Zeit hätte Hermine wohl geantwortet: Mein liebes Kind, das mußt du schon mir überlassen, ob sich etwas schickt oder nicht. Heute sagte sie nichts, legte nur die Zigarette neben ihre Tasse und verschränkte die Hände um das hochgezogene Knie. „Ich weiß nicht, ich bin so aufgeregt, und da hilft am besten immer eine Zigarette drüber weg."

Irene legte die Zeitungen fort und strich sich ein drittes Brötchen. „Warum denn aufgeregt?"

„Aber Irene, ich bitte dich! Bist du dir denn nicht klar darüber, daß unser Leben nun in eine ganz neue Phase eintritt? Du bist an ein großes Stadttheater engagiert und —"

„Jawohl, das Luisentheater hat einen guten Klang. Aber es ist noch nicht das, was ich will. Ein Sprungbrett nach oben kann es sein, oder — eine Falltür nach unten."

„Irene, wie kannst du so sprechen, bei deinem Talent!"

„Talent allein sagt gar nichts, liebe Hermine", antwortete Irene und schaute über den See hin, in dem sich nun alles Licht des Tages spiegelte. „Ich weiß, du erwartest von mir, daß ich in Jubel ausbreche. Natürlich freue ich mich auch, denn es ist ja wieder ein Schritt vorwärts. Ich sehe aber auch die größere Verpflichtung. Die Aufgaben werden schwieriger, ich werde andere Rollen spielen als bisher; ich werde andere Gesichter tragen müssen."

„Es wird aber letzten Endes immer dein Gesicht sein."

„Natürlich, darauf kommt es ja an. Ich will auch keine fremden Gesichter tragen. Aber es muß alles erst durch mich hindurch. Nicht die Schminke macht ein Gesicht reif für die Rolle, sondern der Widerschein dessen, was ich in meiner Seele erfühle."

„Halt ein, mein Kind, das geht mir zu hoch", lachte Hermine. „Sei es aber, wie es will — ich bin überzeugt, daß du deinen Weg machen wirst, so oder so. Was mich dabei besonders reizt, ist der Umstand, daß sich eine neue Welt auftut, andere Menschen, andere Gesichter, andere —"

„Abenteuer", fiel ihr Irene lachend ins Wort. „Ja, ja, Hermine, wir wollen einmal ganz ehrlich sein. Ich weiß doch, was in dir vorgeht."

„Jawohl, du hast recht, ich leugne es gar nicht. Ich will mich wieder einmal so richtig verlieben. Weißt du, so ganz rasend, so —"

„So himmelhochjauchzend. Ach, Schwesterlein, ich kenne dich ja!"

„Jedenfalls, so ein Verlieben gibt dem ganzen Leben einen neuen Impuls. Bist du anderer Meinung?"

Irene schaute die Schwester offen an, ihre Brauen bewegten sich dabei ein wenig wie in angestrengtem Nachdenken. „Mich wundert, Hermine, daß meine Meinung in dieser Hinsicht auf einmal maßgebend sein könnte. Immerhin, ich sehe das so an: bei jedem Verlieben verlierst du doch unbewußt ein kleines Stück deines Seins. O doch, bitte, es ist so, denn du leidest ja immer ein wenig hinterher. Und so meine ich, wenn wirklich einmal die große Liebe kommt, hast du dich schon in dir aufgespalten, daß du nicht mehr Kraft genug haben wirst, das Große und Einmalige zu halten und zu tragen."

Hermine zündete sich nun doch die Zigarette an. Das Gespräch fesselte sie ungemein. Es war prickelnd für sie, mit der so ganz anders gearteten Schwester das Thema Liebe zu erörtern. „Das hast du wunderbar gesagt, Irene. Ich glaube, manchmal wäre es doch schöner, in dieser sensiblen Haut zu stecken wie du."

„Täusche dich nicht, Hermine. Sensible Naturen tragen alles viel schwerer, weil sie den Dingen auf den Grund spüren."

„Du meinst also damit, daß ich quasi nur auf der Oberfläche plätschere."

„Nein, das will ich nicht behaupten, so wenig wie du behaupten solltest, daß ich sensibel sei. Das müßte erst darauf ankommen, bis jetzt habe ich noch keinen Beweis dafür."

„Sag einmal, Irene", fragte Hermine unvermittelt, während sie den Rauch genießerisch in die Wölbung des Sonnenschirmes blies, „du wartest auf die große Liebe?"

„Ja, auf die warte ich."

„Es fragt sich nur, ob man das dann auch wirklich erkennt. Wer kann behaupten, daß sie bei dir nicht schon dagewesen wäre, und du hast vor lauter Warten daran vorbeigewartet?"

„Das glaube ich kaum. Dafür hast du schon immer gesorgt."

„Ich? Wieso denn ich?"

Irene lachte der Schwester unbeschwert in die erstaunten Augen. „Ich erinnere dich bloß an Horst Färber und an Werner Imrod. Sie waren in mich verliebt, das steht zweifelsfrei fest. In dem Augenblick aber, als du das merktest, hast du ihnen solange Augen gemacht, bis sie auf dich hereinfielen. Und daß mir das in beiden Fällen — übrigens war es ja schon öfters der Fall — keinerlei Schmerz verursachte, gab mir die Gewißheit, daß es nicht das Rechte gewesen ist. Und so war ich dir innerlich immer ein wenig zu Dank verpflichtet."

„Bitte, bitte, keine Ursache. Man könnte es ja auch so auffassen: was du nicht willst, ist gut genug für mich."

„Kindskopf, du weißt ganz genau, wie es gemeint ist." Irene lächelte still vor sich hin.

2.

„Ich weiß, es ist vielleicht ein Experiment", sagte der Intendant von Halbig und zündete die erloschene Zigarre wieder an. „Aber wir müssen neuen Boden legen. Die leichte Kost des abgelaufenen Spieljahres ist dem Publikum zum großen Teil zwar recht gut bekommen. Trotzdem bin ich überzeugt, Herr Kappler, daß wir mit ‚Peer Gynt' einen guten Auftakt haben werden. Ich will wieder zu den großen Klassikern zurückkehren, um die Tradition des Luisentheaters aufrechtzuerhalten."

Ludwig Kappler nickte versonnen und hob den Blick von dem handgeschriebenen Manuskript, das von Halbig bei seinem Eintreten gelesen und dann beiseite geschoben hatte.

Das Telefon läutete, der Intendant griff nach dem Hörer und klappte dabei gedankenlos das aufgeschlagene Manuskript zu. „Die Magd" las Ludwig Kappler auf dem Umschlag.

„Ausgezeichnet!" rief der Intendant in den Apparat. „Natürlich lassen Sie die Dame sofort vor." Er wandte sich an Ludwig Kappler. „Sie kennen Fräulein Haydenegger noch nicht? Einen Moment." Er stand auf und öffnete die Tür, gerade in dem Augenblick, als Irene anklopfen wollte.

„Herzlich willkommen, Fräulein Haydenegger. Darf ich bekannt machen? Herr Kappler — Fräulein Haydenegger."

Ludwig Kappler hatte sich erhoben und reichte Irene mit einer knappen Verbeugung die Hand. Sie sah flüchtig in sein gebräuntes scharfgeschnittenes Gesicht und auf sein dunkles, leichtgewelltes Haar.

Drei Schläge übertönten mit melodischem Klang den monotonen Pendelschlag der hohen Standuhr im Arbeitsraum des Intendanten. Draußen ging ein Regenschauer nieder, große Tropfen rannen an den hohen Scheiben herab. Das alles prägte sich Irene Haydenegger in Sekundenschnelle ins Gedächtnis, und in späteren Jahren noch wußte sie es genau: Es war drei Uhr nachmittags und es regnete, als ich Ludwig Kappler zum erstenmal begegnete.

Das weitere stellte sie dann erst so nebenbei, während des Gespräches fest. Er hatte einen ganz eigentümlichen metallenen Klang in der Stimme. Es war, als klänge jedes seiner Worte in dem großen Raum noch eine Weile nach. Seine Kleidung war elegant, ohne geckenhaft zu wirken. Es schien alles harmonisch aufeinander abgestimmt zu sein, von den grauen Wildlederschuhen bis zu dem hechtgrauen Binder mit den dunkelblauen Tupfen.

Nach kurzer Zeit erhob sich Kappler, um sich zu verabschieden. Von Halwig begleitete ihn zur Tür.

„Auf Wiedersehen, mein Bester. Bis übermorgen dann, zur ersten Probe."

Mit vergnügtem Händereiben kam er an den Schreibtisch zurück. Er war recht zufrieden. Dieser Kappler schien ein phänomenaler Junge zu sein, aus dem etwas herauszuholen war. Und dazu diese Haydenegger, dieses ungezwungene, natürliche Menschenkind, das noch völlig frei zu sein schien von Starallüren. Es mußte ein frohes und glückliches Schaffen werden in der nächsten Zeit. Werner von Halwig freute sich darauf. Er zerdrückte die halbe Zigarre im Aschenbecher und nahm sich eine Zigarette, bot auch Irene an.

„Danke, ich rauche nicht."

„Ausgezeichnet, ausgezeichnet. Und sonst? Sie haben eine gute Reise gehabt? Wie gefällt Ihnen die Wohnung?"

„Dafür wollte ich Ihnen noch ganz besonders danken. Ohne Ihre gütige Vermittlung wäre ich wohl kaum zu diesem Schmuckkästchen gekommen."

„Es hat sich gerade so geschickt, daß das Häuschen da draußen frei wurde. Und da habe ich gleich an Sie gedacht. Sie wohnen doch mit Ihrer Schwester zusammen?"

„Ja, seit die Eltern tot sind."

„Ich hoffe, daß Sie sich gut einleben, und daß wir recht lange zusammenbleiben. Das Publikum? Ja, ist hier dasselbe wie überall. Sie wissen ja — entweder ‚Hosianna!' oder ‚Kreuzigt ihn!' Aber nur keine Angst, es wird schon schiefgehen."

„Ich habe keine Angst, Herr Intendant."

„Um so besser. Wie sind Sie denn mit der Solveig zurechtgekommen?"

„Ich möchte nur noch gern Ihre Meinung dazu hören."

„Schön. Also, passen Sie auf." Von Halwig kam ins Fahrwasser. Mit großen Schritten durchmaß er den Raum, deklamierte Sätze aus „Peter Gynt" und unterstrich sie mit eindringlichen Gesten, erläuterte den Charakter der Rolle bis in die kleinsten Details. Irene war sich sofort klar, daß mit diesem Mann ein wundervolles Zusammenarbeiten sein müsse.

„Ich danke Ihnen vielmals. Ja, so ähnlich dachte ich's mir auch."

„Na, also, nur keine Hemmungen! Frankenberg ist ein wunderbarer Regisseur und wird die Sache schon schaukeln. Bedenken Sie nur stets, daß eine Rolle immer das ist, was man in sie hineinlegt. Es ist ein großer Irrtum, zu glauben, daß man ohne Seele spielen kann. Manche tun es — aber es bleibt dann eben Dilettantismus, besseres Komödiantentum vielleicht, aber niemals wahrhafte Kunst, die befreit und berauscht und die uns demütig macht. Aber — was wollte ich gleich noch sagen?" Er legte den Zeigefinger auf den Rücken seiner Nase. „Richtig, ja. Kommen Sie immer zu mir, wenn Sie etwas auf dem Herzen haben. Ich habe das stets so gehalten und nicht die schlechtesten Erfahrungen dabei gemacht."

„Vielen herzlichen Dank, Herr von Halwig. Ich

freue mich nun wirklich, mit der Arbeit beginnen zu können."

Als Irene wenig später auf der Straße stand, schrak sie unwillkürlich ein wenig zusammen unter dem Brausen des großstädtischen Lebens.

Langsam überquerte sie den Theaterplatz und sah dann zurück auf den mächtigen Steinbau, dessen Vorderfront von schweren Säulen getragen war. Noch waren die großen Tore verschlossen, aber in wenigen Wochen würden sie sich auftun, und dann würde jener große, gewaltige Augenblick kommen, wo das letzte Klingelzeichen durch das stillgewordene Haus drang, die Lichter erloschen und das Spiel begann.

Mit der Tram fuhr Irene durch die Stadt und mußte dann von der Endstation aus noch etwa zehn Minuten zu Fuß laufen. Der Lärm der Großstadt blieb zurück. Eines der letzten Häuser, das mit hellen Mauern und dunklem Obergebälk inmitten eines kleinen Waldstückes lag, war nun Irenes Wohnung geworden. Der Besitzer hatte für die Ordnung und Pflege des Hauses und Grundstückes ein älteres Gärtnerehepaar darin wohnen lassen, das aber nur zwei Zimmer beanspruchte. Die übrigen Räume standen für eine angemessene Miete den Schwestern Haydenegger zur Verfügung.

Hermine, geschäftstüchtig wie sie nun einmal war, hatte kurzerhand die von den Eltern ererbten Möbel hierher transportieren lassen, und als Irene vor ein paar Tagen ankam, hatte sie sich hier vom ersten Augenblick an wie zu Hause gefühlt.

Jetzt wartete Hermine voller Spannung auf ihre Rückkehr, und kaum betrat Irene den hellen Wohnraum, rief die Schwester schon von der Glasveranda herein: „Na, komm einmal her, Irene! Wie war es?“

Irene legte ihren Mantel ab und setzte sich dann zur Schwester.

„Mir scheint, du hast dir die Veranda schon als Atelier eingerichtet?“

„Gibt es denn im ganzen Haus einen idealeren Platz?“ Hermine arbeitete gerade an einem Feldblumenstrauß. „Setz dich zu mir her, Irene, und erzähle! Ich bin ja so gespannt!“

„Auf was denn?“

„Na, auf alles halt. Hast du den Intendanten denn getroffen? Ein reizender Mensch, nicht wahr? Ihm haben wir dieses herrliche Wohnen hier zu verdanken. Man muß ihn gelegentlich mal zum Tee einladen.“

„Wer muß das?“

„Du natürlich. Es ist für dein Fortkommen sicherlich nur zum Vorteil, wenn du guten Kontakt mit ihm hältst.“

Irene mußte unwillkürlich lachen.

„Hermine, wie oft soll ich dir denn noch sagen, daß dies für mein künstlerisches Fortkommen absolut nicht von Bedeutung ist. Natürlich ist es gut, wenn man mit dem Chef des Hauses in gutem Einvernehmen zusammenarbeitet.“

„Natürlich, das meine ich ja. Ein interessanter Mensch übrigens. Findest du nicht?“

„Er kann etwas, das ist für mich maßgebend. Du hättest dabei sein sollen! Er hat eine ganz eigene Art, einem eine Rolle zu erläutern. Und ich weiß seit heute, Hermine, daß mir bisher eine so starke Hand gefehlt hat.“

„Ach, so ist das", sagte Hermine, ohne den Sinn der Worte ganz begriffen zu haben. Nebenbei tupfte sie etwas Hellrot in eine Mohnblume auf ihrem Bild und sah dann die Schwester von der Seite her an. „Na, jedenfalls freue ich mich für dich, wenn die Arbeit hier dich befriedigt. Deinen Partner, den Herrn Dingsda — wie heißt er denn gleich?"

„Ludwig Kappler meinst du?"

„Ja, den Kappler wirst du nun erst bei den Proben zu Gesicht bekommen?"

Irene stand auf und trat näher an das Aquarell heran, an das Hermine soeben die letzten Striche setzte. Zweifellos, es war sehr viel Schönes in Hermines Arbeiten. Irene drängte es auf einmal, der Schwester Anerkennendes über ihr Schaffen zu sagen. Und es war ihr vielleicht ganz unbewußt, daß sie damit nur vor einer Antwort floh, die sie eigentlich noch schuldig war.

Ganz seltsam war das, warum sie der Schwester nichts von Ludwig Kappler sagen wollte. Mit einem Mal erkannte sie, daß während der ganzen Zeit ihre Gedanken zu diesem Mann gewandert waren. Sie mußte immer an den Augenblick denken, da sich ihre Hände berührten. Er hatte eine schmale, gutgepflegte Hand. Die Adern zogen sich nur wie hauchdünne, bläuliche Striche darüber. Eine eigentümliche Unruhe war plötzlich in ihr, und ihre Gedanken wanderten dem Augenblick zu, in dem sie Ludwig Kappler wieder gegenüberstehen würde. Dann würde sie diese melodisch klingende Stimme wieder hören. Das wildschöne Werben Peer Gynts würde sie aus seinem Munde umschmeicheln:

„Wart' ich komm' heut nacht als Gespenst

Glock zwölf an dein Bette, wenn alles ruht —"

Das schmale markante Gesicht Ludwig Kapplers schob sich vor sie hin, und sie spürte, wie etwas Starkes nach ihrem Herzen griff. Da ging sie schnell ins Wohnzimmer, öffnete den Flügel und befreite unter den Klängen der Beethoven-Sonate ihre Gedanken von allem Lastenden der Stunde.

3.

Der letzte Akt des gewaltigen Dramas ging seinem Ende zu. In atemloser Stille lauschte das dichtbesetzte Haus den Worten des aus der Ferne heimgekehrten Peer Gynt.

Da trat Solveig vor die Tür. In ihrem Gesicht blühte ein wunderbarer Schein auf. In ihrem Lächeln lag Milde und Vergebung. Und als sie nun nach ihm tastete, der vor ihr auf der Türschwelle niedergesunken war, sah es aus, als ob ihre Hände ihn segnen wollten. Die langsamen, verzeihenden Worte schienen aus ihrem Herzen zu strömen.

„Du machst mich zum lieblichsten Liede meines Lebens.
Gesegnet du, daß du kamst nach Haus,
Und der Pfingstmorgen, der dich mir wiedergegeben!"

Dann klangen einzelne Harfentöne auf, als wenn goldne Tropfen in eine Schale fielen. Langsam richtete der Heimgekehrte sich auf.

„Sag, wo ich geblieben!
Wo geblieben mein Selbst, das wahre, das ganze

Mit der Prägung, die leuchtet von göttlichem Glanze?"

In seinen Augen flackerte eine müde Hoffnung. Er wußte zutiefst, daß die Welt ihm alles nahm, was einmal strahlend an ihm gewesen. Da gab ihm Solveig einfach und schlicht die Antwort:

„In meinem Glauben, Hoffen und Lieben —"

Peer klammerte sich an ihr fest, verbarg sein Gesicht in ihrem Schoß. Goldenes Morgenlicht umflutete sie nun, die Harfentöne rauschten heller auf, und Solveig senkte leise singend dem Heimgekehrten einen festen Glauben in sein müdes Herz:

„Ich will wiegen dich, ich will wachen.
Schlaf und träume, du Junge mein!"

Sekunden später brach ein ohrenbetäubender Beifall los. Eine solche Begeisterung hatte dieses Haus noch nie erlebt. Die Menschen standen ergriffen, erschüttert, wie von einer frohen Botschaft beschenkt. Was sie soeben erlebten, war mehr als Spiel. Wie ein Rausch war es über ihre Herzen gefallen. Sie klatschten wie besessen.

Der Intendant kam aufgeregt hinter die Bühne. Sein Gesicht war blaß vor Erregung. „Kinder, Kinder, was habt ihr aus ‚Peer Gynt' gemacht! Los, raus jetzt, Vorhang!"

Und immer wieder Vorhang um Vorhang. An der Hand ihres Peer verneigte sich Solveig in die brodelnde brausende Menge hinein. Erst nach langer Zeit verebbte der Beifall, und der Vorhang fiel zum letztenmal für diesen Abend.

Hermine kam in heller Aufregung in Irenes Garderobe gestürzt. In ihrem Gesicht sah man noch die Spuren geweinter Tränen.

„Irene — ich bin vollkommen weg. Du warst einfach großartig, Irene. Ach, daß dies unsere Eltern nicht erleben durften!"

„Na, na, nur nicht sentimental werden jetzt."

„Du weißt das vielleicht gar nicht so, Irene. Und dieser Kappler! Einfach göttlich! Du mußt mich unbedingt mit ihm bekannt machen."

„Ja, ja, ich weiß es. So fing es ja immer an."

„Was du gleich wieder denkst!"

In diesem Augenblick klopfte es, und Kappler trat ein. Er war schon abgeschminkt und umgezogen. An den Wimpern sah man, daß es in Hast geschehen sein mußte, denn dort glänzte noch etwas Schminke. Er ging auf Irene zu und reichte ihr die Hand. „Ich wollte dir nur noch danken."

Das hatte bisher noch keiner ihrer Partner getan, auf diese Art wenigstens nicht.

„Ich danke dir auch recht schön, Kappler. Übrigens — meine Schwester Hermine."

Hermine gab sich einen Ruck. Ihre Augen strahlten auf. Aber Kappler verneigte sich nur knapp, reichte ihr flüchtig die Hand und nahm sich dann eine einzelne weiße Rose aus einem der vielen Blumenkörbe.

„Du gestattest doch — Solveig? Als Erinnerung an unser erstes gemeinsames Auftreten."

„Aber gern! Kommst du denn nicht mit? Es soll doch noch eine kleine Feier stattfinden."

„Nein, ich — möchte allein sein."

Damit verabschiedete er sich von den Schwestern und ging. — —

Bei der von Intendant Halwig veranstalteten Feier rückte durch die Abwesenheit des Hauptdarstellers

Irene zwangsläufig in den Mittelpunkt. Aber merkwürdigerweise fand sie keinen rechten Kontakt zu allem, was um sie her und zu ihr selbst gesprochen wurde.

In ihr klangen immer wieder die Worte nach: „Nein, ich möchte allein sein.“ Warum wollte Ludwig Kappler allein sein? Was mochte Schweres in seinem Leben sein, daß er die Menschen mied? War er ein Einzelgänger, ein Sonderling? Ein Schweiger aus Hochmut vielleicht? Irene erkannte, daß sie trotz des wochenlangen Zusammenseins bei den Proben doch herzlich wenig über ihn wußte. Wie ein Schatten kam er, strahlte meteorenhaft auf, wenn das Wort des Dichters ihn berauschte, und ging wieder wie ein Schatten. Die übrigen Mitglieder des Theaters gewöhnten sich allmählich daran, fühlten, daß er keine Gemeinschaft suchte, und ließen ihn seiner Wege gehn.

Er war einfach nicht zu ergründen, dieser Ludwig Kappler. Es erschien ein äußerst elegant gekleideter junger Mann mit peinlicher Pünktlichkeit zu den Proben. In dem Augenblick, da er die Bühne betrat, war Kappler vollständig auf seine Rolle konzentriert und ließ keinen Zweifel darüber, daß er dies auch von den andern erwartete. Die Meinungen und Einwände des Regisseurs nahm er mit aufmerksamer Höflichkeit entgegen, und doch hatte man sofort das Gefühl, daß er sich seine Rolle längst bis ins kleinste zurechtgelegt hatte und systematisch nach seinem eigenen Willen spielte. Seine Partner hatten sich diesem Willen unterzuordnen. Er zwang sie mit magischer Kraft dazu, auf ihn einzugehen, führte sie, riß sie mit, hob sie mit empor in die Höhe seines großen Könnens.

*

Es war schon sehr spät, als die Schwestern nach Hause kamen. Die Räumlichkeiten gestatteten es, daß sie getrennte Schlafzimmer hatten, zwei Zimmer zu ebener Erde, zwischen denen das Bad lag.

Sie hatten sich schon gute Nacht gesagt, da erschien Hermine nochmals, den hellblauen Morgenrock lose über die Schultern geworfen.

„Du, Irene, ich werde einfach nicht fertig damit. Warum, denkst du, will dieser Kappler allein sein?"

Irene schaute die Schwester forschend an. Und plötzlich fiel es wie ein Schleier von ihren Augen. Zum ersten Mal verspürte sie in ihrem Inneren eine starke Abwehr.

„Ich will dir einmal etwas sagen, Hermine: Ludwig Kappler soll dich nicht interessieren!"

Hermine zog die Augenbrauen hoch. „Wie meinst du das?"

„Ich meine, du solltest es nicht versuchen, ihn auf deine Seite zu bringen."

„Ach so? Du — liebst ihn?"

„Das — weiß ich noch nicht. Ich fühle nur, daß ich mich diesmal wehren werde, wenn du wieder so kalt berechnend in mein Leben greifen willst."

Hermine war etwas erstaunt über die schnelle Entschlossenheit, die ihr an Irene völlig fremd war. Sie konnte es sich nicht ganz versagen, einen kleinen Trumpf auszuspielen und etwas aus der Vergessenheit herauszukramen.

„Ich erinnere mich aber noch gut an ein Gespräch, Irene, demzufolge du mir immer zu Dank verpflichtet warst, wenn ich mich einschaltete."

„Es muß aber nicht immer so sein, Hermine."

„Na schön. Ich stelle fest, du bist verliebt. Warum auch nicht? Hoffentlich bekommt es dir gut!"

„Zweifelst du daran?"

Hermine hob die Schultern und ließ sie wieder sinken.

„Eigentlich ja. Dieser Kappler ist ein eigenartiger Mensch. Ich glaube, der will erobert sein, und dazu, fürchte ich, fehlt dir die Veranlagung. Immerhin — ich wünsche dir Glück. Und nun gute Nacht!"

Irene erwiderte den Gruß nicht.

Langsam trat sie an das offene Fenster. Die Nacht hing wie ein dunkler, warmer Mantel über dem Haus. Einzelne Sterne blinzelten durch die Baumriesen, und ganz fern stöhnte der klagende Ruf eines Nachtvogels. Irene schloß die Augen, und alle Bilder dieses Abends glitten wieder an ihr vorbei.

Immer wieder trat Kappler, den sie in dieser Nacht zum ersten Male feierlich bei sich „ihren Peer" nannte, vor sie hin wie das trügerische Bild einer Fata Morgana.

Ob er wirklich nach Hause gegangen war? Ob er wirklich allein sein wollte? Oder ob jemand auf ihn gewartet hatte? Vielleicht ein Mädchen, mit dem er in diesen Nachtstunden den Erfolg des Abends feierte. Mit einer beinahe selbstquälerischen Ironie beschwor sich Irene solche Bilder herauf und verfolgte dabei genau die schmerzhaften Empfindungen, die sie dabei erlebte, bis sie abschließend zu der klaren und nüchternen Feststellung kam, daß sie zum ersten Male in ihrem Leben einen Mann wirklich liebte.

Ja, sie liebte Ludwig Kappler. Oder liebte sie nur seine Kunst? Brennend stürzte diese Frage auf sie herein und benahm ihr fast den Atem. Sie setzte sich im Bett auf und starrte in die Dunkelheit. Es schien ihr von ungeheurer Wichtigkeit zu sein, hier eine klare Abgrenzung des Persönlichen vom Künstlerischen zu erkennen. Über alle Verwandlungen hinweg müßte doch der Mensch Ludwig Kappler vor ihr bestehen und Gültigkeit haben.

Aber was wußte sie von ihm? Nicht mehr und nicht weniger als all die andern vom Theater. Der ganze Mensch war ein Rätsel. Aber er war eines jener seltenen Genies, die schon in jungen Jahren mit den Sternen wandern. Warum aber war er dann hier bei dieser immerhin noch mittelmäßigen Bühne? Warum war er nicht in Wien, in München oder Hamburg, wo die Großen der Bühne einander begegneten?

Immerhin — Ludwig Kappler war zu ihr in die Garderobe gekommen. Und es war sicherlich keine leere Geste, daß er ihr Dank sagte und als Erinnerung eine Rose haben wollte. Es konnte doch nichts anderes gewesen sein als die allerdings etwas trockene Anerkennung, daß er mit ihr als Partnerin zufrieden war. Dieses Bewußtsein strömte nun in großer Seligkeit in ihr Herz, und sie wußte mit einem Mal, daß sie mit ihrer Solveig nur über sich selber hinauswachsen konnte, weil die Liebe den Antrieb dazu gegeben hatte.

Mit dieser Erkenntnis schlief sie endlich ein. Und da war es schon um die Zeit, als es im Osten zu grauen begann.

4.

„Peer Gynt“ blieb den ganzen Monat auf dem Spielplan. Die Proben zu „Agnes Bernauer“ füllten die Tage aus, und der Intendant hatte noch große Pläne vor. Aber es war nie wieder vorgekommen, daß Ludwig Kappler zu Irene in die Garderobe gekommen wäre. Er beließ es bei dem einen Mal. Und doch fühlte Irene von Tag zu Tag mehr, wie sie sich zu diesem seltsamen Menschen hingezogen fühlte. Oft wunderte sie sich, daß niemand es merken sollte, wie sie liebte, denn es war ihr, als trüge sie das Licht ihres Innern auf offenen Händen daher. Seit dieser Zeit war sie ein anderer Mensch geworden. Sie fühlte es täglich mehr, wie gern sie lebte und welches Glück es war, mit dem geliebten Menschen zusammen schaffen zu dürfen, und sie war sich dabei der Grausamkeit des Geschickes gar nicht bewußt, was es heißen würde, lieben zu müssen, ohne geliebt zu werden.

Doch einmal, in einer wunderschönen, mondhellen Oktobernacht trat Ludwig Kappler ganz unversehens aus einem Mauerschatten heraus, als Irene das Theater durch den hinteren Eingang verließ. „Bitte, erschrick nicht! Ich habe auf dich gewartet.“

Irene brachte keinen Laut heraus. Sie hätte lachen mögen oder weinen oder beides zugleich. Ihr Herz schlug einen rasenden Wirbel vor Freude. Ganz unbewußt wehrte sie ab, als er sie fragte, ob sie in ein Lokal gehen wollten.

„Ist mir auch lieber, Irene. Sind ja doch nur wieder eine Menge Menschen dort.“

Und es war ihr dann plötzlich, als hätte sie längst

darauf gewartet, daß er ihre Hand unter seinen Arm zog und mit ihr zu wandern begann. Erst als die letzten Häuser hinter ihnen lagen, verlangsamte er den Schritt. Sie bogen in den Stadtpark ein. Die schöne Herbstnacht umschloß sie wie ein weicher Mantel. Er zog ihren Arm fester unter den seinen, und sie erschauerte unter seinen Worten, die er jetzt ganz langsam, aber mit bewußter Betonung sprach.

„Was du von mir gedacht hast die ganze Zeit her, weiß ich genau. Es unterschied sich nicht viel von dem, was die andern von mir denken. Er ist ein Sonderling, nicht wahr? Ein Schweiger aus Eitelkeit oder Hochmut. Möglich, daß ich den Menschen Veranlassung gebe, so über mich zu denken. Einerlei! Es ist mir aber nicht gleichgültig, wie du von mir denkst, Irene!"

Irene hatte den Kopf gesenkt. „Ich weiß zwar nicht, wie ausgerechnet ich dazu komme —"

„Weil du anders bist als die andern. Du darfst aber nicht glauben, daß ich immer so war. Das Leben hat mich erst so gemacht."

„Dich? Das Leben? Du bist noch so jung."

„Den einen rührt das Schicksal schon in jungen Jahren an, dem andern begegnet es erst im hohen Alter. Ich möchte oft gern so sein wie ihr, so herrlich jung und unbekümmert, möchte gern jeden neuen Tag mit Freude begrüßen, aber — ich kann es nicht. Ich habe soviel für mich allein zu tragen. Nur manchmal sehne ich mich nach einem Menschen, mit dem ich mich aussprechen kann. Nur deswegen kam ich auch vorgestern nachmittag zu dir hinaus, weil ich mich ein wenig ausruhen wollte. Aber du warst leider nicht zu Hause."

Irene horchte auf. „Was sagst du da? Vorgestern? Ja, da war ich in der Stadt. Aber wie hast du denn gewußt, wo ich wohne?"

„Dies wäre ohne weiteres vom Intendanten zu erfragen gewesen. Aber deine Schwester hat mir doch geschrieben."

„Hermine? Ach ja, ich glaube, sie sprach davon", log Irene und schämte sich in diesem Augenblick unsagbar für Hermine. Sie konnte es also nicht lassen, ihre Netze auszuwerfen! Irene hätte weinen mögen in dem Augenblick. Doch da sprach Kappler schon weiter:

„Ich bin aber nicht deiner Schwester wegen hinausgekommen, obwohl ich ja eigentlich ihre Bilder besichtigen sollte. Aber ich muß zu meiner Schande gestehen, daß ich von Bildern herzlich wenig verstehe. Und dann — deine Schwester interessiert mich nicht. Sie ist ein Mädchen von eigenartiger Schönheit, gewiß, aber ohne Bedeutung. Ich habe gehofft, daß ich dich treffen könnte. Aber der Zufall ist in meinem Leben genau so launisch wie das Glück."

„Dein Pessimismus ist schauderhaft, Kappler."

„Nicht ganz ohne Grund, du wirst das vielleicht noch erfahren."

Sie hatten den Park verlassen. Freies Feld lag nun vor ihnen mit einem verlassenen Weg, der sich aufwärts zog. Die Stadt lag wie eine große Spielzeugschachtel in einer Mulde, und das Mondlicht glänzte grünlich auf den Dächern. Die Stadt war hufeisenförmig von bewaldeten Höhen umschlossen, auf denen einzelne Villen verstreut zwischen den Bäumen lagen.

Zuweilen glühte ein Lichtschein hinter einem Fenster auf.

Irene fragte nicht, wohin er sie führe, sie fragte auch nicht nach der Zeit. Es war alles zeitlos und wie ein schöner Traum.

„Ja, das ist es", brach Kappler wieder das Schweigen. „Manchmal brauche ich einen Menschen, mit dem ich mich aussprechen kann über all die Dinge, die einen beruflich so nahe bringen und bei denen dennoch eine Mauer der Fremdheit bleibt, wenn es nicht gelingt, über den Träger der Rolle hinweg eine Brücke zu schlagen zum Menschen hin. Ein paar Abende noch, und ‚Peer Gynt' wird vom Spielplan abgesetzt. Wir beide schlüpfen in eine andere Maske. Es ist immer dasselbe: Wir breiten vor dieser unberechenbaren Masse da draußen im Parkett allabendlich unser Herz hin mit allem, was es spiegelt an Liebe und Leid, an Leidenschaft und Treue. Uns selbst aber bleibt kein Gewinn."

„Das darfst du nicht sagen, Kappler. Ist es nicht unser schönster Gewinn, den Menschen die tiefsten Freuden zu schenken? Ich glaube nicht an deine Menschenverachtung, lieber Kappler. Dazu bist du zu sehr Künstler, um jede Bindung mit den Menschen abgestreift zu haben. Wir brauchen sie — du, ich, alle, die gestalten wollen."

Kappler hatte interessiert aufgehorcht, und als sie jetzt schwieg, drängte er hastig: „Sprich weiter, bitte!"

„Was soll ich dir dazu noch sagen? Ich weiß ja nicht, was auf dir lastet; aber was es auch sein mag, vom Standpunkt des Künstlerischen her gesehen hat sich alles nur zum Guten hin entwickelt. Der Künstler soll das Leben in allen Schattierungen kennen."

„Richtig, sehr richtig. Ich muß also daraus folgern, daß auch du trotz deiner Jugend die Schattenseiten des Lebens —"

„Es handelt sich jetzt nicht um mich. Ich weiß, daß ich noch zu sehr im Technischen verhaftet bin und daß es noch mancher Mühe bedarf, um das Gute und Beste in mir zu kristallisieren."

„Bitte, sag das nicht. Deine Solveig stand weit über dem Durchschnitt, sie war eine abgeschlossene Leistung, die keine Steigerung mehr zuließe."

„Wenn es dein Ernst ist, dann beglückt es mich tief."

„Warum sollte ich dich belügen?"

„Ja, warum solltest du mich belügen?"

Nun schwiegen sie beide. Es war einer jener Augenblicke, in denen das Schicksal die Hand ausstreckt und die Menschen berührt. Sie fühlen, daß es hinter ihnen herschreitet, und sie haben nicht die Kraft, es zu nehmen und zu halten. Sie schweigen nur, und es ist so, als ob sie auf ihre Schritte achten, indessen alles nur ein einziges Hinhorchen ist auf das, was in solchen Minuten das Herz spricht.

Das war zu allen Zeiten so. Und es war zu allen Zeiten schwer, obwohl es ein Leichtes sein müßte, einander von Liebe zu sagen. Sie hatten allabendlich den Tausenden das große Spiel der Liebe vorgespielt, und nun, da sie selbst von dieser Macht angeweht wurden, fand ihr Mund nicht die armseligen Worte zur Befreiung des eigenen Herzens.

Sie waren mittlerweile in einem großen Bogen um

die Höhen gewandert und standen plötzlich vor Irenes Haus. Und da war es auf einmal so, als stießen sie gegen eine unüberwindliche Mauer.

Ludwig Kappler zog ihre Hand aus seinem Arm und streckte das Kinn: „Dort unter den Bäumen liegt das Haus."

„Ja", sagte sie, und sie fror plötzlich.

Er nahm ihre Hand zwischen seine Hände.

„Schau einmal dort hinüber, Irene, zur gegenüberliegenden Höhe, schräg herunter von dem großen, hellen Stern. Dort wohne ich."

„Dort wohnst du?"

„Du wirst allabendlich ein Licht dort sehen. Es soll ein Gruß sein für dich."

„Ich grüße dich jeden Abend, Ludwig Kappler!"

„Und — du wirst auch ein wenig an mich denken?"

Sie blickte ihn mit großen strahlenden Augen an.

„Ich werde viel an dich denken, denn — ich — liebe dich doch."

„Ja, ich weiß es, Mädchen. Ich habe seit langem in dich hineingesehen, und — ich bin dir sehr, sehr gut, liebe kleine Solveig. Und vielleicht —" er strich ihr leise übers Haar, „vielleicht werde ich dich einmal lieben dürfen." Er fühlte, wie sie unter seiner streichelnden Hand leicht zusammenzuckte. „Nicht traurig sein, kleine Solveig. Frag mich um nichts, das Schicksal ist oft stärker als wir. Und nun gute Nacht!"

Er wandte sich ab, besann sich aber nochmals.

„Du sollst immer Vertrauen zu mir haben, Irene. Auch wenn es schwerfällt, ja?"

„Ich habe immer Vertrauen zu dir, weil ich dich liebe."

„Damit schenkst du mir viel, Mädchen. Und du bist nicht böse?“ Er schob dabei seine Hand unter ihr Kinn und wollte ihr in die Augen sehen. Aber es war so dunkel um sie, und er sah nicht, daß ihre Wangen naß von Tränen waren.

„Wie könnte ich dir böse sein?“

Dann ging er endgültig.

„Gute Nacht, Solveig“, klang es von irgendwo aus der Dunkelheit her.

„Gute Nacht, Peer —“

Dann ging Irene Haydenegger mit müden Schritten durch den Garten ins Haus.

5.

Die Wochen gingen dahin. Es geschah nichts Überwältigendes in dieser Zeit, nur daß die ganze Stadt von der Schauspielerin Irene Haydenegger sprach, die sich mit ihrer Agnes Bernauer alle Herzen erobert hatte. Der Erfolg berauschte sie nicht, sie blieb sich immer gleich, sie war zu allen voller Freundlichkeit, und niemand wußte um ihre große Liebe zu Ludwig Kappler, wenn es auch offensichtlich war, daß sie diesem Sonderling näher stand als jeder andere vom Theater. Zuweilen sprach er mit ihr in den Pausen, oder er brachte sie über den Platz zur nächsten Haltestelle der Trambahn. Das war eine Auszeichnung, wenn man seine Unnahbarkeit in Betracht zog. Aber die Kollegen und Kolleginnen waren sich auch darüber einig, daß diese blühende Irene von diesem Mann in ihren Gefühlen nicht bewegt werden konnte. Sie scharten sich um Irene bei den Proben, sie lachten und scherzten mit ihr. Besonders der jugendliche Komiker Otto Basilli war ihr sehr zugetan. Er war ein lustiger, netter Kerl, und seine Schmeicheleien brachten Irene oftmals zum Lachen. Er konnte ihr mit lachenden Augen die feierlichsten Liebesgeständnisse vordeklamieren, und niemand wußte so recht, wieviel dabei Theater war und wieviel Wirklichkeit.

Nur einer sah schärfer als alle. Kappler stand zuweilen hinter einer Kulisse, sein Kinn schob sich vor, und seine Augen waren schmal vor Zorn. Irene sah ihn zufällig einmal und erschrak bis ins Herz hinein unter seinem Blick.

Als er sie diesen Mittag an die Haltestelle brachte, fragte er sachlich: „Dieser Basilli gefällt dir?"

Irene fühlte es instinktiv: aus Kappler schrie die Eifersucht. Und sie fühlte es mit einer tiefen Beglükkung. Nun hätte sie zwar die Gegenfrage stellen können, mit welchem Recht er dies wissen wolle, denn seit jener Wanderung durch die Nacht war kein vertrautes Wort mehr aus seinem Munde gekommen. Aber sie sagte:

„Als Kollege, ja. Als Mann ist er mir gleichgültig."

Das Harte um seinen Mund verschwand. „Na schön. Es ist gut — für ihn." Er gab ihr die Hand, lüftete den Hut und ging — —

Ein paar Tage später, bei der Generalprobe zu „Minna von Barnhelm" kam während des zweiten Aktes der Bürodiener und meldete ein dringendes Ferngespräch für Herrn Kappler aus Davos.

Ludwig Kappler brach mitten im Dialog ab und ging hinaus. Als er nach einer Weile zurückkam, war sein Gesicht etwas bleicher.

„Unangenehme Nachricht?“ fragte Intendant Halwig, der in diesem Stück auch Regie führte.

„Danke, nein.“

„Können wir weitermachen?“

Nur Irene bemerkte es, mit wieviel eiserner Konzentration sich Kappler zu seiner Rolle zwang. Wie gerne hätte sie in dieser Minute ihre Hände um sein schmales Gesicht gelegt und ihn gefragt, was sein Innerstes bewege. Sie hoffte, daß er ihr vielleicht über den Anruf etwas sagen würde. Statt dessen verschwand er nach der Probe spurlos.

Von diesem Zeitpunkt an wurde Kappler wieder der unnahbare Mensch, der er zu Anfang gewesen. Ja, zuweilen schien er jetzt gereizt zu sein, und es kam immer öfter vor, daß er Irene zwischen den Dialogen eine schnelle Bemerkung zuzischte, wie : „Nimm dich doch zusammen!“

Sie erschrak über das zornige Aufbegehren, weil sie erkannte, daß es der Anfang von etwas Unabwendbarem sein müsse. Es war wie das ferne Grollen eines aufsteigenden Gewitters.

Noch hatte sie sich in der Gewalt. Noch war ihre Kunst überragend im Ausdruck, so daß man das Unausgeglichene der Dialoge überhörte. Nur einer sah und fühlte alles: Ludwig Kappler, der in dieser Zeit über sich selbst hinauszuwachsen schien. In manchen Szenen war er selbst fast von dämonischer Größe. Dann standen alle in seinem Schatten, selbst Irene Haydenegger. Dadurch wurde sie gereizt, bekam Launen, ließ sich mit dem Regisseur in Debatten ein, stritt sich mit der Souffleuse herum.

Ludwig Kappler schwieg, verkroch sich immer tiefer in sich selbst und sah neuerdings mit kalten Augen über sie hinweg. Das gab ihr den Rest. Und als er wieder einmal bei der Probe dazwischenzischte, daß sie aufpassen solle, schrie sie ihm unbeherrscht ins Gesicht:

„Ich verbitte mir deine Belehrungen! Ich weiß selber, wie ich zu spielen habe."

Kappler wechselte die Farbe. Seine Augen wurden schmal. „Das bezweifle ich sehr stark. Herr Regisseur, merken Sie denn nicht, was die Haydenegger alles zusammenfaselt?"

Alle standen starr vor Schrecken. Der Regisseur gab sich Mühe, die Probe wieder in Fluß zu bringen, was ihm schließlich auch leidlich gelang. Hernach ging er aber schnurstracks zum Intendanten und berichtete ihm den Vorfall.

„Das hab' ich kommen sehen", erklärte von Halwig verärgert. „Wie kann sie sich aber ausgerechnet in diesen Kappler verlieben!"

Der Regisseur zuckte die Achseln.

„Wissen Sie, Frankenberg, ich glaube, das beste wird sein, wenn wir ihr reinen Wein einschenken. Wenn sie es weiß, wird sie sicherlich zu sich selber zurückfinden."

„Das wäre vielleicht die beste Radikalkur. Aber — wie sag ich's meinem Kinde?"

„Überlassen Sie das ruhig mir. Morgen vormittag nach der Probe bestellen Sie die Haydenegger zu mir. Wir müssen auf alle Fälle versuchen, die Sache wieder ins richtige Gleis zu bringen. So ein Talent wie dieses Mädel findet man nicht alle Tage."

Am selben Abend aber, nach der Vorstellung, betrat Ludwig Kappler Irenes Garderobe. Es war seit jenem ersten Debüt nicht mehr geschehen.

Irenes erster Gedanke war: Endlich kann ich mich aussprechen. Ich will mich ja gern entschuldigen bei ihm wegen heute vormittag.

Kappler blieb an der Tür stehen, kalt, unnahbar.

„Ich möchte dich fragen, Irene Haydenegger, was du dir überhaupt erlaubst!“

Sie wurde von diesen Worten angeweht wie von einem eisigen Ostwind, der tief in ihr Inneres drang. „Was ich mir — erlaube?“

„Ja! Du benimmst dich wie eine ganz simple Komödienspielerin.“

„Wie was?“

„Wie eine simple —“

Irene sprang auf. Eine Tube mit Schminke fiel vom Tischchen und kugelte über den Boden. „Nimm diese Beleidigung zurück, Kappler!“

„Ich denke nicht daran! Wenn es dir nicht paßt, daß ich dir so etwas sage, dann gehe in dich und werde wieder so, wie du warst. Oder laß dir eine Stelle als Kammerzofe anweisen, dort bist du dann vielleicht richtiger am Platz.“

„Das sagst du mir? Du größenwahnsinniger Narr!“

Für einen Augenblick spielte ein müdes Lächeln um seinen Mund. „Wäre ich das, Irene, dann hätte ich euch längst fallenlassen. Wenn Größenwahn in meinem Herzen Platz hätte, gäbe ich mir nicht diese Mühe, dich und die andern immer mitzureißen. Der Glanz deiner früheren Leistungen verdeckt deine jetzigen Schwächen noch zur Not. Fühlst du denn nicht selber, wie unsicher du bist, wie du nach dem Stichwort förmlich lechzt? Eine Unachtsamkeit meinerseits, und du hängst in der Luft. Und das kannst selbst du dir nicht leisten, Irene Haydenegger."

Er hatte ganz ruhig, fast leise gesprochen, so daß es sie beinahe wie Scham überkam. Aber sie fand doch den Mut zu der Antwort: „Was du mir jetzt sagtest, werde ich nicht vergessen. Aber — bist du dir denn auch klar, daß nur du allein die Ursache sein könntest?"

Jetzt trat er nahe auf sie zu, und seine Stimme war noch leiser als vordem. „Ich habe dir damals gesagt, daß das Schicksal zuweilen stärker ist als wir. Nun — das Schicksal war eben wieder einmal stärker. Ich habe dir damals auch gesagt, du solltest an mich glauben. Du hast es nicht getan, Irene, und darum ist es zu dieser Stunde gekommen. Versuche wenigstens, dich als Schauspielerin wieder aufzuraffen. Dann erst kann man mit mir wieder vernünftig sprechen."

Ohne Gruß verließ er die Garderobe in überstürzter Hast, ohne sich an der Tür noch einmal umzusehen. Das Mädchen stand noch auf derselben Stelle, wie versteinert. Sie begriff nicht, daß so etwas geschehen konnte. War es denn wirklich ihr geliebter Peer, der diese harten, mitleidlosen Worte gesprochen? Ihr war zumute, als öffne sich der Boden unter ihr, und sie versänke in eine dunkle, unermeßliche Tiefe.

Es war schon Mitternacht, als sie den Theaterbau verließ. Die Frühlingsnacht war lau, voll Vogelstimmen und verwehter Blumendüfte. Irene aber war es, als ginge sie durch eine kalte Winternacht. Sie fror bis ins Herz hinein und sann über das Ende ihrer Liebe nach, die kaum einen Anfang genommen hatte.

*

Unberechenbar sind die Entschlüsse und Gedankenverbindungen der Menschen. Was sie heute verdammen, nehmen sie morgen wieder versöhnend an sich. Was sie am Abend verfluchen, besingen sie am anderen Morgen mit einem frohen Lied.

Mit schwarzen Rändern unter den Augen erschien Irene am anderen Morgen zur Probe. Alles, was sie um dieser Liebe willen schon getragen und gelitten, hatte sie in dieser schlaflosen Nacht aus ihrem Leben gestrichen. Sie meinte es wenigstens. Nur eines hatte sich wieder in ihr gefestigt, in einem wollte sie ihm noch gehorsam sein: Sie wollte wieder werden, was sie war, eine wirkliche Künstlerin.

Nach der Probe bedeutete ihr Frankenberg, daß sie zum Intendanten kommen solle. Sofort sank wieder aller Lebensmut in ihr zusammen. Nun kommt es! dachte sie. Man wird den Vertrag nicht mehr erneuern wollen. Im Herbst werde ich vielleicht mit einer fahrenden Truppe über Land ziehen, denn — die Fäden zwischen den maßgebenden Theatern sind derartig fein gesponnen, daß man überall nur ein bedauerndes Achselzucken haben wird für eine Primadonna, die sich mit dem Regisseur streitet und ihre Rollen nicht beherrscht.

Sie ging den dämmrigen Gang entlang und fühlte eine bleierne Müdigkeit in allen Gliedern. Als sie anklopfte, dachte sie noch ergeben: Ich werde alles über mich ergehen lassen, denn das Schicksal ist ja doch stärker als ich.

Am Gesicht des Intendanten konnte sie gar nichts ablesen, und nichts deutete darauf hin, daß er ihr Unangenehmes zu eröffnen hätte.

„Da sind Sie ja schon, liebe Haydenegger. Bitte, nehmen Sie Platz.“ Er biß einer Zigarre die Spitze ab und brachte sie zum Brennen. „Ich habe Sie zu mir gebeten, um mit Ihnen einige grundlegende Dinge zu besprechen. Zunächst eine Frage: Sind Sie krank?“

Irene sah ihn lange an. „Ich bin nicht krank.“

„Sagen Sie es ruhig, wenn Sie sich nicht wohlfühlen. Ich würde Ihnen vierzehn Tage Urlaub genehmigen, so dringend ich Sie im Augenblick auch brauchte.“

Irene senkte den Kopf. Damit fängt es an, dachte sie resigniert. In der Zwischenzeit wird man meine Rolle besetzen, und ich falle zurück zum Fach der kleinen Naiven.

„Ich fühle mich wirklich nicht krank.“

„Na, gut. Ich will also annehmen, daß Ihre augenblickliche Verfassung einer Depression entspringt, die sich hoffentlich bald beheben läßt. Ich werde das auch Herrn Kappler wissen lassen.“

Irene hob mit einer ruckartigen Bewegung den Kopf. „Was hat das mit Herrn Kappler zu tun?“

„Kappler war gestern bei mir und hat mich ersucht, Sie für einige Zeit zu beurlauben.“

Irene hätte aufschreien mögen vor Zorn und Trauer. Sie schluckte, ihre Augen wurden dunkel. Und auf einmal erwachte ein eisenharter Wille in ihr. Ludwig Kappler sollte sich täuschen! Sie ließ sich nicht wegschieben von ihm, weil ihm die kurze Episode unangenehm geworden war.

„Ich weiß wirklich nicht, mit welchem Interesse Herr Kappler —“

Abwehrend hob von Halwig die Hand. Ein kleines Lächeln spielte um seinen Mund. „Kindchen, Kindchen, nicht aufregen! Ich bin überzeugt, daß Kappler nur in Ihrem Interesse gesprochen hat. Denn, wollen wir ganz ehrlich sein, Fräulein Haydenegger — Ihre Nerven, oder sagen wir lieber Ihr Gemütszustand hat sich in den letzten Wochen immer mehr verschlechtert, so daß ich wegen der Maria Stuart, die Sie demnächst spielen sollten, wirklich Bedenken hatte."

Immer klarer und kompromißloser übersah Irene die Lage, und eine kalte Ruhe kam in ihr Herz. Sie wollte diesem Kappler beweisen, daß sie noch immer jene Irene Haydenegger war, der vor kurzem noch Tausende zugejubelt hatten!

„Bitte — geben Sie mir die Rolle der Stuart! Ich werde Sie nicht enttäuschen."

„Recht so, recht so, liebe Haydenegger. Nur nicht unterkriegen lassen! Sehen Sie den Kappler an! Er trägt eine schwere Last auf sich, aber er wächst mit jeder Rolle, die er spielt. Oft habe ich das Gefühl, als ob er nur sein eigenes Leben spiele."

„Gewiß, ja", gestand Irene mit gedrosseltem Laut und empfand dabei so etwas wie Scham, daß andere mehr über ihn zu wissen schienen als sie. „Ich weiß zwar nicht, welches Leid Herr Kappler im besonderen —"

„Ja, darüber dürfte ich eigentlich nicht sprechen", meinte von Halwig und strich bedächtig die Asche von seiner Zigarre. „Aber Vertrauen gegen Vertrauen, Fräulein Haydenegger. Herr Kappler hat eine schwerkranke Frau. Vor Wochen kam sie aus Davos zurück — unheilbar."

Irene mußte sich mit beiden Händen an die Stuhllehne klammern, um aufrecht sitzen bleiben zu können.

Sie schaute in den Boden hinein, und ihre Lippen bewegten sich leicht dabei. Vielleicht flüsterte sie dieses Wort „unheilbar“ nochmals nach, oder sie murmelte etwas Unverständliches. Ludwig Kappler hatte eine Frau!

Die Uhr störte mit lautem Pendelschlag die Stille des Zimmers. Frühlingssonne fiel warm und breit durch das Fenster. Da stand von Halwig auf und legte ihr leise die Hand auf die Schulter. „Kopf hoch, Haydenegger! Es wird vorübergehen. Jedenfalls halte ich es für richtig, daß Sie die Wahrheit wissen. Sie werden diese Liebe verwinden und zu Ihrem eigenen Ich zurückfinden, nicht wahr?“

Was sagte der Mann da? Was konnte er wissen von ihrer Liebe? Hatte sie nicht alles vermieden, was den Anschein eines Verliebtseins hätte erwecken können? Hatte vielleicht Kappler geplaudert? So furchtbar ihr dieser Gedanke auch war, aber sie mußte fast daran glauben.

„Liebe, Liebe?“ fragte sie in einem Ton, in dem unterdrücktes Weinen mitschwang. „Was wißt denn ihr von meiner Liebe? Habe ich sie denn zur Schau getragen, daß ein jeder es sehen konnte?“

„Nein! Kein Mensch am Theater weiß Genaues. Aber sehen Sie, liebe Haydenegger, ich bin nun schon so lange im Fach und habe mit so vielen Menschen zu tun gehabt. Da ahnt man gewisse Zusammenhänge oft, bevor es den Betreffenden selbst zur Gewißheit wird. Schon bei der dritten oder vierten Probe zu ‚Peer Gynt‘ habe ich gefühlt, daß ihr beide einmal einander zufallen müßt. Und ich sah diese Stunde kommen, weil ich als einziger über Kapplers Unglück informiert war. Versuchen Sie, liebe Haydenegger, Herr zu werden über Ihre Gefühle. Machen Sie sich das Leben nicht schwerer, als es ohnehin ist."

Irene strich sich mit zitternden Fingern über die Augen und stand auf. „Ja, nun verstehe ich manches", sagte sie leise. „Fassen Sie es bitte nicht als Indiskretion auf — aber wissen Sie Näheres?"

„Eigentlich nicht. Nur was ich von einem guten Bekannten erfahren habe. Kapplers Frau soll einmal eine gefeierte Tänzerin gewesen sein, bildschön und reich, allerdings ein paar Jahre älter als er. Nur ihrem Gesundheitszustand ist es eigentlich zu verdanken, daß wir Kappler an unser Theater verpflichten konnten. Die Ärzte haben ihr mildes Klima verordnet, und da hat das Ehepaar auf dem Römerberg ein kleines Haus gekauft. Aber die Krankheit ist offenbar schon so weit vorgeschritten, daß auch die Ruhe da oben nichts mehr hilft. Es grenzt fast an ein Wunder, daß Kappler trotz allen Unglücks zu solchen Leistungen fähig ist. Also — nochmals: Kopf hoch, liebe Haydenegger, wenn es auch ein wenig weh tut am Anfang."

Mit Gewalt hielt sie die Tränen zurück.

„Ich danke Ihnen vielmals, Herr von Halwig. Es tut mir nur leid, daß ich das alles nicht schon früher wußte. Es wäre mir vieles erspart geblieben."

Dann ging sie und tat das, was sie eigentlich hatte abwenden wollen. Sie konnte am Abend nicht auftreten, und die Vorstellung mußte ausfallen. Irene wurde wirklich krank und legte sich nieder — ein gebrochenes Häuflein Mensch, dem die Nerven versagten.

6.

Der Frühling war seinem großen Bruder Sommer in die Arme getaumelt, und draußen in der Friedenau lag nun Irene Haydenegger im Lehnstuhl im Garten. Die Erinnerung an jene Solveig-Episode, von der sie in die Wende eines neuen Lebens gestoßen war, wollte sich nicht verdrängen lassen. In dieser Zeit erst erkannte sie, daß ihre Liebe größer gewesen war, als sie es sich jemals eingestanden hatte.

Und doch, kein Schatten mehr trübte das Bild Ludwig Kapplers. Die Schuld lag bei ihr, weil sie mehr fordern wollte, als er geben konnte und durfte. In später Nachtstunde spähte sie oft zu dem einsamen Licht auf der Waldhöhe, die man den Römerberg nannte. Sie wußte genau: Nun ist er vom Theater heimgekommen, nun tritt er vor seine todkranke Frau hin, berichtet ihr von der Vorstellung und bedenkt dabei vielleicht gar nicht, daß am anderen Stadtrand ein junges Mädchen sehnsüchtig nach dem Licht hinstarrt, das er beim Betreten des Hauses in der Diele eingeschaltet hat.

Hermine pflegte die Schwester mit einer Geduld, die bewundernswert war. Sie tat, als habe sie völlig vergessen, daß es zwischen ihr und Irene im ersten Stadium der Krankheit einige Male zu heftigen Auseinandersetzungen gekommen war wegen dieses Herrn Kappler. Es wäre zwischen den Schwestern beinahe zum Bruch gekommen, und nur die schwere Krankheit hatte das Gleichmaß wieder zustandegebracht. Nun, da Hermine erkannte, wie nahe Irene dieses einseitige Lieben gegangen war, erwachte in ihr ein gerechter Zorn gegen Kappler, denn schließlich war er ja an allem schuld. Ja, vielleicht trug er auch darin die Schuld, daß er damals nicht auf sie hereingefallen war. Sie jedenfalls wäre nicht darüber zusammengebrochen. Nach Hermines Meinung war es überhaupt eine grenzenlose Ungerechtigkeit des Schicksals, daß es immer den Männern die Entscheidung in solchen Dingen überließ. Die Frau hatte sich nur abzufinden, hatte zu dulden, zu leiden. Hermine erkannte, wie leicht auch eine Karriere dadurch zugrundegerichtet werden konnte. Noch war zwar nichts verloren, denn es war vorauszusehen, daß Irene im Herbst als Maria Stuart die Brücke wieder schlagen würde.

Andererseits gewann Irene durch diese Krankheit erst die Erkenntnis, daß man ihr am Theater wirklich von Herzen zugetan war. In der ersten Zeit, als sie noch bettlägerig war, verging kaum ein Tag, an dem nicht der eine oder andere, oft auch mehrere miteinander herausgekommen wären, um sie zu besuchen. Nur einer blieb fern: Ludwig Kappler.

Aber auch sonst erfuhr sie viel Anteilnahme und Mitgefühl. Die „Neuesten Nachrichten" schrieben von „unserer sehr geschätzten Haydenegger", die man sehr vermisse und die man recht bald wieder auf den Brettern sehen möchte. Zahlreiche Telefonanrufe kamen von unbekannten Menschen, die sich nach dem Befinden der beliebten Künstlerin erkundigten. Otto Basilli kam jedes Wochenende mit einem mächtigen Blumenstrauß und erzählte ihr alle Neuigkeiten vom Theater, insbesondere von dem neuen Star, Evelin Ströcka, die Irenes Rollen übernommen hatte und mit der sich Kappler fast täglich stritt.

Durch den redseligen Basilli erfuhren dann die andern Mitglieder des Theaters bis zum letzten Logenschließer eine wundersame Legende von einer sehr kranken Solveig, die zwischen Apfellaub und Fichtenbäumen hingebettet lag und mit weltfernem Blick ihre schweigende Not begrub.

Am liebsten war ihr aber der Besuch des Intendanten. Halwig allein fand die richtigen Worte, ihr das Leben wieder lebenswert zu machen, und es freute sie doch ungemein, daß er die „Maria Stuart" zurückgestellt hatte, bis sie selber sie würde spielen können.

Und als das Luisentheater seine Tore für die Sommerferien schloß, stand Irene auf und ging zum ersten Mal wieder durch den ganzen Garten und ein Stückchen darüber hinaus. Dies geschah fast ohne Übergang, als habe sie seit Tagen schon völlig gesund im Liegestuhl gelegen. An diesem Tag schloß auch Doktor Fink, der sich wirklich aufopfernd um sie bemüht hatte, seine Behandlung ab und erklärte sie für gesund.

Nun erst fand Hermine den Zeitpunkt für gekommen, der Ursache dieser Krankheit energisch auf den Grund zu gehen.

„Du mußt doch heute nach diesen Marterwochen ehrlich zugeben, Irene, daß es weit besser gewesen wäre, wenn dieser Kappler sich an mich verloren hätte", begann sie.

Irene sah sie lange an und lächelte dann. „Ach so, du willst dich damit rechtfertigen, weil du ihm hinter meinem Rücken geschrieben hast. Das ging gegen unsere Abmachung, Hermine. Aber wir wollen es begraben sein lassen. Ich möchte dir nur noch sagen, daß Ludwig Kappler für dich nicht das geringste Interesse hatte."

„Hat er dir das gesagt?"

„Ja, das hat er mir gesagt."

Hermine lachte spitz auf. „Das ist auch leicht erklärlich. Menschen wie er haben eine feine Witterung für Frauen, mit denen sie nicht so ohne weiteres spielen können. Dich zu betören war natürlich entschieden leichter für ihn."

„Du irrst dich, Hermine. Herr Kappler hat mir nicht die geringsten Hoffnungen gemacht. Ich sehe heute immer mehr ein, daß ich ganz allein die Schuld trage, weil ich Liebe sah, wo nur Kameradschaft sein konnte."

„Du willst es nun beschönigen, natürlich, das kenne ich doch an dir. Im übrigen werde ich einen ganz dicken Strich unter diese Episode ziehen. Ludwig Kappler ist ein Phantom. Du darfst nie etwas anderes in ihm sehen als einen Bühnenpartner, der für dich mit dem letzten Vorhang in der Versenkung verschwindet. Ach — sieh doch einmal hinaus, Irene! Da geht dieser sonderbare Heilige wieder vorbei."

Irene blickte auf die Straße hinaus. Langsam ging am Gartenzaun ein junger Mann vorbei, zog mit linkischer Gebärde seinen Hut und blickte dabei starr zu den Mädchen herein.

„Wer ist das?" fragte Irene, die den Fremden zum erstenmal sah. Aber Hermine wußte nichts weiter; sie hielt ihn für einen schüchternen Studenten, der den halben Sommer schon verstohlen über den Zaun hereinlugte und flammend rot geworden war, als Hermine ihn einmal ansprach, ob er etwas wünsche.

Nein, nein, er wünsche nichts. Nur ober er sich erlauben dürfe zu fragen, wie das Befinden des Fräulein Schwester wäre.

„Wissen Sie denn, daß wir Schwestern sind?" hatte Hermine ihn gefragt. Ja, das habe er in Erfahrung gebracht. Dann ging er schnell davon.

„Ich glaube, er ist einer von deinen stillen Verehrern, von denen du ganz selten etwas ahnst. Aber um nochmals auf Kappler zurückzukommen: Ja, es ist wahr, ich sah noch nie einen Mann, der mich auf den ersten Blick so gefesselt hätte wie dieser Kappler. Darum habe ich damals versucht, über dich hinwegzugehen. Vielleicht wollte ich dir damit unbewußt viel Leid ersparen, denn wahrscheinlich wäre ich unter seinem kalten Herzen nicht so leicht zerbrochen wie du."

„Sag das nicht, vom kalten Herzen, Hermine. Du kennst ihn nicht, wie er ist."

„Mag sein. Aber ich bitte dich, war mein Urteil über Männer nicht immer richtig? Ich sage dir: an Männern wie ihm zerbrechen Frauen, die empfindlich sind. Er ist wie ein Feuer, dem die Frauen zufallen wie die Mücken dem Licht."

„Vielleicht hast du nicht ganz unrecht, Hermine. Aber ich weiß heute, daß auch er unglücklich ist. Nicht meinetwegen, nein, nein. Aber es muß für ihn furchtbar sein, jeden Abend Hunderten Freude zu schenken und dabei zu wissen, daß zu Hause eine todkranke Frau auf ihn wartet. Doch nun wollen wir endgültig dieses Thema fallen lassen und nie mehr berühren. Versprich mir das, Hermine!"

Hermine gelobte es feierlich und zog lächelnd mit dem Zeigefinger einen dicken Strich über die ganze Mitte des Tisches, als wolle sie mit diesem nachdrücklich das Thema Kappler auslöschen.

In dieser Nacht sah Irene keinen Lichtschein mehr

auf dem Römerberg. Ludwig Kappler war mit seiner Frau nach Ägypten gereist und hatte seinen Vertrag für die neue Spielsaison nicht erneuert.

*

Am anderen Vormittag begegnete Irene am Bach zwischen den zwei Hügelwiesen dem jungen Fremden, der tags zuvor so linkisch über den Zaun gegrüßt hatte.

Von ihr angesprochen — ganz belanglos übrigens, und nur auf den schönen Tag bezogen — wurde er glühend rot bis unter den Hutrand, dann sagte er mit leicht belegter Stimme: „Gnädiges Fräulein waren schwer krank. Darf ich fragen, wie Sie sich jetzt fühlen?"

„Danke", antwortete sie fröhlich. „Es geht wieder aufwärts."

„Dann darf man also hoffen, Sie bald wieder auf der Bühne zu sehen?"

„Man? Wer ist ‚man'?"

„Alle, die jemals das Glück hatten, Sie auf der Bühne bewundern zu dürfen."

Irene wollte diese Worte überhören, weil ihr jede Art von Schmeichelei unangenehm war. Aber etwas im Klang seiner Stimme ließ sie aufhorchen. Seine Stimme war jetzt nicht mehr schüchtern, sie klang nun wie ein weich gedämpfter Bariton. Seine Augen, die ins Graugrüne spielten, sahen sie bettelnd an. Nein, das war keine billige Schmeichelei, dieser Mann ließ seine Bewunderung aus dem Herzen strömen. Ein Wort gab das andere. Irene stellte fest, daß er nicht ohne Geist war, ja, in bezug auf künstlerische Probleme über eine Sachkenntnis verfügte, die weit über das übliche Fachsimpeln hinausging.

„Sind Sie vielleicht auch von der Bühne?“ fragte Irene.

„Nein, aber ich beschäftige mich viel mit den Problemen künstlerischen Schaffens allgemeiner Art. Übrigens, Holm ist mein Name, wenn gnädiges Fräulein vielleicht schon gehört haben“, sagte er und verbeugte sich linkisch. „Wolfgang Holm.“

„Nein, ich entsinne mich nicht.“

„Oder vielleicht gelesen?“ fügte er schnell hinzu und wurde wieder rot.

„Ach? Sie schreiben? Sind Sie von der Zeitung?“

„Nein — ich bin — Schriftsteller. Bitte, es tut nichts zur Sache, wenn Sie von mir noch nichts kennen. In Ihrem Beruf beschäftigt man sich ausschließlich mit Bühnenliteratur. Auf diesem Gebiet habe ich mich bis jetzt noch wenig versucht.“

Irene fand ihn während des Gesprächs soweit ganz passabel, wenn man über gewisse Formfehler wegsah. Auf jeden Fall munterte ihn Irene auf, doch einmal zu kommen, um etwas vorzulesen aus seinem Schaffen. Vielleicht ginge es gleich morgen nachmittag?

Wolfgang Holm stürzte von einer Verlegenheit in die andere. „Das würde mich unsagbar glücklich machen. Zeit hätte ich natürlich auch — aber gnädiges Fräulein werden sicher noch dringend der Ruhe bedürfen, und — ich möchte Ihnen keine Unannehmlichkeiten —“

„Was für Unannehmlichkeiten denn? Also, es gilt. Morgen nachmittag um drei Uhr zum Kaffee.“

Hermine konnte es kaum fassen, als Irene ihr die Mitteilung machte, daß sie den jungen Menschen eingeladen habe. Noch erstaunter aber war sie, als sie hörte, daß er Poet sei.

„Na, hör einmal“, sagte sie lachend. „Einen Dichter habe ich mir wahrhaftig anders vorgestellt. Nun, wir werden ja hören.“

*

Wolfgang Holm erschien am anderen Tag zehn Minuten zu früh zur Kaffeestunde und entschuldigte sich damit, daß er vor ein paar Tagen seine Uhr zur Reparatur gegeben habe. Als er das sagte, streckte er den Arm vor, als ob er in alter Gewohnheit auf die Uhr sehen wolle. Hermine folgerte daraus, daß er wohl seit langem keine Uhr getragen haben müsse, denn sonst hätte das Uhrband am Handgelenk wohl einen weißen Streifen auf der gleichmäßig gebräunten Haut zurückgelassen.

Er kam mit einem Veilchensträußchen an, und Hermine fand es immer merkwürdiger, wie Irene auf den Gedanken verfallen konnte, diesen halbfertigen Menschen einzuladen.

Da saß er also nun, und Hermine stellte gleich fest, daß er keine gute Kinderstube hatte. Holm beging manchen Formfehler, nahm die Zuckerzange unmöglich in die Hand und entschuldigte sich öfter, als es nötig gewesen wäre. Immerhin deutete er damit an, daß er sich seiner Fehler bewußt war. Er rauchte selbstgefertigte Zigaretten mit einem Hohlmundstück und einem schwarzen starken Tabak.

Freilich sah auch Irene heute, was sie gestern nicht gesehen hatte. Sein Anzug war voller Fettflecken und an den Knopflöchern ausgefranst. Die Fingernägel waren wenig gepflegt, und es war ihnen anzusehen, daß sie gerade noch kurz vorher, vielleicht auf dem Wege nach hier, einer gewaltsamen Prozedur mit dem Taschenmesser unterzogen worden waren. Insgeheim beschloß Irene, es bei dieser einmaligen Einladung bewenden zu lassen. Sie wollte ihn überhaupt Hermine überlassen, die in solchen Dingen nicht viel Federlesens machte. Diese Stimmung dauerte genau so lange an, bis sich zwischen der zweiten und dritten Zigarette das Gespräch dem Künstlerischen zuwandte. Und da war es wieder seine kompromißlose Betrachtungsweise, die selbst Hermine aufhorchen ließ. Es stellte sich heraus, daß er einige ihrer Bilder und Aquarelle kannte, die sie in einem Kunstsalon im Zentrum der Stadt kürzlich ausgestellt hatte. Er berichtete von anderen Kunstausstellungen, in anderen Städten und Provinzen, kannte diesen und jenen Maler persönlich, geriet von der Malerei auf die Bildhauerei und war Hans in allen Gassen.

„Sie sind viel gereist?" wollte Hermine wissen.

„Nicht viel, aber mit vollem Bewußtsein. Zu weiten Reisen haben mir die Mittel gefehlt. Meine ganze Sehnsucht geht dahin, einmal weit reisen zu können: Italien, Rom, Madrid, an die Riviera. Der Künstler muß eine Weltanschauung haben. Und die gewinnt man nur durch Weltbeschauen. Aber Verzeihung — ich bin wieder einmal vom Thema abgekommen. Sie wollten wissen, welche Meinung ich zu Ihren Aquarellen habe. Wenn ich mir ein Urteil erlauben darf, gnädiges Fräulein — ich habe auch früher schon Arbeiten von Ihnen betrachtet, und ich kann sagen, daß Sie inzwischen gut aufgeholt haben. Diese ‚Rehe am Waldrand' zum Beispiel finde ich ganz entzückend. Sie verzichten dabei auf die betonte Form der Linien und wollen durch die Farbe zu einer neuen Form gelangen. Dies ist Ihnen zweifellos gelungen und hat jede Spur von Hängenbleiben am Fotografischen verloren."

„Dieses Urteil ist mir sehr interessant, Herr Holm! Sie meinen also, daß dieses Abweichen von den Linien zugunsten der Farben —"

„Natürlich meine ich das", unterbrach er sie lebhaft. „Beim Aquarell muß ja schon rein gesetzmäßig die Linie mehr in den Hintergrund treten als zum Beispiel beim Öl."

Hermine sah nun nicht mehr, daß sein Anzug abgetragen und seine Krawatte unmöglich war. Hier saß ein Mensch, der aufgeschlossen war für ihr Schaffen.

Irene hörte aufmerksam zu und betrachtete ihn genauer. Und wenn er sprach, hatte sie wie schon gestern den Eindruck, daß der ganze Mensch verwandelt war, und immer mehr kam sie zu der Überzeugung, dieser Holm könne kein unbedeutender Mensch sein.

„Sie wollten uns doch etwas vorlesen, Herr Holm", sagte sie dann nach einer Weile.

„Ja, natürlich, sehr gern", antwortete er und wurde dabei wieder verlegen. Er griff in seine Joppentasche und zog einen Pack ungeordneter Papiere hervor, breitete sie auf seinen Knien aus und suchte ein paar daraus hervor. Es waren Gedichte.

Schon bei seinen ersten Worten horchten die Schwestern auf. Die Verse schwangen im Rhythmus wie dunkle Glockentöne, die Worte fielen wie kostbare Diamanten in eine goldene Schale. Holm hatte eine gekonnte Art des Vortragens. Wenn er eine Atempause machte, so war den Lauschenden zu Mute, als müsse man den letzten Worten noch nachsinnen wie einem fernen Vogelruf.

Als er dann schwieg, sah er zuerst verlegen auf seine Hände, dann glitt sein Blick an Hermine vorbei und bettelte stumm in Irenes Augen hinein, als hinge von ihrem Urteil alles ab.

„Es war — soweit ich es beurteilen kann — wirklich sehr schön", sagte Irene.

„Natürlich, ausgezeichnet war es", pflichtete Hermine bei. „Arbeiten Sie nur in Lyrik, Herr Holm?"

„Nein, in der Hauptsache Belletristisches, obwohl es mich in meinem Innern doch immer wieder zur Lyrik drängt. Leider ernährt sie ihren Mann nur recht und schlecht."

„Aller Anfang ist eben schwer", meinte Irene. „Aber ich bin überzeugt, Sie werden Ihren Weg machen."

„Man sagt ja zwar, das Talent ringt sich durch", sprach Holm und schaute dabei Irene wieder an. „Aber vielleicht kommt es gerade beim Schrifttum mehr als in einem anderen Kunstzweig auf eine geeignete Verbindung an. Ja, einmal das Glück haben, ein Buch bei einem großen Verleger wie zum Beispiel Rückert unterzubringen — das wäre ein Sprungbrett. Aber an diesen Mann ist ja nicht heranzukommen, wenn man keine Verbindungen hat."

„Rückert, Rückert?" wiederholte Hermine nachdenkend. „Ist das vielleicht jener Rückert, Irene, der dir kürzlich dieses herrliche Blumenarrangement geschickt hat?"

„Ja, aber ich bin auch nur flüchtig mit ihm bekannt."

Holm erschrak sichtlich. „Um Gottes willen, davon hatte ich natürlich keine Ahnung. Ich bitte vielmals um Entschuldigung. Ich möchte nicht im entferntesten hoffen, daß gnädiges Fräulein eine Verbindung zu meinen Gunsten — nein, nein, gnädiges Fräulein sind sowieso überlastet." Er blickte wieder auf die Uhr, die er nicht hatte, und sprang auf. „Ich weiß nicht, aber ich glaube, ich bin schon über die Zeit geblieben. Ich glaube, einmal gehört zu haben, daß man den ersten Besuch nicht über Gebühr hinaus ausdehnen — ja — ich bitte vielmals um Entschuldigung, und — vielen herzlichen Dank für die freundliche Einladung."

„Keine Ursache", sagte Irene sachlich und kühl. „Wir hoffen, daß es Ihnen gefallen hat. Im übrigen haben auch wir zu danken, Herr Holm. Ihre Gedichte waren uns ein Genuß."

„Und ob es mir gefallen hat! Das Leben hatte bisher sehr wenige solch freundliche Stunden für mich. Immer waren die Schatten da. Und darum bin ich Ihnen für Ihre gütige Einladung ganz besonders dankbar."

„Wir hätten ganz gern auch einmal aus einem Roman von Ihnen etwas gehört", schaltete sich jetzt Hermine ein. „Wenn Sie wieder einmal Zeit hätten?"

„Zeit ist im Augenblick das einzige, was ich im Überfluß habe. Wenn ich ergebenst bitten dürfte, mich Zeit und Stunde wissen zu lassen —"

„Kommen Sie übermorgen wieder um dieselbe Zeit", sagte Irene noch immer kühl. Seine Unterwürfigkeit mißfiel ihr. Ein Mensch mit solchen Fähigkeiten hatte es nach ihrer Ansicht nicht nötig, so unterwürfig zu sein. Sie würde es ihm gelegentlich sagen.

Holm verabschiedete sich jetzt schnell, machte an der Tür noch eine Verrenkung, die entfernt einer Verbeugung ähnlich sah, und ging dann mit steifen Schritten durch den Garten.

Die Schwestern sahen ihm nach, und erst als sich das Gartentürchen hinter ihm schloß, meinte Hermine: „Ein sonderbarer Mensch! Und trotzdem muß ich gestehen, der Nachmittag war ganz interessant. Es war einmal etwas anderes."

„Eins steht auf alle Fälle fest: er kann etwas. Aber ich habe den Eindruck, als spiele er absichtlich ein verkommenes Genie."

„Das glaube ich weniger. Dazu fehlt ihm das schauspielerische Talent. Aber — vielleicht könntest du doch etwas für ihn tun, Irene. Es würde dich bei Rückert nur ein paar Worte kosten."

Irene schwieg eine Weile und sah gedankenverloren zum Fenster hinaus. Das war nun wieder die impulsive Art Hermines, die sich jeder neuen Sache gleich mit Haut und Haaren verschrieb, um nach ganz kurzer Zeit schon wieder von etwas anderem eingenommen zu sein.

„Wir wollen Herrn Holm doch zuerst einmal etwas näher kennenlernen", meinte sie dann. „Es muß sich auch erst zeigen, ob er wirklich soviel kann, daß der Verleger Rückert für seine Arbeit Interesse haben könnte."

Damit war für diesen Tag das Thema Wolfgang Holm abgeschlossen. Irene nahm sich das Rollenbuch der „Maria Stuart" aus dem Bücherschrank und ging damit im sinkenden Abend zu den Hügelwiesen hinaus. — —

Solange die Ferien dauerten, hatte Irene es ganz gern gesehen, wenn Wolfgang Holm kam. Sie begann ihn zu bedauern, weil er mit seinen Arbeiten nicht recht in die Öffentlichkeit drang, wurde immer mehr überzeugt von seinem Können und nahm sich vor, die erste günstige Gelegenheit wahrzunehmen, um ihn dem Verleger Rückert zu empfehlen.

Nun aber, da die Proben zu „Maria Stuart" begonnen hatten, wurde es ihr sehr peinlich, daß Holm sich so hündisch-hartnäckig an ihre Fersen heftete. Die Kollegen schüttelten verständnislos die Köpfe, wenn sie den unscheinbaren Menschen im abgetragenen Anzug vor dem Theater warten sahen. Merkwürdigerweise fand Irene aber auch nicht die Kraft, Wolfang Holm zurückzuweisen in das Unbekannte, aus dem er aufgestiegen war. Es stritten zwei Gefühle in ihr: Mitleid und Unmut. Bei einem Spaziergang gab sie einmal dem letzteren nach und sagte schonungslos:

„Wissen Sie, Holm, es ist eigentlich schade um Sie, Sie sind ein so begabter Mann und könnten eine ganz andere Stellung im Leben einnehmen. Aber Ihre Formfehler sind manchmal so groß, daß es geradezu eine Schande ist. Und — haben Sie denn niemanden, der etwas auf Ihr Äußeres sieht?"

„Ich weiß, ich weiß", unterbrach er sie laut. „Ich bin alles andere als ein Kavalier. Ich habe niemanden gehabt, der mir so etwas wie Schliff beigebracht hätte. Sehen Sie, ich wäre so dankbar, wenn Sie dies tun würden. Jedenfalls werde ich in Zukunft wie ein Satan aufpassen, was andere tun."

„Verfallen Sie nur nicht in den Fehler, jemanden nachzuahmen! Der Mensch muß seine persönliche Note haben. Sind Sie auch wirklich nicht beleidigt, Holm, wenn ich Ihnen die Wahrheit sage?“ Als er entrüstet verneinte, sprach sie weiter: „Wenn jemand Sie fragt, wie es Ihnen geht, so sagen Sie doch um Himmels willen nicht ‚sosolalla‘ oder ‚zeitgemäß‘, wie Sie das gewöhnlich zu sagen pflegen. Es heißt: Danke, gut. Oder: Vielen Dank für die Nachfrage.“

„Vielen herzlichen Dank. Sonst noch etwas?“

Irene lächelte. „Es gäbe noch vieles. Wenn es Ihnen recht ist, werden wir es in Zukunft so machen, daß ich Sie auf jeden Fehler sofort aufmerksam mache, wenn es möglich ist.“

„Ja bitte, tun Sie das. Und was mein Äußeres betrifft, so werde ich zusehen, was sich machen läßt. Ich habe eine Novelle recht gut unterbringen können und werde finanziell etwas frei werden.“

„Das freut mich aufrichtig für Sie. Im übrigen werde ich morgen mit Herrn Rückert zusammenkommen und dann die Sprache auf Ihren Roman bringen.“

„Zu gütig. Aber ich wage kaum zu hoffen. Ich frage mich oft, womit ich Ihre Güte verdient habe.“

„Reden Sie keinen Unsinn, Holm. Wir haben uns in der kurzen Zeit, in der wir uns jetzt kennen, über alle Probleme des Daseins so erschöpfend unterhalten, daß es doch eine Selbstverständlichkeit ist, einander zu helfen, wenn sich eine Gelegenheit dazu gibt.“

„Helfen, ja, einander helfen wollen. Das ist etwas ungemein Schönes. Aber bei uns beiden ist etwas Einseitiges, denn wie sollte ich Ihnen helfen können — Ihnen, die Sie doch längst am Ziel sind?“

Irene lachte ihm herzlich zu und legte ihre Hand auf seinen Arm. „Sagen Sie das nicht, Wolfgang Holm. Das Leben schiebt einen oft ganz unversehens in eine düstere Ecke, und man braucht dann einen selbstlosen Freund."

Holm blickte zu Boden und sagte lange nichts. Plötzlich blieb er stehen und sah sie wieder mit jenem schweren Blick demütigster Ergebenheit an.

„Ich bin ja nichts weiter als ein unbekannter, verträumter Poet, Fräulein Haydenegger. Vielleicht wird es einmal anders. Hoffen will ich es. Doch eines möchte ich Ihnen versichern: Ich werde immer für Sie dasein, wenn Sie mich einmal brauchen sollten."

Sprach's, lüftete den Hut und reichte ihr die Hand.

„Wollen Sie nicht mit ins Haus kommen?"

„Nein, für heute — auf Wiedersehen."

*

Das war das letzte, was sie miteinander sprachen. Irene wunderte sich, als Holm am nächsten Tag nicht auf sie wartete. Er kam auch am übernächsten Tag nicht, blieb die ganze Woche fern. Anscheinend war er also doch über ihre Offenheit beleidigt. Er war von selbst wieder aus ihrem Leben geglitten.

Es tat nicht weh. Nein, sie war nach dieser Krankheit auch in ihrem Innenleben ein gefestigter Mensch geworden. Sie dachte selbst nur hin und wieder ganz flüchtig an Ludwig Kappler, der mit seiner Frau in Ägypten weilte. Nie mehr sah sie das einsame Licht auf dem Römerberg brennen, und es mutete sie heute fast an, als wäre alles ein Traum gewesen, der mit ihrer Krankheit tief ins Vergessen gesunken war.

Indessen hatte sie sich mit einem anderen Mann zu beschäftigen: mit ihrem neuen Partner Friedrich Westhagen. Bei der zweiten Probe stellte es sich schon heraus, daß er niemals an Ludwig Kappler heranreichen würde, obwohl er so tat, als stünde er in seinem Können haushoch über Kappler. Sehr von sich eingenommen, sprach er viel von künstlerischer Haltung. Alles war gehalten bei ihm, und zwar krampfhaft. Es fehlte ihm der innere Schwung, der zum Schaffen notwendig ist, weil es ja keineswegs genügt, sich nur großen Vorbildern anzugleichen. Aber wie gesagt, Friedrich Westhagen bewahrte Haltung auch dann, als nach der ersten Aufführung die Presse schrieb:

„Allein und einsam wanderte Irene Haydenegger auf ihrer Höhe dahin. Uns will scheinen, daß diese Künstlerin mit jeder neuen Rolle in ihre letzte Größe hineinreift. Leider war Herr Westhagen kein Partner von Format für sie, und es war schon nach dem ersten Akt erkennbar, daß man kaum auf das wundervolle, berauschende Steigern von wahrhaft dämonischen Kräften wird rechnen können, das zum Beispiel ‚Peer Gynt' zu jenem unvergeßlichen Erlebnis werden ließ —"

Einen andern hätte eine solche Kritik zweifellos verletzt. Nicht aber Friedrich Westhagen. Er sprach von einer menschlichen Haltung, die man gerade in solchen Situationen bewahren müsse. Er habe seinen eigenen Stil und sei überzeugt, daß man das noch erkennen werde.

Ganz unwillkürlich stellte Irene Vergleiche zwischen ihm und Ludwig Kappler an. Die beiden unterschieden sich wie Tag und Nacht. Als Künstler stand Kappler wie eine brennende Fackel vor Westhagen. Als Mensch aber wich er vor ihm ins Dunkel zurück. Westhagen war die Aufmerksamkeit selbst. Er ging keinen Abend aus dem Theater, ohne sich von Irene mit einem Handkuß verabschiedet zu haben. Ein paarmal war sie mit ihm am Nachmittag ins Freie gefahren, und es tat ihr wohl, von einem Menschen so ritterlich umsorgt zu werden. Irene kam es vor, als habe sie noch nie so gern gelebt wie in dieser Zeit. Sie fühlte sich gesund und unbeschwert. — —

Eines Abends klopfte es an ihrer Garderobentür. Irene war der Meinung, daß es wie allabendlich Friedrich Westhagen sei, und rief freundlich:

„Komm nur herein, Westhagen! Du störst nicht."

Es war aber Wolfgang Holm. Ein gänzlich veränderter Wolfgang Holm, vom Scheitel bis zur Sohle. Er trug einen tadellos geschneiderten Anzug, eine elegant gebundene Krawatte und feines Schuhwerk. Das Haar war sauber geschnitten und gescheitelt. Dieser so unbeholfene Mensch war plötzlich eine ganz repräsentable Erscheinung geworden.

„Also, ich bin überrascht", sagte Irene und stand auf, um ihm die Hand zu geben. „Aber bitte, nehmen Sie Platz." Sie schüttelte den Kopf und lächelte. „Nein, so was! Das hätte ich mir nicht träumen lassen."

Holm setzte sich und zog die Hose ein wenig hoch; seidene Strümpfe wurden sichtbar.

„Ich wollte dem gnädigen Fräulein beweisen, daß Ihre Belehrungen nicht auf unfruchtbaren Boden gefallen sind. Ganz unverhofft bekam ich eine recht passable Honorarabrechnung, und da dachte ich —"

„Ja, da haben Sie schon richtig gedacht, lieber Holm." Sie betrachtete sein Gesicht genauer, vielleicht zum erstenmal, seit sie ihn kannte, mit voller Aufmerksamkeit. „Man sollte es nicht für möglich halten, was Kleider aus einem Menschen machen. Meine Anerkennung, Holm!"

Holm lächelte ein wenig. „Ich wollte nicht eher wieder vor Sie hintreten, bevor Sie sich mit mir — nicht mehr zu schämen brauchen. Als erstes aber möchte ich Ihnen herzlich für Ihre freundliche Hilfe danken. Rückkert teilte mir heute mit, daß er meinen Roman herausbringen will."

„Wirklich? Das freut mich aber, Holm. Ich gratuliere Ihnen herzlich!"

„Es ist Ihr Verdienst, gnädiges Fräulein. Ich werde das nie vergessen. Und — wenn ich mir erlauben dürfte — zur Feier des Tages gewissermaßen — ein Glas Wein zusammen?"

„Aber natürlich, gern", antwortete Irene freudig bewegt. „Nur einen kleinen Augenblick Geduld." Sie ordnete vor dem Spiegel ihr Haar, räumte den Schminktisch noch etwas zusammen und gab den Blumen Wasser.

Hernach saß sie mit Holm in einem kleinen, aber sehr gemütlichen Weinrestaurant und war nach langer Zeit einmal wieder so recht von Herzen froh und frei.

*

Nun kam sie fast täglich wieder mit Holm zusammen. Er war jeden Abend im Theater, und die Kollegen wußten bereits, daß es sich um den hoffnungsvollen jungen Schriftsteller handelte, dessen neuer Roman „Die Straße ins Paradies“ von Rückert angenommen war.

Irene ging es ganz eigenartig in dieser Zeit. Als sie dann in der Stadt in irgendeiner Buchhandlung Holms Buch ausgestellt sah, verspürte sie eine grenzenlose Genugtuung, die sie mit einer kindhaften Freude, ja sogar mit einer Art Stolz erfüllte.

Ihr Verhältnis zu Holm war von jener ungebundenen fröhlichen Art, wie man sie zwischen Geschwistern oder guten Freunden findet. Manchmal freilich wollte es ihr scheinen, als glühe doch etwas Tieferes hinter Holms bescheidenem Wesen. Er schaute sie mitunter so eigentümlich an, und manchmal war in seinem Lächeln etwas von verborgener Zärtlichkeit. Oft zitterte beim Abschied seine Hand ein wenig, wenn er die ihre hielt, und dann kroch immer eine heimliche Angst in ihr hoch, daß er sie plötzlich mit einem Geständnis überfallen könnte, für das in ihrem Innern kein rechter Platz war. So, wie ihr Zusammensein war, fand sie viel Freude daran, und sie wünschte sich inbrünstig, daß es immer so bleiben möchte.

Wolfgang Holm zeigte sich immer mehr von einer neuen Seite. Seine Bewegungen hatten alles Eckige verloren, sein Gang war nicht mehr schleppend, sondern aufrecht und sicher, seine Anzüge verrieten vornehme Eleganz, und stets trug er die richtige Krawatte dazu.

Eines Tages, Hermine war in der Stadt zu irgendeiner Besorgung, kam Wolfgang Holm zur Kaffeestunde. Draußen fiel ein leichter Regen, und im Zimmer war es so dunkel, daß man das Licht einschalten mußte.

Gleich bei seinem Eintritt hatte Irene das Gefühl, daß etwas Besonderes los sein müßte. Er war ein wenig aufgeregt, und in seinen Augen schimmerte ein seltsam dunkles Licht.

Sie hatte sich nicht getäuscht. Als sie die feinen Porzellantassen auf das Tischchen stellte, faßte er nach ihrer Hand und sagte:

„Lassen Sie das, Fräulein Irene. Bitte, setzen Sie sich neben mich, und hören Sie mich ganz ruhig an. Nein, Sie brauchen nicht zu erschrecken. Es hat ja auch nicht allzuviel zu bedeuten. Aber es kann Ihnen doch nicht verborgen geblieben sein, Irene —"

Irene entzog ihm schnell ihre Hand. Sie war blaß geworden. „Bitte, sprechen Sie nicht weiter, Holm. Auf eine Liebeserklärung bin ich nicht vorbereitet. Ich will sie auch gar nicht hören, weil ich weiß, daß sie das Ende unserer Kameradschaft bedeuten würde. Bitte, Holm, ich möchte so gern, daß wir alles so lassen, wie es war."

Er biß sich auf die Lippen. „Das können wir dann immer noch halten, wie wir es für gut finden. Schicken Sie mich aber um Gottes willen jetzt nicht fort, ehe ich Ihnen das gesagt habe, was ich seit Wochen in mir herumtrage und wohl schon hundertmal vor mich hingesprochen habe. Ich liebe Sie wie nichts auf der Welt. Ich habe noch nie jemanden so geliebt und werde auch niemals jemanden so lieben."

Irene war einen Augenblick still, wie um nachzuprüfen, ob diese Worte in ihrem Innern etwas anrührten. Es war alles so merkwürdig still in ihr. „Wissen Sie denn, was Sie da behaupten, Holm? Wer sagt Ihnen, daß Sie sich nicht irren?“

„Mein Herz! Glauben Sie mir, Irene, ich habe mich genau geprüft, und mein Herz sagt mir heute nichts anderes als ganz zu Anfang.“

Abermals sann Irene eine lange Weile nach. Dann sagte sie: „Wenn ich Sie damals nicht angesprochen hätte, wäre es nicht zu dieser Stunde gekommen. Und darum —“

„Halt!“ sagte er schnell und sehr laut. „Ich unterbreche jetzt nicht aus Unhöflichkeit, sondern weil Sie das Gespräch darauf hinlenken wollen, daß alles im Leben nur aus Zufälligkeiten besteht. Gut, wollen wir unsere erste Begegnung Zufall nennen. Es ist aber längst Schicksal geworden, Irene, das wissen Sie so gut wie ich. Sie brauchen nur einen Vergleich zu ziehen zwischen dem Menschen, der Ihnen damals zwischen den Hügelwiesen begegnete und dem, der heute vor Ihnen sitzt. Und ich brauche doch nicht zu betonen, daß dies alles ganz allein Ihr Werk ist. Sie haben mir das Tor zum Leben geöffnet. Ich hatte Mühe, mich in dem Raum zurechtzufinden, in der Welt sozusagen, in die Sie mich geführt haben und in der Sie mich nun allein lassen wollen. Im übrigen habe ich nicht verlangt, daß Sie mich lieben sollen.“

„Ich will Ihnen einmal etwas sagen, Holm. Sie sind doch Mensch genug, um zu erkennen, wie töricht solch ein Reden ist. Was nützt Ihnen Ihre Liebe, wenn ich nicht das gleiche Gefühl für Sie empfinde? Für kurze Zeit geben Sie sich vielleicht mit einer solchen Einseitigkeit zufrieden. Dann bekommen Sie es satt, werden unzufrieden, und unsere Freundschaft endet mit einem Mißklang. Das ist das Ende vom Lied. Darum sprechen wir nicht mehr davon."

Wie ernüchtert sprang Holm auf. „Dann ist es besser, wenn ich gehe."

„Ich kann Sie nicht halten, Holm."

„Eigentlich hätte ich es mir ja denken können", sagte er ein wenig trotzig. „Was bin ich denn schon? Ein größenwahnsinniger Bursche, den ein paar Buchauflagen um den Verstand gebracht haben. Es ist gut, daß Sie mich rechtzeitig in die Schranken weisen. Wie konnte es mir auch einfallen, einer so gefeierten Schauspielerin —"

„Werden Sie nicht geschmacklos, Holm. Das habe ich nicht verdient."

„Nein, bestimmt nicht. Bitte, verzeihen Sie mir. Aber lassen Sie mich trotzdem gehen. Lassen Sie mich wieder sein, was ich vordem war: ein Einsamer, der nur von fernher das wirkliche Leben grüßt. Ich habe einmal vom Leben recht viel erhofft: Vornehmheit, Glanz, Reichtum, Liebe. Das alles kam durch Sie in meine unmittelbare Nähe. Ich durfte daneben herleben wie ein folgsames Kind. Und nun, da ich den ersten Versuch unternahm, schlug mich das Schicksal gleich gehörig auf die Pfoten, und das Tor öffnete sich wieder für meinen Weg ins Dunkel. Dieses Dunkel war einmal meine Heimat. Wie ich jetzt darinnen zurechtkomme, ist eine andere Frage."

„Ich danke Ihnen von Herzen für jede schöne Stunde. Aber nun leben Sie wohl."

Nach einer kleinen Weile fiel die Flurtür ins Schloß. Regungslos war Irene sitzen geblieben. Nun tat ihr das Herz ein wenig weh. Schade, daß alles so kommen mußte! Plötzlich fühlte sie sich sehr verlassen.

Vergebens versuchte sie das Gefühl, von dem sie überwältigt wurde, zu erkennen. Aber es war nur ein Durcheinander von Gefühlen, ein Gemisch von Mitleid und Zorn, von Gutsein und Abneigung. Zuletzt dachte sie, daß Holm am Abend sicherlich wieder ins Theater kommen und vernünftig sein würde.

Wolfgang Holm kam aber weder an diesem noch an den folgenden Abenden ins Theater. Und da erst erkannte Irene, daß sie ihn doch vermißte. Sie hatte bisher gar nicht gewußt, wie eng Holm schon mit ihrem Dasein verbunden war. Ganz klar und ruhig überdachte sie nun alles, empfand Gewissensbisse dabei und fragte sich wohl schon zum hundertsten Mal, ob sie recht gehandelt habe. Hatte sie sich denn wirklich eingebildet, daß ein Mensch von Holms Beschaffenheit nur freundschaftlich neben ihr herwandern könne, immer nur als Freund und Mensch, niemals als Mann mit dem heißen Schlag seines Blutes?

Nein, er war gewiß kein Alltagsmensch, dieser Holm. Auf ihren gemeinsamen Spaziergängen hatte sie das oft genug festgestellt, wenn er sein Innenleben vor ihr ausbreitete. Er hatte sie teilnehmen lassen an seinem Schaffen, hatte sie hineingeführt in die verzauberten Schächte seines Empfindens. Wie oft war sie stumm und erschüttert neben ihm hergewandert, wenn er ihr Sätze aus seinem werdenden Buch rezitierte. Sie war von ihm, ohne daß sie es recht wußte, in ein Zauberland geleitet worden und erkannte plötzlich, daß eine entsetzliche Leere entstehen würde, wenn sie sich aus diesem Traumland ausschloß. Diese Erkenntnis fiel wie ein schmerzhafter Schlag auf sie nieder, und sie hätte weinen können wie ein Kind.

War es nicht ihre Schuld, daß sie versäumt hatte, neben dem Schriftsteller Holm auch den Mann in den Kreis ihres freundschaftlichen Wollens einzubeziehen? Nun, da sie erkannte, daß Mann und Künstler doch nur ein einziges Ganzes sein konnte, fiel es ihr wie Schuppen von den Augen. — —

Endlich, am zehnten Tag bekam sie einen Brief von ihm. Ihr Herz tat ein paar schnelle Schläge. Wohl noch nie in ihrem Leben hatte sie mit solcher Hast einen Brief geöffnet. Wolfgang Holm schrieb:

„Nun muß ich Ihnen doch noch schriftlich sagen, was mir mündlich nicht mehr möglich ist, denn ich habe eingesehen, daß es besser ist, wenn ich Ihnen nicht mehr begegne. Wenn ich könnte, so möchte ich mich am liebsten entschuldigen, daß ich Sie erschreckt habe durch den Ausbruch meiner Gefühle. Ja, ich sah Ihre Angst und wußte bis dahin noch nicht, daß man vor der Liebe Angst haben könne. Sagen Sie, Irene, warum haben Sie mich eigentlich emporgezogen in Ihre Welt? Warum sind Sie mir in meinem Pariadasein Führerin geworden? Heute weiß ich es: Ihr Interesse hat nur dem Schriftsteller gegolten, und ich hätte nichts anderes fühlen dürfen als nur Dankbarkeit. Daran werde ich auf Schritt und Tritt erinnert, wenn mich meine Bücher in den Auslagen ansehen. Dann weiß ich, das habe ich Ihnen zu verdanken. Sie haben mir den Impuls zum Schaffen gegeben. Und ich beging den Fehler, daß ich zu denken wagte, Ihr Helfenwollen müsse doch in einem kleinen bißchen Liebe seinen Ursprung haben, wo es nur Mitleid und Erbarmen war. Glauben Sie mir, Irene, ich habe in diesen Tagen und Nächten gerungen mit mir und bin dabei zu der Erkenntnis gekommen, daß es noch nicht das Schlimmste ist, keine Gegenliebe zu finden. Nein, mir ist viel Schwereres widerfahren: ich habe die Kraft und den Glauben an mich selbst verloren. Das ist Ihre größere Schuld, denn ohne Sie bin ich nur ein armseliges Wrack, das man jederzeit in die Gosse werfen kann. Nicht mehr das leiseste Feuer glimmt in mir. Damit aber hat mein Leben nun wirklich allen Sinn verloren. Das Lämpchen glüht nur noch, es wird langsam, aber unerbittlich erlöschen. In Ihrer Hand allein hätte es gelegen, mich zu Höchstem zu befähigen. Es soll nicht sein, und es ist wohl gut so. Ich bin Ihnen nicht böse deswegen. Nein, ich bleibe bis an mein Ende Ihr dankschuldiger,

sehr ergebener

Wolfgang Holm."

Bis ins Innerste gerührt starrte Irene auf den Briefbogen nieder. Es war gutes Leinenpapier mit hauchgelbem Schimmer mit zierlichen Druckbuchstaben am oberen linken Rand: Name, Wohnung, Telefonnummer und Postscheckkonto. Holm mußte sich diese Briefbogen erst kürzlich zugelegt haben.

Unschlüssig, was sie tun sollte, ging sie eine ganze Weile im Zimmer hin und her. Sie war allein im Hause, da Hermine vor einer Stunde mit ihrem Zeichenkasten zu den Hügelwiesen gegangen war. Kurz entschlossen hob sie den Hörer ab und wählte Holms Nummer. Schläfrig und verdrossen meldete sich seine Stimme.

„Ich bin es, Holm — Irene."

„Ja? Bitte?"

„Ich habe soeben Ihren Brief erhalten, Holm. Was sind denn das für Dummheiten?"

„Wenn Sie, gnädiges Fräulein, es für eine Dummheit ansehen, wird es auch sicherlich eine sein."

Aha, diesen knabenhaft trotzigen Ton schlägt er also an, dachte Irene und mußte unwillkürlich ein wenig lachen.

„Ich will Ihnen einmal etwas sagen, Holm. Sie messen der ganzen Sache viel zuviel Bedeutung bei."

„Das kann vielleicht nur ich beurteilen."

„Was ist denn schon Großes geschehen, daß Sie aus allen Fugen geraten?"

„Ganz recht! Sie haben schon rechtzeitig dafür gesorgt, daß nichts Großes geschehen konnte."

„Ja, ich gebe zu, wir hätten anders miteinander reden können. Aber ich war wirklich überrumpelt."

Von anderen Ende kam kein Laut mehr.

„Hallo, Holm? Sind Sie noch da?"

„Ja, ich höre noch."

„Ich möchte Ihnen einen Vorschlag machen, Holm."

„Ja, bitte?"

„Kommen Sie heute nachmittag heraus."

„N — ein."

Irene biß sich auf die Lippen. „Na gut, wie Sie denken."

„Es geht nicht gut, Irene."

„Angeblich können Sie durch meine Schuld zur Zeit nicht arbeiten. Also haben Sie Zeit."

„Zeit ja. Aber ich müßte Ihnen doch nur das sagen, was Sie nicht hören wollen."

„Es gibt andere Dinge genug, die ich sehr gern von Ihnen höre."

„Nur — daß ich Sie liebe, nicht."

„Sie sind der reinste Erpresser, Holm. Ein furchtbarer Mensch sind Sie!"

„Finden Sie? Hätten Sie es gern, Irene, wenn ich käme?"

„Natürlich. Sie dürfen sich doch nicht von einer solchen Weltuntergangsstimmung überwältigen lassen. Sie schulden dem Leben noch einiges. Oder wollen Sie dem lieben Publikum mit dem einen Buch schon alles gesagt haben, was in Ihnen ist? Das glaube ich nicht. Etwas mehr Ehrgeiz hätte ich Ihnen schon zugemutet."

Gerade zur rechten Zeit war das Gespräch beendet, denn Hermine kam soeben durch den Garten geschlendert. Sie brachte ein paar recht nette Entwürfe und einen prächtigen Hunger mit. Mit einer lustvollen Gier machte sie sich über das Frühstück her und meinte dabei:

„Ich erkenne immer mehr, wie gnädig es vom Schicksal war, uns gerade hierher zu führen. Diese Landschaft schließt mir immer neue Wunder auf. Ich habe noch nie mit einer solchen Lust gearbeitet wie jetzt." Und dann plötzlich: „Du, was ich sagen wollte: Was ist denn eigentlich mit Holm los? Ich habe ihn schon eine halbe Ewigkeit nicht mehr gesehen."

Irene spürte, wie ihr eine jähe Röte aufstieg, und wandte das Gesicht dem Schatten zu. „Mit Holm? Ja, ich weiß nicht. Vor kurzem erzählte er mir, daß er an einem neuen Roman arbeite."

„So, so? Er kommt übrigens in Schwung, der gute Holm. Rückert bringt von seinem ersten Roman demnächst die fünfte Auflage heraus. Wer hätte das gedacht, daß dieser schüchterne Jüngling sich so entpuppt! Weißt du noch, wie er das erstemal hier hereinkam? Ich hätte mich damals totlachen können. Er war doch zu ulkig. Sag einmal ehrlich, Irene, hättest du dich damals in ihn verlieben können?"

„Das — weiß ich nicht. Du vielleicht?"

„So, wie er im Frühjahr hier aufkreuzte? Aber ich bitte dich, Irene!"

Irene wurde plötzlich von einer peinigenden Neugierde befallen, die wahre Meinung der Schwester zu erforschen.

„Und heute?" fragte sie inquisitorisch. „Könntest du dich heute in ihn verlieben?"

„Heute? Unter Umständen, ja. Aber er interessiert mich nicht. Allerdings könnte ich mir gut vorstellen, daß er in der heutigen Verfassung eine Frau glücklich machen könnte."

In diesem Augenblick klingelte das Telefon. Hermine nahm den Hörer ab, reichte ihn aber sogleich an Irene weiter. Der Intendant des Theaters fragte an, was denn los sei. Ob sie vielleicht krank wäre?

„Um Gottes willen, wie kann mir nur das passieren! Ich habe die Probe wahrhaftig vergessen. Ja, ich werde sofort kommen."

In fliegender Hast warf sie den Mantel über, setzte den Hut auf und rannte davon. Zum Glück erwischte sie gerade eine Straßenbahn, so daß die Verspätung nur etwa eine halbe Stunde ausmachte. Immerhin — sie hatte die Probe vergessen. Die Ursache lag bei Holm. Irene war ehrlich genug, sich dies einzugestehen. Sie verschwendete eben doch mehr Gedanken an den Menschen, als sie sich zugestehen wollte. Nun, das sollte er aber am Nachmittag zu hören bekommen! Sie freute sich plötzlich auf dieses Wiedersehen und war während der Probe zum erstenmal nicht so konzentriert, wie man es sonst von ihr gewohnt war.

Ich werde ihm sagen, daß er ein ganz dummer, lieber Junge ist, nahm sie sich vor und legte sich überhaupt die Gespräche vorsorglich zurecht, damit nichts vergessen werden könnte, was gesagt werden mußte.

Jedoch der Nachmittag ging hin, Holm beliebte nicht zu erscheinen. Aber als sich am Abend der Vorhang hob, sah Irene auf den ersten Blick: er war gekommen. Ganz unbeweglich saß er in der ersten Reihe, sein Gesicht war starr ihr zugewandt.

*

Wolfgang Holm kam nicht in die Garderobe, aber sie wußte, daß er draußen auf sie wartete.

Westhagen kam herein wie jeden Abend, wenn er sich abgeschminkt hatte. Heute wollte er sie zu einem Glas Wein einladen in irgendein Gartenrestaurant. Es wäre geradezu ein Verbrechen, eine so herrlich schöne Sommernacht wie heute zu verschlafen. Irene schützte Migräne vor und wunderte sich später selbst, wie aalglatt ihr diese Lüge von den Lippen gekommen war.

Sorgfältig ordnete sie ihr Haar, puderte das Gesicht ein wenig und gab den Blumen noch Wasser. Sie schaute auf den Kalender. Es war der 3. September. Diesen Tag wollte sie sich einprägen. Sie wußte eigentlich nicht recht, warum, aber in ihrem Unterbewußtsein spürte sie, daß dieser Tag, der nur noch eine Stunde lang war, eine Wende in ihrem Leben zu bedeuten habe.

Ein sehr hoher Sternenhimmel wölbte sich über den Häusern. Unter der Milchstraße zog sich ein breiter, heller Schein hin. Aus den Rosenbeeten der Anlagen vor dem Theaterplatz strömte ein berauschend schwerer Duft.

Irene blieb stehen und schaute über den Platz. Dort drüben an einer Hauswand stand Holm. Sie kannte seinen Schatten schon. Schnellen Schrittes ging sie hinüber. Eine jauchzende Freude war plötzlich in ihr, eine fröhliche Bereitschaft. Irgend etwas in ihr kam zum Klingen.

Holm warf die Zigarette fort und ging auf sie zu.

„Da bin ich also nun."

„Ja, guten Abend, Holm." Sie nahm seinen Arm. „Warum sind Sie am Nachmittag nicht gekommen?"

„Ich — hatte keine Zeit."

„Sind Sie mir noch böse?"

„Nein. Ich schrieb es Ihnen doch schon im Brief."

Irene verstummte, paßte ihren Schritt dem seinen an und blickte geradeaus. Sie waren in eine menschenleere Straße eingebogen, die zur Stadt hinausführte. Die Straße lag schon in tiefem Schlaf, nur hin und wieder sah man hinter einem Vorhang ein mattes Licht schimmern. Über die Dächer hörte man noch ganz verschwommen das Klingeln einer Straßenbahn, dann wurde es still. Am Ende der Straße aber stand gütig wartend die Nacht mit ihrer großen Sterneneinsamkeit.

Irene war voller Erwartung, ihr Inneres war voll aufgeschlossen und wartete darauf, daß der Mann an ihrer Seite nun wiederhole, was er ihr an jenem Nachmittag in Friedenau draußen gesagt hatte.

Ja, sie wollte es nochmals hören, dieses „Ich liebe dich". Sie wollte die Worte mit vollem Bewußtsein in sich hineinfallen lassen und auf den Widerhall warten, der aus ihrem Herzen kommen mußte.

Aber der Mann schien das vergessen zu haben. Fast schien es so, als wäre er wieder von jener hilflosen Verlegenheit befallen wie in den ersten Tagen. Aber dazu war der Ausdruck seines Gesichtes zu gesammelt, war sein Schreiten zu selbstbewußt.

Aus den Wiesen stieg berauschend süß der Duft frischgemähten Grummets auf. Vom Wald herüber hörte man zuweilen den langgezogenen, schläfrigen Schrei eines Nachtvogels. Da sagte Holm plötzlich:

„Es wundert dich doch sicherlich, daß ich mit dir durch die Nacht dahinwandere. Ich meine — nach dem Brief, den ich dir geschrieben habe."

„Nein, das wundert mich nicht", wollte sie sagen, aber sie brachte kein Wort heraus, war wie benommen von dem Du, das er so unmittelbar anwandte. Und doch erkannte sie sogleich, daß dies erst eine geheime Verbindung schuf von ihr zu dem Mann. Da sprach er schon weiter:

„Du hast mir heute morgen durch dein Telefongespräch etwas Wunderbares geschenkt, Irene, für das ich dir unendlich dankbar bin. Es stört dich doch nicht, wenn ich dich duze?"

„Nein, nein, sprich weiter."

„Du hast mir ein Wort gesagt, das mich förmlich herausriß aus aller Lethargie. Du sagtest, daß du mehr Ehrgeiz von mir erwartet hättest. Und da hattest du recht. Es war töricht, mich so gehenzulassen. Ich brachte auch alles durcheinander. Du liebst mich nicht. Gut, das ist ja weiter kein Verbrechen. Aber du hältst mir weiter die Freundschaft. Und das vergaß ich in meinem Kummer, es kam mir erst wieder zum Bewußtsein, als du zu mir am Telefon sprachst. Du — ich sage dir, wie ein Rausch überkam es mich! Du kennst es doch, Irene, dieses Gefühl der Besessenheit. Das Blut schießt in den Kopf, die Hände zittern, man hört nichts mehr, sieht nichts mehr, jede Ader und jeder Nerv ist wach. So war das, wie ein Fieber packte es mich. Seite um Seite füllte sich, ich schrieb nicht, nein, es trieb mich, ein rasender Dämon gab mir Diktat. Und als ich einmal aufblickte, stand die Dämmerung vor dem Fenster. Da wußte ich, daß ich dich sehen müsse. Deshalb ging ich ins Theater. Du weißt ja gar nicht, wie du spielst, Irene! Und das ist vielleicht ganz gut so. Du bist nicht mehr Irene Haydenegger, sondern ein von aller Welt losgelöstes Wesen, das Gottesdienst übt."

Ein unnennbares Gefühl durchströmte Irene. Seine Worte gingen wie ein Rausch über sie hin. Vielleicht wußte sie gar nicht, daß sie Holms Hand drückte. „Du hast mir soeben etwas Wunderschönes gesagt, Holm. Dafür danke ich dir."

„Ich habe dir doch immer schon gesagt, wie unerreichbar du in deinem Spiel bist."

„Nein, das meinte ich nicht. Zu wissen, daß ich die Ursache bin, die dich zum Schaffen treibt — das ist es, was mich sehr, sehr glücklich macht. Erzähl mir bitte, was du geschrieben hast. Erzähle mir überhaupt, wie das ist mit deinem Schaffen."

Und Irene erfuhr sehr Seltsames in dieser Stunde um Mitternacht.

„Ich habe", begann Holm, „in meinem Schaffen Wandlungen durchgemacht. Früher schrieb ich drauflos, aus purer Eitelkeit. Später dann, weil ich Geld brauchte. Dabei habe ich Konzessionen gemacht. Ich hatte ja niemanden, der mir das Rückgrat gestärkt hätte. Das wurde in dem Augenblick anders, als ich dich kennenlernte, Irene. Von diesem Augenblick an kam ein neues Beginnen. Ich fange jetzt erst an, und du kannst gar nicht wissen, wie dankbar ich dir dafür bin. Wenn ich meine heutigen Arbeiten durchlese, dann fühle ich, wie alles von deinem Wesen durchströmt und durchleuchtet ist. Ich weiß, daß du bescheiden bist, und doch ist es so, daß du Mitträgerin bist in all meinem Schaffen. Was ich tue, wie ich es tue und daß ich es überhaupt tue, hat seinen Ursprung nur in dir."

„Hör auf, hör auf", lachte sie beglückt. „Du machst mich noch ganz eitel."

„Das kannst du ja gar nicht sein, leider — oder Gott sei Dank."

„Oh, sag das nicht. Weißt du denn, was in mir vorgeht, wenn ich zufällig in einer Auslage dein Buch sehe?"

Nun war es an ihm, nachdenklich und still zu werden. Weit lag die Stadt hinter ihnen. Hinter fernen Waldhügeln zog gerade der halbe Mond herauf. Nach einem langen Schweigen sagte Holm:

„Nach all dem braucht es dich wirklich nicht zu wundern, Irene — erschrick nicht wieder — aber du mußt doch schließlich verstehen, daß ich dich immer mehr liebte." Er nahm ihren Arm fester in den seinen, als hätte er Angst, sie würde ihm entfliehen. Diese Gefahr bestand aber nicht mehr. Fühlte er denn nicht, wie ihr Schreiten neben ihm schon ein leichtes Hinschmiegen war? Plötzlich blieb sie stehen und sah ihn an.

„Ich will dir einmal etwas sagen, Holm. Du wirst es mir — ich weiß es — wohl immer wieder sagen müssen, das von der Liebe. Und ich weiß, daß es dich mit der Zeit zermürben wird, wenn es immer so einseitig bliebe. Das größte Herz wird müde zu lieben, wenn man ihm nicht Gegenliebe schenkt. Ich kann es dir auch heute noch nicht sagen, ob ich dich liebe. Das geht nicht von heute auf morgen. Vielleicht werde ich dich einmal lieben, ich weiß es nicht — noch nicht. Weißt du, das ist eigenartig bei mir. Ich bin nicht das Steinbild, für das mich manche halten. Natürlich möchte ich auch einen Menschen liebhaben. Aber dann gibt es für mich nichts anderes mehr. Dieser Mensch müßte mir gehören mit Leib und Seele. Es darf kein anderer Gedanke in ihm sein. Ich dürfte niemals die Angst in mir spüren, daß ich diesen Menschen an jemand anderen verliere. Das würde mein ganzes Selbstbewußtsein zerstören."

Sie schwieg erschrocken und dachte gleich darauf erschauernd: Nun müßte eigentlich etwas geschehen. Vielleicht erwartete sie, daß auf dieses freimütige Bekennen hin der Mann sie in die Arme reißen müßte, und sie wäre in diese Umarmung hineingesunken mit dem glühenden Willen, geliebt zu werden.

Der Mann aber fand nicht den Mut dazu. Er legte nur seine Hände auf ihre Schultern und drehte sie zu sich herum. Sein Gesicht neigte sich dem ihren zu. Sie spürte den Hauch seines Mundes über ihre Schläfen wehen, dann suchte sein Mund ihre Lippen.

Langsam ließ sie die Lider über die Augen sinken. Der Kuß des Mannes war ungeschickt. Es war nicht der fordernde Kuß, der rücksichtslos erobern will, sondern vielmehr das schüchterne Tasten eines Jünglings, der sich in die Nähe des ewigen Mysteriums hintrinken will.

Merkwürdig — gerade in diesem Augenblick mußte Irene an Ludwig Kappler denken. Weit öffnete sie jetzt die Augen. Sie sah die Sterne über sich und wurde von einer Traurigkeit berührt, die tief aus ihrem Innern kam. Diesen Augenblick hatte sie sich immer ganz anders vorgestellt. Ihr Blut glühte nicht auf in heißem Begehren. Nur ihr Mund allein war ein klein wenig glücklich, alles andere wurde davon nicht berührt. Der Mann war nicht fähig oder nicht willens, mit ihr restlos in jene Woge zu versinken, die alles Denken verlöscht. Es wurde kein glückseliges Nirwana, nein, der Mann zärtelte jetzt mit seinen Lippen nur leise über ihr Gesicht hin. Seine geflüsterten Worte, daß er sie unsterblich liebe, konnten sie jetzt kaum noch erreichen.

Da fiel von Irene alle Bereitschaft ab. Hell und klar in ihrem Denken stand sie unter dem warmen Himmel der Spätsommernacht. Sie lächelte und legte nun ihrerseits beide Hände um den Hals des Mannes, fragte ihn, ob er glücklich sei.

„Glücklich, ja. Aber weißt du, Irene, eigentlich kann ich das alles noch gar nicht fassen. Es ist wie ein Traum. Ich glaube, daß es wunderschön werden wird mit uns beiden. Du mußt nur ein wenig Geduld haben mit mir."

Wieder spürte Irene einen leisen Stich. Wenn sie um Geduld gebeten hätte, wäre es begreiflich gewesen. So aber schob sich der Mann selbst auf eine Ebene der Minderwertigkeit. Sie stand über ihm, wo sie unter ihm hätte stehen sollen, und das gab diesem neugeborenen Glück eine sehr dünne, leicht zerbrechliche Schale. Aber sie nahm sich vor, dieses Zerbrechliche besonders sorgfältig zu hüten und zu pflegen, daß vielleicht allmählich doch noch etwas Starkes und Großes draus aufblühen könne.

In dieser Nacht glitt das Wunder auf leisen Sohlen vorüber. Über die kargen Zärtlichkeiten hinaus geschah nichts. Auch als er sie nach Hause begleitet hatte, verspielte Wolfgang Holm noch die letzte Gelegenheit, dieser Nacht jenes unvergeßliche Siegel aufzudrücken, das später in den Erinnerungen immer als leuchtendes Idol weiterleben könnte.

„Gute Nacht", sagten beide, und ihre Hände glitten auseinander. Dann ging Irene schnell über den Gartenweg ins Haus.

*

In der Folgezeit war Irene glücklich über die menschliche Harmonie, die sie zu Holm gefunden hatte. Zuweilen dachte sie, daß sie sich früher um die Liebe zuviel Hoffnungen und Gedanken gemacht hatte. Vielleicht gab es das überhaupt nicht, was sie sich in stillen Stunden oft erträumt hatte. Holm überschüttete sie mit Zärtlichkeiten und ließ sie immer wissen, daß es nichts auf der Welt für ihn gab als sie und ihre Liebe.

Holm war schnell ein bekannter Schriftsteller geworden. Er hatte in den vornehmsten Gesellschaften Eingang gefunden, freilich oft nur durch Irenes Vermittlung. Es war ihr nicht ganz unangenehm, an seinem Glanz teilzuhaben, zumal Holm in allen Gesprächen erwähnte, daß er ihr, der berühmten Schauspielerin Irene Haydenegger, sehr viel zu verdanken habe. Irene freute sich über seine gesellschaftlichen Erfolge, und sie war dann jedesmal wirklich ganz von innen heraus froh und glücklich bei dem Gedanken, daß eigentlich nur sie allein ihm das Tor zu diesem Leben geöffnet hatte. Als Dank dafür hatte sie die Gewißheit, daß ihr Holm bedingungslos ergeben und treu war. Niemals gingen seine Augen hinter einer anderen Frau her, und keine Verlockung verwirrte ihn jemals.

Wenn Irene über alles nachdachte, kam sie immer mehr zu der Auffassung, daß diese Art des Liebens wohl die verläßlichste und dauerhafteste sei und die Zeit vielleicht besser überdauern würde als das Zusammenfallen zweier Menschen in heißer Leidenschaft. Vor allem schenkte ihr dieses Zusammenleben mit Holm viel Ruhe und Zufriedenheit. Mit einer Souveränität ohnegleichen spielte sie ihre Rollen, sie blieb der unwandelbare Stern am Luisentheater.

Einmal sagte Herr von Halwig scherzhaft zu ihr: „Wie ist es denn mit Ihrem Dichter, liebe Haydenegger? Könnte er uns nicht einmal ein Stück liefern, so einen richtigen Kassenschlager, meine ich? Mit einer Glanzrolle für Sie?“

Diese Frage stellte der Intendant während einer Probenpause im Foyer an Irene. Sie blieb stehen und sah ihn lächelnd an. „Das müßten Sie ja eigentlich wissen, Herr von Halwig."

„Ich? Wieso denn? Der Name Holm ist mir unter den zahlreichen Manuskripten, die ich erhalte, noch nicht aufgefallen, obwohl ich, ehrlich gestanden, immer darauf warte."

„Doch, doch, Herr Holm hat vor zwei Jahren ein Schauspiel ‚Die Magd' eingereicht und es nach einem halben Jahr mit dem üblichen Ablehnungsbescheid zurückerhalten."

„Tatsächlich? Na, damals wußte vielleicht noch keine Maus in unserer Stadt von einem Schriftsteller Holm."

„Ja, sehen Sie, das ist es eben. Immer nur der Name! Das Werk kommt erst an zweiter Stelle. Aber trösten Sie sich; jenes Schauspiel war wirklich nicht bühnenreif, wie ich mich inzwischen überzeugt habe. Holm fehlte damals noch jede Erfahrung, er hielt sich an keine technische Gesetzmäßigkeit, wie sie nun einmal ein gutes Bühnenstück verlangt."

Halwig faßte sie scherzhaft beim Arm und orakelte:

„Ich hoffe aber, daß ihm dies inzwischen beigebracht worden ist."

Die Klingel drang schrill durch das stille Haus und rief zur Weiterführung der Probe.

„Aber wie gesagt, liebe Haydenegger, wenn es einmal soweit ist, bringen Sie mir das Manuskript persönlich. Ich glaube, daß Sie Ihrem Dichterling das richtige Versmaß schon beibringen werden." — —

Irene berichtete Wolfgang noch an diesem Abend von dem Gespräch.

„Ja, ja", sagte er. „Du hast recht. Ich müßte eigentlich einmal ernsthaft an den Gedanken herangehen. Ich trage da schon seit Wochen den Stoff zu einem zermürbenden Drama in mir herum."

Irene verzog den Mund ein wenig. Ein „zermürbendes Drama" war nach ihrer Meinung nicht das richtige. Sie nahm sich aber vor, ihm einmal einen Einblick in die Hexenküche der Bühnenschriftstellerei zu geben. Nur sie, die selbst auf der Bühne tätig war, hatte den Überblick über all die komplizierten Zusammenhänge, die vom ersten Klingelzeichen bis zum letzten Fallen des Vorhangs in einem guten Bühnenwerk enthalten sind.

Holm war ganz begeistert über den Vorschlag. Freilich, meinte er bedauernd, er könne ja nun von ihr nicht verlangen, daß sie bei ihm in die vielen Entwürfe und Unterlagen Einsicht nähme, die er angesammelt hatte. Er müsse halt dann wohl oder übel den ganzen Kram zusammenpacken und damit nach Friedenau hinausfahren.

„Nein, nein", erwiderte Irene schnell und unbefangen. „Warum sollte ich nicht zu dir kommen können? Es interessiert mich übrigens schon lange, wie du wohnst."

„Das ist einfach wundervoll, Irene. Sieh, ich hätte dir den Vorschlag nicht zu unterbreiten gewagt, obwohl es mich immer ein wenig traurig stimmte, daß du überhaupt nicht weißt, wie ich lebe, wie ich wohne und so weiter. Ich zum Beispiel weiß genau, wie du lebst und wie du dich in deinen Räumen bewegst. Es sind genau acht Schritte, wenn du aus deinem Zimmer kommst und an das große Fenster im Wohnzimmer trittst. Von dort sind es vier Schritte bis zum Flügel. Ich habe mir das alles genau berechnet, und ich finde es wichtig, wenn einer vom andern jede Kleinigkeit weiß."

Sie legte ihm lachend die Hand auf den Mund. „Schau mal einer an, wie genau er mich schon erforscht hat! Du, ich warne dich vor allzugroßer Neugier. Einen kleinen Rest seines persönlichen Ichs muß sich jeder Mensch bewahren. Aber es bleibt dabei, ich komme zu dir. Wann?"

„Je früher, desto lieber."

Seit kurzem hatte Holm das kleine Dachzimmer in der Innenstadt aufgegeben und sich ein hübsches Balkonzimmer in einem Siedlungshaus am Stadtrand gemietet. Der Raum war groß und hell, und wenn man auf den Balkon trat, hatte man einen schönen Blick über Wiesen und Wälder hin.

Zwei Tage später fuhr Irene hinaus. Es war das erstemal, daß sie zu einem Mann in die Wohnung ging. Eigentlich empfand sie nichts Unnatürliches dabei, es war ihr aber doch lieber, daß sie ungesehen durch den Garten ins Haus und über die Stiege hinauf kam. Ihr Herz klopfte nun doch ein wenig, als sie auf die Klingel drückte.

Dann stand sie eine ganze Weile in der Tür, wie um erst einmal einen Überblick zu erhalten. Freudestrahlend stand Holm neben ihr. Die Einrichtung war alles andere als geschmackvoll. Es standen zuviele Möbel herum, die Holm auf einer Versteigerung erworben hatte. Das gab dem Raum etwas Drückendes. Das einzige, was an Kultur erinnerte, war der große eichene Schreibtisch mit dem Telefon. Das Schreibzeug aus Kupfer störte schon wieder. Über dem Schreibtisch hing ein Aquarell voll seltener Schönheit, das aber nicht recht zur Wirkung kam, weil zuviel Schatten darauffiel.

„Und das Aquarell dort? Ist es nicht von Hermine?"

Holm strahlte über das ganze Gesicht. „Du hast es erraten. Es gefiel mir gut, und der Preis war erschwinglich für meine neuen Verhältnisse. Aber willst du nicht ablegen?"

„Doch, doch. Wer macht dir denn Ordnung hier?"

„Die Wirtin. Ich werde ihr sagen, daß sie uns Kaffee bereitet."

„Nein, laß das. Wir wollen dann später lieber in ein Café gehen. Wohin führt die Tür dort?"

„In einen zweiten Raum. Die Wirtin hat dort ihre alten Sachen abgestellt. Aber nimm doch bitte Platz! Gefällt es dir hier?"

„Ja und nein." Irene ging zur Balkontür und sah hinaus. „Der Ausblick ist wunderbar, aber hier drinnen drückt alles." Sie faßte ihn bei der Hand und zog ihn zu sich auf das altmodische Sofa. „Hör mal zu, Wolfgang, das muß ganz anders werden hier. Sprich doch mit deiner Hauswirtin, daß sie dir den Raum nebenan noch überläßt. Dort kannst du dann schlafen und das überflüssige Zeug abstellen. Vor allen Dingen, laß so bald wie möglich einen Maler kommen. Dieses Wandmuster ist ja eine himmelschreiende Sünde. Mich wundert nur, daß du in so einer Umgebung überhaupt schaffen kannst."

Ein wenig enttäuscht verzog er den Mund. „Da hättest du meine frühere Dachstube sehen sollen, Irene. Dies hier ist das reinste Paradies dagegen. Aber natürlich hast du recht. Man könnte es schon gemütlicher machen. Ich denke auch an neue Gardinen für das Fenster dort."

„Natürlich. Und zwar ganz helle, duftige, mit einem zarten Blumenmuster. Diese schweren Plüschvorhänge nehmen dir ja das ganze Licht fort. Dann mußt du den Schreibtisch mehr zum Fenster rücken. Ich sehe, du hast auch keine richtige Schreibtischlampe. Es ist nur gut, daß niemand weiß, wie geschmacklos der berühmte Schriftsteller Holm wohnt. In diesem Raum kannst du unmöglich jemanden empfangen."

Holm zog sie lachend an sich. „Ich habe ja auch gar nicht die Absicht, außer dir jemanden hereinzulassen."

„Sag das nicht. Ganz unverhofft meldet sich vielleicht einmal ein Verleger an oder sonst eine Kapazität. Nein, das müssen wir unbedingt in Ordnung bringen. Ich helfe dir sehr gern dabei."

Holm wurde fast zum Weinen gerührt. „Du weißt gar nicht, Irene, welches Glück du für mich bist! Zum ersten Mal bist du bei mir, aber dieser Raum wird mir nun immer wie ein geweihter Tempel sein durch deine Gegenwart. Ich werde mich in Zukunft überhaupt nie mehr allein fühlen."

Seine Worte freuten sie, wie es sie überhaupt jedesmal beglückte, aus seinem Mund zu erfahren, wie sehr sie seinem Leben Inhalt geworden war. Es prikkelte sie bis in die Fingerspitzen, sofort daranzugehen, diesen Raum umzugestalten. Das ging natürlich nicht, aber sie verbrachten die paar Stunden in eifrigem Gespräch, wie das alles in allernächster Zeit schon werden solle, wobei Irene manchen Gedanken verschwieg, weil sie ihn überraschen wollte. — —

Gleich am nächsten Tag ging Irene schon tatkräftig daran, ihm ein Heim zu schaffen, in dem alles strahlte vor Helle und Behaglichkeit. Die Überlassung des zweiten Raumes hatte Holm bei der Hauswirtin noch erreicht, aber im übrigen gehörte er zu jener unbeholfenen Gattung von Männern, denen jede praktische Geschicklichkeit fehlt und die nicht einmal einen Nagel richtig in die Wand schlagen können. Irene sprach mit dem Theatermaler, und nach einer Woche hatte Holms Zimmer schon ein ganz anderes Gesicht. Dann liefen sie oft ganze Nachmittage durch die Stadt, um dieses oder jenes Stück zu erstehen. Sie kamen sich dabei vor wie zwei junge Brautleute, die mit hochklopfenden Herzen an die Einrichtung ihres zukünftigen Heimes herangehen. Holm hatte Irene einen zweiten Schlüssel gegeben, weil es vorkam, daß sie schnell unterwegs eine Kleinigkeit in die Wohnung bringen wollte, die ihr notwendig schien. Sie sollte nicht erst bei der Hauswirtin anklopfen müssen, wenn er zufällig abwesend war. — —

Nach etwa vierzehn Tagen war der Raum fertig. Irene legte noch letzte Hand an und schickte Holm einstweilen fort. Als er nach einer Stunde zurückkam, blieb er wie angewurzelt stehen und wagte vor Überraschung kaum zu atmen. Auf dem Schreibtisch lag nun nichts mehr als eine große lederne Briefmappe. Dahinter stand eine schlichte Schreibgarnitur aus dunklem Marmor und rechts davon, hinter dem Telefon, in schmalem Silberrahmen ein Foto, das Irene im Kostüm der Maria Stuart zeigte.

Die Tränen traten ihm in die Augen, kein Wort konnte er sprechen, nur stumm reichte er ihr die Hand.

Da zog sie seinen Kopf zu sich heran und streichelte über sein Haar. „Hier wirst du nun erst wirklich schaffen können, mein Junge."

Sie führte ihn in die Bücherecke, vor der ein Tischchen, eine Stehlampe und zwei Klubsessel standen. Ein geschmackvoll gemusterter Teppich gab dem Raum Behaglichkeit. Dann fiel es ihnen ein, daß dieser gewaltige Augenblick doch irgendwie gefeiert werden müsse, und Holm schlug vor, eine Flasche Sekt zu trinken.

In dem kleinen hellbraunen Kachelofen brannte ein lustiges Feuer. Sie stießen miteinander an und küßten sich zärtlich. Sie bedauerten es im stillen beide, daß Irene auftreten mußte, und Holm begleitete sie ins Theater.

8.

Weihnachten wurde in der Friedenau draußen gefeiert. Da Westhagen in der Stadt ohne sonstige Bekannte war, lud ihn Irene ebenfalls ein, den Heiligabend in ihrem Heim mitzufeiern. Westhagen sagte freudig zu, und es störte ihn nicht, als kurz nach ihm auch Holm eintraf. Damit hatte er ja gerechnet, denn es war kein Geheimnis mehr, daß Holm der Geliebte Irenes war.

Die Schwestern hatten wirklich alles schön vorbereitet. Die große Silbertanne war nur mit Silberstreifen und roten Kerzen geschmückt. Darunter lagen die Geschenke aufgebaut, zu denen auch Westhagen etwas zulegte: für Irene eine Prachtausgabe von Hölderlins Gedichten und für Hermine ein Studienwerk über Malkunst.

Holm trug einen eleganten dunklen Anzug, eine winzige Perle auf der schwarz-weiß gemusterten Krawatte, und dazu als neueste Errungenschaft eine dunkle Hornbrille. Das sollte wohl eine Überraschung sein, denn er hatte beim morgendlichen Telefongespräch, das pünktlich jeden Tag um neun Uhr stattfand, keine Silbe davon erwähnt. Immerhin, sie kleidete ihn gut. Hermine erhielt eine wunderschöne Vase aus Meißner Porzellan und Irene ein Buch — sein neuestes Buch: „Wanderung unter Sternen".

In freudiger Verblüffung schaute sie ihm in die Augen. „Nein, so eine Überraschung! Wann haben Sie das fertiggebracht? Ich habe kein Wort davon gewußt." Sie öffnete den Umschlag und las: „Zur Erinnerung an Friedenau."

Am liebsten wäre sie ihm um den Hals gefallen, um sich dann ganz allein in einen Winkel zu verkriechen, wo sie ungestört hätte lesen können. Als sie wieder aufblickte, bemerkte sie, wie Holm und Hermine einander selbstvergessen in die Augen sahen. Aber da sagte Hermine schon:

„Sie haben mir wirklich eine sehr große Freude gemacht, Herr Holm. Aber nun kommt, Kinder, nehmt Platz."

Frau Stangl, die Hausmeisterin, trug Punsch und Gebäck auf, ihr Mann versorgte die Öfen mit Feuerung, und dann saßen auch sie mit unterm Weihnachtsbaum. Sie waren alle zusammen eine große, recht glückliche Familie an diesem Abend.

Als die Kerzen brannten, setzte sich Irene an den Flügel und spielte das alte Lied von der stillen, heiligen Nacht. Währenddessen hatte Holm aus seiner neuen Aktentasche ein Büchlein genommen, und als die letzten Klänge des Liedes verhallten, begann er eine Weihnachtslegende vorzulesen.

Ergriffen waren alle den herrlichen Versen gefolgt. Und als Holm nun schwieg und langsam das Büchlein weglegte, lag diese weihevolle Stimmung noch eine ganze Weile über dem Raum. Bis Westhagen sagte:

„Ich muß gestehen, daß ich den Heiligabend selten so schön erlebt habe. Ich danke wirklich von ganzem Herzen für die Einladung. Auch Ihnen, Herr Holm, für den ausgezeichneten Vortrag. Eigentlich hätten Sie auch Schauspieler werden können."

„Ja? Finden Sie?" meinte Holm und lächelte geschmeichelt. Irene aber hatte da ihre eigene Meinung.

„Eigentlich sind es ja zwei verwandte Berufe", gab sie zu. „Es gibt Schriftsteller, die Schauspieler ihrer eigenen Stücke sind. Wir haben bei Goethe das beste Beispiel. In seinen ersten Stücken, die er am Weimarer Hof inszenierte, trat er fast immer als der Träger einer Hauptrolle auf. Allerdings waren das damals noch ganz andere Zeiten, und wie gesagt, ich persönlich halte nicht viel davon. Schließlich kann man doch nur einem Herrn dienen."

„Leider muß ich da widersprechen", sagte Westhagen. „Es gibt Maler, die ebenso gut schriftstellern können, und es gibt Bildhauer, die ebensogut malen können."

„Möglich. Aber ich glaube, daß man doch nur in einem Fach das Letzte und Höchste herausholen kann.

So ein vielseitiger Mensch treibt kraftvoll seine Blüten, aber die Früchte werden nie vollends reifen.“

Westhagen war aber nicht so leicht zu schlagen. Er führte Beispiele an und begründete seine Ausführungen mit eindeutiger Logik. Schließlich gab Irene nach.

„Ich gebe auf“, sagte sie lachend. „Es ist erschreckend, wieviel du weißt, lieber Westhagen, und ich will zugeben, daß ich jetzt eine ganze Menge von dir gelernt habe.“

Die anderen beiden hatten sich an dem Gespräch nicht beteiligt. Zum zweitenmal an diesem Abend stellte Irene fest, wie Holms und Hermines Augen stumm Zwiesprache hielten. Und wie ein Blitz streifte sie das Mißtrauen. So hatte es früher auch immer angefangen! Gleich darauf aber lächelte Irene über sich selber. Bei Holm war wirklich keine Gefahr; er blieb ihr treu und anhänglich über alles Maß hinaus. Für ihn konnte niemals eine andere Frau existieren. Sie freute sich schon auf das Alleinsein nachher, damit sie in seinem Buch blättern könne. — —

Endlich war es soweit. Irene war allein. Sie schaltete die Leselampe ein und öffnete das Buch. Je länger sie las, desto mehr spannte sich in ihrem Inneren jede Fiber. Es war doch ein recht eigenartiges Gefühl, sich selber in dieser oder jener Begebenheit zu erkennen. Worte und Sätze wurden lebendig, die sie selbst zu ihm gesprochen oder die er ihr gesagt hatte. Das alles stand hier und war für alle Ewigkeit festgehalten. Es ist merkwürdig, dachte sie. Was hier geschrieben steht, wäre eigentlich nur für mich und ihn bestimmt. Es ist doch unser Geheimnis ganz allein, unsere Liebe ist es, von der ersten, schüchternen Regung bis zum heutigen

Tag. Aber der Zweck des Buches ist ein ganz anderer: es soll Verbreitung finden, es soll durch viele tausend Hände gehen, es soll Holms Ruf als Schriftsteller festigen.

Sie las die ganze Novelle durch, und als sie fertig war, konnte sie nicht anders als an das Telefon gehen. Schlaftrunken meldete sich Holms Stimme am anderen Ende.

„Du — ich kann nicht anders, lieber Wolfgang, ich muß heute noch deine Stimme hören. Soeben bin ich mit der Novelle fertig geworden."

„Ja? Und — hat sie dir —?"

„Natürlich hat sie mir gefallen. Ich möchte jetzt nur wissen, ob es wohl immer so bleiben wird mit deiner Liebe?"

„Das wird ewig so bleiben, Irene! Wie kannst du denn überhaupt zweifeln?"

„Ewig? Du — das ist ein gewagtes Versprechen, Wolfgang. Bist du ganz sicher?"

„So sicher, wie hinter jedem Winter ein Frühling kommen muß. Bist du allein?"

„Ja, Hermine schläft schon, das ganze Haus schläft schon."

„Schläft schon? Hab ich auch bereits getan."

„Dann sei bitte nicht böse, daß ich dich gestört habe."

„Böse? Was fällt dir ein? Aber wir sehen uns morgen, ja?"

„Leider habe ich nachmittags und abends Vorstellung. Aber wir könnten vielleicht zusammen zu Abend essen."

Eine kleine Pause, in der es sich fast anhörte, als habe er gegähnt.

„Abendessen? Jaaa —! Wo und um welche Zeit?"

„Sagen wir zwischen halb sechs und sechs Uhr im Hotel Adler."

„Gut, abgemacht. Sonst noch einen Wunsch?"

„Nein, aber am liebsten würde ich heute gar nicht mehr schlafen gehen. Bis zum Abend also. Gute Nacht, Wolfgang!"

„Gute Nacht, Irene. Träume was Schönes."

Irene legte den Hörer auf und trat ans Fenster. Draußen stand die Nacht mit hohen Sternen. Fest lag der Schnee im Garten, und kein Lüftchen bewegte die froststarren Zweige der Bäume.

*

Punkt halb sechs betrat Wolfgang Holm den Speisesaal im Hotel Adler, schaute über den Raum hin und sah Irene an einem Tisch sitzen. Er reichte ihr die Hand, um dann gleich nach der Speisekarte zu greifen.

„Hast du schon gewählt?"

„Nein, ich wollte auf dich warten. Wie hast du den Nachmittag verbracht? Ich hoffte ganz heimlich, du kämst ins Theater."

Er hob in komischem Entsetzen die Hände. „Arbeit, Arbeit, meine Teuerste."

„Heute am Weihnachtstag? Ich dachte, du würdest über die Feiertage ausspannen."

„Es wäre nötig, ja. Aber wie gesagt, was soll man sonst treiben, so allein?" Er schaute sie an und lächelte. Irene lächelte auch. Aber plötzlich sah sie starr nach seiner Hemdbrust, streckte die Hand aus und nahm ein langes, seidenes Haar fort, das sich an seiner Krawattennadel verfangen hatte.

„Sieh mal einer an", sagte sie halb im Ernst, halb im Scherz. „Wenn ich es nicht für absolut unmöglich hielte, könnte ich annehmen, du wärst mit irgendeiner Blonden zusammengewesen. Schau mir so einen Schwerenöter an!"

Holm wurde brennend rot, so rot, wie sie es von früher her an ihm kannte.

„Aber, ich bitte dich, Irene — du glaubst doch nicht —"

„Natürlich glaube ich nichts. Ich bin doch nicht so töricht, aus einer Zufälligkeit irgendwelche Schlüsse abzuleiten. So was kann im Gedränge der Straßenbahn doch leicht vorkommen. Allerdings kann so ein harmloses Haar auch zum Verräter werden. Bei dir allerdings nicht, denn du bist ja zum Glück keiner Untreue fähig."

Da konnte er wieder lachen. Er kam in strahlende Laune, rückte näher an sie heran und faßte nach ihrer Hand. Dann studierten sie gemeinsam mit genießerischer Umständlichkeit die Speisekarte. An ihrer Herzlichkeit war für jeden zu sehen, wie zufrieden und glücklich sie waren. Das Lokal war sehr gut besucht, und es waren viele Bekannte darunter. Sie merkte mit stiller Genugtuung, wie sie beide verstohlen betrachtet wurden. Lächelnd sagte sie zu Holm:

„Glaub mir, ich weiß genau, was sie denken: Dort sitzt die Haydenegger mit dem berühmten Schriftsteller Holm. Wer weiß, ob nicht welche dabei sind, die ‚Wanderung unter Sternen' schon gelesen haben."

„Möglich“, gab er zu und wollte hinter ihrer gutgespielten Eitelkeit nicht zurückstehen. „Möglicherweise denken sie aber auch: Dort sitzt der Schriftsteller Holm mit der berühmten Schauspielerin Haydenegger.“

Sie lachten alle beide, und Irene meinte: „Immerhin ist es eine ganz angenehme Seite des Lebens, berühmt zu sein. Dort kommt der Kritiker Seifert. Sei aufmerksam zu ihm; man weiß nie, wie man diese Leute braucht.“

Die Zeit verging schnell, und Irene mußte daran denken, wieder ins Theater zurückzukehren. An diesem Abend stand „Hedda Gabler“, ein Schauspiel von Ibsen, auf dem Spielplan, und Irene hatte mit der Titelrolle eine große Aufgabe zu bewältigen.

Holm begleitete sie und verbrachte die Zeit bis zum Beginn der Aufführung bei ihr in der Garderobe.

*

Als Irene kurz vor Mitternacht nach Hause kam, schlief Hermine gegen ihre sonstige Gewohnheit noch nicht, sondern war in das Buch „Wanderung unter Sternen“ vertieft. Irene ließ sich, müde und abgespannt, wie sie jedesmal nach einem großen Stück war, in den Klubsessel fallen und verschränkte die Hände im Schoß. Erst nach einer langen Weile fragte sie: „Wie gefällt dir das Buch?“

Hermine legte ein Merkzeichen ein und schaute auf. „Du möchtest jetzt natürlich etwas recht Gutes hören, nicht wahr? Aber sei getrost, ich werde nicht schwindeln. Sprachlich ist es geradezu wunderbar. Die Handlung ist für den Außenstehenden manchmal schwer zu begreifen. Du mußt dich allerdings darin gut zurechtfinden?"

„Es — hat mir große Freude gemacht, und ich habe festgestellt, daß Holm mächtig nach vorn drängt. Übrigens — seit wann rauchst du solche Zigaretten mit Hohlmundstück?"

„Ich? Du täuschst dich, meine Liebe."

„Oder — war Holm hier?"

„Holm? Hier? Wie kommst du darauf?" Hermine zupfte einen Wollfaden von ihrem Kleid fort und stand auf. „Wann sollte denn Holm hier gewesen sein? Ich dachte, du seist mit ihm zusammen gewesen?"

„Um sechs Uhr, ja. Aber natürlich, es ist Unsinn! Ich dachte nur, weil dort eine abgebrannte Zigarette liegt, wie Holm sie raucht."

„Wird vielleicht von gestern noch dort liegen. Hast du morgen auch Probe?"

„Nein, nur abends wieder Hedda Gabler. Ich werde mich einmal tüchtig ausschlafen. Was hast du morgen vor?"

„Vielleicht gehe ich am Nachmittag ein wenig in die Stadtanlagen. Ich suche nämlich ein gutes Wintermotiv. Kommst du mit?"

„Nein, nein. Ich würde dich höchstens stören bei der Arbeit."

„Na, dann gute Nacht, Irene!" Im Fortgehen nahm Hermine den Zigarettenstummel vom Aschenbecher und warf ihn in den Kohlenkasten.

„Gute Nacht, Hermine!“

Als sich die Tür hinter Hermine schloß, ging Irene ein paarmal aufgeregt durch das Zimmer. Was war das nur? Woher diese innere Unruhe? Gleich darauf schämte sie sich ihres Mißtrauens. Holm hatte zu Hause gearbeitet, das hatte er ihr doch ausdrücklich gesagt. Wie konnte sie nur diesen abscheulichen Verdacht haben? Natürlich konnte der Zigarettenrest von gestern abend noch dort gelegen haben. Es war nur merkwürdig, daß Frau Stangl ihn beim Aufräumen übersehen hatte.

Irene schalt sich töricht und dumm, schob gewaltsam diese Gedanken beiseite und legte sich schlafen.

Sie erwachte erst spät am anderen Vormittag. Ihre erste Frage war: „Hat Holm nicht angerufen?“

Hermine wurde von dieser Frage überrumpelt. „Holm? Nein — ja — ich weiß nicht. Ich war oben.“

„Natürlich wird er angerufen haben. Es ist doch ausgemacht, jeden Tag vormittags neun Uhr ruft er an. Zu dumm, daß ich das verschlafen habe!“ — —

Gleich nach dem Mittagessen verließ Hermine das Haus mit der Zeichenmappe unter dem Arm. Irene vertrödelte einige Zeit mit dem Einräumen ihres Bücherschrankes, blätterte alte Rollenbücher durch und warf dann alles, wie von einer plötzlichen schlechten Laune befallen, in die hinterste Ecke des Bücherschrankes. Sie spürte eine heftige Langeweile. Was war das auch für ein Leben? Sie hatte einen Menschen, der zu ihr gehörte, und doch war sie immer allein. In einem plötzlichen Entschluß nahm sie den Hörer ab und wählte Holms Nummer. Als er sich meldete, sagte sie etwas zaghaft: „Ich bin es, Wolfgang — Irene.“

„Ah — Irene. Nett, daß du anrufst."

„Sag einmal, Wolfgang, hast du mich heute vormittag angerufen?"

„Ob ich was? — Nein — das heißt, natürlich hab ich dich angerufen. Aber du hast noch tief geschlafen, wie mir scheint."

„Und auf den Gedanken, mich später noch einmal anzurufen, bist du wirklich nicht gekommen?"

Holm lachte und sagte etwas, das sie nicht verstand. „Was meinst du, Lieber?"

„Ich? Eigentlich, ja — ich wundere mich nur wieder über die Duplizität unserer Gedanken. Ich wollte dich nämlich soeben anrufen."

„Wirklich? Aber hör zu, Wolfgang. Ich bin ganz allein zu Hause und fühle mich entsetzlich einsam. Geht es nicht, daß du ein wenig herauskommst?"

„Hinauskommen? — Wo denkst du hin? Glaubst du, ich kann meine Arbeit so ohne weiteres unterbrechen? Denkst du, es ist so leicht, den Zusammenhang hernach wiederzufinden?"

Irene war es in diesem Augenblick, als greife eine kalte Hand nach ihrem Herzen. „Ich verstehe nicht, Wolfgang —"

„Na, du wirst doch begreifen, Irene, wenn ich mitten in der Arbeit aufhöre —"

„Nein, den Ton verstehe ich nicht, den du mir gegenüber anschlägst. Du arbeitest. Gut, ich nehme das zur Kenntnis, obwohl — ich dachte, es ist doch Weihnachten — ein Fest, das uns gehören sollte, wenigstens die paar Stunden, die ich frei bin. Entschuldige, daß ich dich gestört habe."

Mit einem schnellen Entschluß legte sie auf. Das

Weinen war ihr nahe wie einem Kind, an dessen ausgestreckten Händchen der Weihnachtsmann mit einer Spielzeugschachtel vorbeigegangen war, ohne es zu beachten. Zugleich packte sie auch wieder das Mißtrauen. Wie, wenn sie zu ihm fahren würde, um sich zu überzeugen, ob er wirklich arbeitete? Natürlich arbeitete er, er würde es sonst nicht sagen. Ein Schriftsteller kann sich nicht Stunde und Tag aussuchen, er muß schreiben, wenn es ihn drängt. Sie würde ihn wirklich nur stören.

Kurz entschlossen rief sie bei ihrer Kollegin Oda Rauschhoff an. „Ja, ich bin es, Irene Haydenegger. Bist du selbst am Apparat, Oda? Ja, weißt du, ich hatte vor, dir einen kleinen Besuch abzustatten, wenn es dir recht ist."

„Ob es mir recht ist? Du Schäflein, du! Das ist ja ein herrlicher Gedanke von dir. Westhagen ist auch da. Setz dich sofort in ein Taxi, wir warten mit dem Kaffee auf dich."

„Wird gemacht. In einer halben Stunde bin ich bei dir."

9.

Man konnte es betrachten, wie man wollte — etwas stimmte mit Holm nicht mehr. Oft vergaß er den täglichen Anruf, oder er holte ihn plötzlich viele Stunden später mit einer unerklärlichen Hast nach. Er entschuldigte sich dann wohl, aber immer nur ganz leichthin, ganz nebenbei, so daß Irene es fast verletzend empfand. Aber sie schwieg dazu, weil sie nicht nörgeln wollte, wie er es nannte, wenn sie ihn hin und wieder zur Rede stellte. Ja, sie bemühte sich sogar, ihn bei guter Laune zu erhalten, weil sie Angst verspürte, daß etwas zu Ende gehen könnte, was noch nicht einmal vor einem Jahr begonnen hatte. Sie empfand es selbst als eine Schwäche, daß ihr so wenig Macht gegeben war, einen Mann wie Holm festzuhalten. Oft, wenn sie ihn anrief, war er gar nicht zu Hause. Es war Frühling, gewiß, das verstand sie. Ein Dichter muß auch Bewegung haben, er konnte den Frühling und das aufsprießende Leben der Natur nicht allein vom Fenster aus besingen. Aber hätte er sie nicht wenigstens dann und wann mitnehmen können?

Das Osterfest nahte. Am Ufer des Flusses, der in einem festgemauerten Bett flimmernd durch die Stadt floß, blühten die Blumen. Die Sonne schien schon mütterlich warm aus einem heiteren, wolkenlosen Himmel. Junge Paare trugen Arm in Arm den Frühling in ihrem jungen Blut. Irene verspürte jedesmal beim Anblick der frohen Menschen einen brennenden Stich im Herzen. Sie war voller Sehnsucht nach einem guten Wort, nach Zärtlichkeit. Sie hatte sich noch nie so einsam und verlassen gefühlt wie in diesen Vorfrühlingstagen. Holm hatte einfach keine Zeit. Er brauchte sie nicht, obwohl er ihr vor einem guten halben Jahr erst geschworen hatte, daß er ohne sie überhaupt nicht arbeiten könnte, daß nur sie allein ihn zu Höchstem ansporne. Und jetzt fiel es ihm überhaupt nicht mehr ein, mit ihr über sein Schaffen zu sprechen, wenn sie ihn nicht eindringlich danach fragte.

Ja, es kam ihr auch so vor, als käme er nur noch ungern ins Theater. Und selbst da vergaß er die kleinsten Aufmerksamkeiten. Er wußte nicht mehr, daß ein bescheidener Blumengruß von ihm sie mehr erfreuen konnte als alle Blumenkörbe zusammen. Endlich konnte sie ihre Unruhe nicht länger ertragen. Klar und eindeutig wolle sie mit Holm darüber sprechen. Kurz entschlossen rief sie bei ihm an und fragte ihn, ob er am Abend ins Theater käme.

„Recht gern", sagte er gedehnt. „Aber die Zeit — ich muß sie mir wirklich abstehlen. Der zweite Akt meines Schauspiels macht mir schwer zu schaffen."

„Also, dann nicht. Könntest du aber nicht wenigstens nach dem Theater auf mich warten? Ich habe dir nämlich etwas Wichtiges zu sagen."

Sie fühlte, daß ihm auch das nicht recht paßte. Um so mehr war sie fest entschlossen, heute reinen Tisch zu machen.

Als sie das Theater verließ und über den Platz eilte, war Holm noch nicht da. Sie sah auf die Uhr und überlegte, was sie tun sollte. Es war kurz nach halb elf. Schon wollte sie eine Taxe herbeiwinken, um zu seiner Wohnung zu fahren, da bog er um die Ecke.

„Bitte um Entschuldigung", sagte er leichthin. „Man weiß ja nie recht, wann so eine Komödie aus ist. Recht lange wirst du ja noch nicht warten?"

„Immerhin schon länger, als es erträglich ist."

„Na, na, wer wird denn gleich beleidigt sein!" sagte er gutgelaunt. „Du hast ja gehört, daß ich mich entschuldigt habe." Sie gingen langsam weiter und bogen in die Anlagen ein. „Aber ich war bei einer Familie zum Abendessen eingeladen und konnte natürlich nicht so ohne weiteres davonrennen. — Warum sprichst du nichts mehr?"

Er faßte nach ihrem Arm. Irene machte sich aber sogleich los. „Mein lieber Freund, ich wollte heute einmal manches mit dir besprechen. Aber das wird mir sehr schwer, und es hat auch gar nicht mehr viel Sinn, seit ich weiß, daß du mich belügst."

„Belügen? Wieso? Aber Irene — ich muß dich wirklich bitten!"

„Um was denn? Daß ich nicht die Wahrheit sage? Kannst du sie schon nicht mehr ertragen? Es ist noch keine vier Stunden her, daß ich dich angerufen habe, du sollst ins Theater kommen. Da hattest du keine Zeit, weil du angeblich so viel arbeiten mußt. Jetzt sagst du wieder, daß du eingeladen warst. Ich will dich gar nicht einmal fragen, bei wem. Jedenfalls stimmt da etwas nicht."

„Bitte, wenn du es so formulierst, hast du natürlich recht. Mein einziger Fehler bestand lediglich darin, daß ich die Einladung zur Familie Hofmann wirklich vergessen hatte. Erst nach deinem Anruf fiel es mir ein. Da war es aber zu einer Absage schon zu spät. Das war mir natürlich sehr peinlich. Ich muß mir wirklich jetzt einen Terminkalender anlegen, in dem ich alles genau festlege."

„Dann vergiß aber nicht, mich zwischen Kinovorstellung und Abendessen hin und wieder in dein Programm aufzunehmen. Ich — möchte jetzt nicht weitergehen. Setzen wir uns auf die Bank dort, vorausgesetzt, daß es dir recht ist."

„Wie du denkst." Er wischte umständlich mit seinem Taschentuch über die Bank und nahm neben ihr

Platz. „Damit ich nicht wieder vergesse: Hofmann heißt die Familie, bei der ich eingeladen war. Ich konnte nicht gut ablehnen, denn Hofmann ist immerhin eine maßgebende Persönlichkeit in der Redaktion der Literarischen Monatshefte. Es ist zu dumm, daß ich vergessen hatte, es dir zu sagen. Aber schließlich kann ich nicht über jeden meiner Schritte Rechenschaft ablegen."

Zum erstenmal empfand Irene etwas, das stärker war als Ekel und Zorn. Ihr tief beleidigtes Weibtum empörte sich über die Art, wie er sie behandelte.

„Ich habe noch niemals Rechenschaft von dir gefordert, Wolfgang, das mußt du doch wissen. Aber es ist einfach empörend, wie du mich zu einer Nummer in deinem Programm herabwürdigst. Deine einstigen Schwüre scheinen keine Geltung mehr zu haben. Ich habe damals vergessen, dir etwas zu sagen: nämlich, daß du es mir sofort unbarmherzig, aber ehrlich bekennen sollst, wenn dich eine andere Frau zu interessieren beginnt. Nun ist es soweit, und ich bin von dir ganz einfach überrumpelt worden."

„Was ist soweit?" fragte er erschrocken.

„Daß du alles vergessen hast, was du mir versprochen hast. Du könntest nicht mehr leben ohne mich, sagtest du damals. Ja, du glaubtest überhaupt keine Zeile mehr ohne mich schreiben zu können. Und nun? Ich muß es täglich erleben, wie wunderbar du ohne mich auskommen kannst."

„Erlaube mal", sagte er etwas kleinlaut und zog es in die Länge, wie um Zeit zu gewinnen. „Du mußt doch zugeben, Irene, daß ich nicht jeden Abend ins Theater gehen kann. Wenn ich ein Stück einmal oder zweimal gesehen habe, genügt es mir vollauf. Ich kann die Zeit viel besser nützen, wenn ich daheim arbeite."

„Gut, das will ich gelten lassen, obwohl du mir ja immer sagtest, du gingst nicht des Stückes wegen ins Theater, sondern nur um mich spielen zu sehen. Das hat mir, ehrlich gesagt, geschmeichelt. Aber ich nehme jetzt zur Kenntnis, daß es für einen Menschen doch eine starke Zumutung ist, mich jeden Abend auf der Bühne sehen zu müssen. Es ist nur merkwürdig, daß du, wenn wir wirklich einmal beisammen sind, gar nichts zu erzählen weißt, was du eigentlich zur Zeit schreibst. Das Teilhaben an deinem Schaffen hat mich immer tief beglückt. Diese Stelle nimmt jetzt eine andere ein. Nach so kurzer Zeit schon! Das ist bitter, Wolfgang."

Sie fühlte, wie seine Überheblichkeit schnell zusammensank. Aber er wollte nichts zugeben, wollte nichts eingestehen, er wehrte sich eigensinnig gegen ihre Behauptungen.

„Du irrst dich! Ich kenne keine Frau außer dir, die mir nahestünde. Du bist nur mißtrauisch."

„Wundert dich das? Du bist voller Widersprüche, und mir will gar nicht in den Sinn, daß ein so kluger Kopf wie du so einfältig lügen kann. Sag einmal ehrlich: Mit wem warst du heute abend zusammen?" Er wurde noch unsicherer, und um das zu verbergen, sprang er auf und stampfte zornig mit dem Fuß auf. „Ich verbitte mir diesen Gouvernantenton! Wenn du mir nicht glauben willst, was ich sage, dann bist du eben voller Argwohn. In Zukunft werde ich es so halten, daß ich dir über jeden meiner Schritte Rechenschaft ablege."

Irene lachte hart auf. „Das brauchst du nicht, denn ich werde sowieso meine Konsequenzen ziehen, weil ich mich nicht mehr länger erniedrigen lassen will."

Erschrocken machte er eine Bewegung mit den Händen. „Um Gottes willen, das soll doch nicht etwa heißen — das wäre ja Wahnsinn! Du — ich schwöre dir, daß du mir noch genau so viel bedeutest wie am ersten Tag!"

„Schwöre lieber nicht, sondern gehe in dich und erforsche dich ganz genau, ob es auch wirklich so ist. Kannst du diese Frage voll und ganz in deinem Innern bejahen, dann komm und sage es mir. Dann will ich nochmals versuchen, an dich zu glauben."

„Aber Irene — ich bitte dich —" Er wollte sie umfassen.

„Nein, laß das, bitte!" wehrte sie sich energisch. Betroffen wich er einen Schritt zurück.

„Soweit ist es also schon, daß dir vor meiner Berührung graut!"

„Nein, das ist es nicht. Du mußt nur wissen, daß in diesem Augenblick mein Herz weh tut. Nein, du brauchst mich nicht weiter zu begleiten. Ich — möchte allein sein. Leb wohl!"

Sie ging schnell fort und sah nicht einmal nach ihm zurück.

*

Am nächsten Morgen beim Frühstück konnte sie es kaum fassen, als Holm sie anrief. Seine Stimme hatte jeden herrischen Ton verloren, er war wieder der sanfte bittende Knabe vergangener Tage.

„Ich wollte mich nur erkundigen, wie du geschlafen hast, Irene."

„Danke, gut."

„Gott sei Dank. Ich habe mir die ganze Nacht bittere Vorwürfe gemacht. Du meine Güte, hast du mir gestern einen Schreck eingejagt! Ich bitte dich inständig, Irene, mir zu sagen, ob du mir wieder ganz gut bist, und ob du mir wieder vertrauen kannst."

„Wenn man dich so sprechen hört, müßte man es fast. Aber ich möchte dir das doch lieber persönlich sagen. Sehen wir uns heute?"

„Aber natürlich, ich bitte dich, mir genügt die gestrige Lektion vollkommen. Ich werde heute abend pünktlich im Theater sein."

„Also, dann gut. Auf Wiedersehen bis heute abend."

„Auf — — Einen kleinen Augenblick noch, bitte! Du mußt mir zuerst noch sagen, daß es dir Freude macht."

„Selbstverständlich freue ich mich."

„Danke, Irene. Recht vielen herzlichen Dank. Du glaubst gar nicht, wie mich das befreit. Am liebsten würde ich sofort zu dir kommen, aber das geht natürlich nicht? Leb wohl, inzwischen."

Irene legte den Hörer auf und lächelte versonnen vor sich hin. Wie doch ein einziges gutes Wort alle Düsternis und alles Mißtrauen fortnehmen kann! Sie kleidete sich für die Probe an und überlegte dabei, ob sie der ganzen Sache nicht zu viel Bedeutung beigemessen habe. Vielleicht tat sie ihm wirklich unrecht. Damals, vor Weihnachten hatte er auch so heimlich getan mit seinem Schaffen. Und dann hatte er sie mit der wundervollen Novelle „Wanderung unter Sternen" überrascht.

Wer weiß, ob er nicht auch jetzt wieder so eine Überraschung vorbereitete! Ganz glücklich verließ sie das Haus und eilte leichtfüßig bis zur nächsten Haltestelle.

Der Zufall wollte es, daß der Intendant sie nach der Probe auf der Straße traf und fragte, wann man denn mit einem Stück von Holm rechnen dürfe. Er trage sich ernstlich mit dem Gedanken, im Herbst einige Uraufführungen neuerer Dichter herauszubringen.

Irene nahm diese Botschaft mit lebhafter Freude entgegen, mußte aber zu ihrer Schande gestehen, daß sie nicht im Bilde war, wie weit Holm mit seinem Stück war. Aber sie hoffe in einigen Tagen schon Bescheid sagen zu können.

Als sie zu Hause ankam, war die Schwester nicht da. Auf einem Zettel, der mitten auf dem Tisch lag, teilte Hermine mit, daß sie über den Römerberg ins Keuchertal gewandert sei, um einige Landschaftsmotive ausfindig zu machen. So nahm Irene allein die Mahlzeit ein. Hernach würde sie gleich Holm anrufen und ihn bitten, zu ihr herauszukommen, weil sie eine wichtige Nachricht für ihn habe. Während des Essens aber kam ihr der Gedanke, daß es eigentlich schön sein müßte, wenn sie ihn in seinem Heim wieder einmal überraschen würde. Sie war schon lange nicht mehr bei ihm gewesen.

Umständlich suchte sie eins ihrer schönsten Frühlingskleider, in dem er sie immer so gern gesehen hatte, heraus, machte sorgfältig Toilette und vergaß nicht, unterwegs noch einen Strauß wundervoller dunkelroter Rosen zu kaufen. Sie stellte sich vor, wie herrlich dieser Nachmittag werden müßte. „Schau —"

würde sie sagen, „schau, lieber Wolfgang, wir wollen einmal ernsthaft dein Stück durchsprechen. Wir wollen kritisch Akt für Akt durchnehmen. Es muß eine ganz große Sache werden für uns beide —“ Sie war so durchdrungen von ihren Wünschen, daß sie eine ganz neue Art von Glücklichsein dabei empfand. So tief war sie in diese Gedanken versunken, daß sie erst wieder zu sich zurückfand, als sie vor Holms Wohnungstür stand. Schon wollte sie die Hand nach der Klingel ausstrecken, da fiel ihr ein, daß sie ja immer noch den Schlüssel in ihrer Handtasche haben müßte. Sie suchte nach ihm, und da war ihr plötzlich, als habe sie hinter der Tür ein unterdrücktes Lachen vernommen. Aber sie konnte sich auch getäuscht haben.

Nun steckte sie den Schlüssel ins Schloß, bekam aber einen Schreck, der ihr alle Glieder lähmte. Der Schlüssel konnte nicht eingesteckt werden, weil auf der Innenseite ein anderer Schlüssel steckte. Zu gleicher Zeit hörte sie etwas wie einen unterdrückten Schrei, ein Stuhl wurde gerückt, schleichende Schritte — dann Totenstille.

Irene hatte das sonderbare Gefühl, keinen Tropfen Blut mehr in den Adern zu haben. Ein Zittern glitt über ihre Schultern, das sich bis in ihre Hände hinein fortsetzte. Nur nicht weinen! dachte sie in einer letzten, verzweifelten Anstrengung, und plötzlich hämmerte sie mit der Faust gegen die Tür.

Schritte kamen. Ein Schlüssel wurde umgedreht. Holm öffnete die Tür. An ihm vorbei trat sie rasch ins Zimmer. „Seit wann schließt du dich ein?“

Holm stand da, als habe ihm jemand Asche ins Gesicht geworfen. Ganz grau war es, bis in den Hals hinein. Trotzdem gab er sich sichtbar Mühe, den Erstaunten zu spielen. „Warum soll ich nicht zusperren? Was ist denn überhaupt los, Irene?"

Irene sah ihn an, und eine dunkle Röte färbte ihre Stirn. „Aber Wolfgang! Hältst du mich für so dumm? Es ist doch jemand bei dir! Und ich weiß ja auch, wer bei dir ist."

Er hob die Schultern und ließ sie wieder sinken. „Wenn du phantasierst, bin ich natürlich machtlos. Du siehst doch, daß niemand hier ist."

Das war ihr doch zuviel. Hell lachte sie ihm ins Gesicht, und ein heißer Groll sprang in ihr auf. „Du bist ein guter Schriftsteller, Holm, aber ein ganz schlechter Schauspieler. Bitte, unterbrich mich jetzt nicht, und wenn du willst, kannst du die Tür zu deinem Schlafzimmer ganz schließen, damit ich dich nicht vor der Dame da draußen blamieren muß."

Mit einem Ruck wandte er sich um und stieß die Tür zum Nebenraum vollends auf. „Bitte, überzeuge dich, ob jemand hier ist!"

„Bemühe dich nicht, ich weiß, daß eine zweite Tür in den Gang hinausführt. Die Dame hat also den Schauplatz ihres Wirkens bereits verlassen, mit auffallender Eile, wie ich feststelle. Leider hat sie aber Pech gehabt, denn dort auf dem Stuhl liegt noch ihr Seidenschal. Und diesen Schal kenne ich zufällig."

Sie sah, wie er eine erschrockene Bewegung machte und das Entsetzen des Ertapptseins in seine Augen kam. Da sprach sie schon weiter:

„Schämst du dich denn nicht, Wolfgang, daß du mich mit meiner eigenen Schwester betrügst? Das also war es, was dich so verändert hat. Mir wird jetzt so manches klar, und ich danke Gott für den Einfall, der mich heute hieherkommen ließ. Denn ich weiß, daß du so feige gewesen wärst, diese erbärmliche Komödie noch weiter zu spielen. Es ist also aus jetzt, und ich bitte dich, mich nie mehr zu belästigen."

Da sprang eine heiße Angst in seine Augen. „Wie soll ich das überleben, Irene? Laß dir wenigstens erklären —"

„Ich schenke dir jede Erklärung, denn ich weiß schon im voraus, was du sagen wirst. Ihre Augen, ihre besondere Art, ihr Temperament — oh, es ist ja nicht das erstemal, daß ich das erlebe. Nur — diesmal tut es doch weh, denn ich habe dich recht lieb gehabt. Vielleicht nicht so, wie du es erwartet hättest, aber eben auf meine Art. Ich habe dich geachtet, habe mich gefreut mit dir, war sogar stolz auf dich. Vor allem aber hatte ich einen unbeirrbaren Glauben an deine Treue. Das ist es, Holm, was mich zutiefst erschüttert, daß ich um meinen Glauben an dich so schmählich betrogen wurde."

Holm setzte sich in den Schreibtischsessel und vergrub das Gesicht in die Hände.

„Gibt es denn überhaupt keinen Mann, der wirklich treu sein kann?" fuhr sie fort. „Ich weiß ja nicht, ob du jemals einsehen wirst, wie grausam du an mir gehandelt hast. Ich werde jetzt dort durch die Tür aus deinem Leben gehen für immer — als eine Betrogene, aber nicht zerbrochen. Nein, den Triumph will ich euch beiden nicht gönnen! Diese Enttäuschung wird mir ein Wegweiser sein für mein ganzes künftiges Leben."

Er sprang wieder auf, rannte im Zimmer hin und her und schrie vor sich hin: „Aber ich habe dich doch immer noch lieb! Ich weiß ja selber nicht, wie das alles gekommen ist. Ich habe zu lange im Schatten gelebt — ohne Frau, ohne Liebe. Diese neue Umgebung muß mich total verwirrt haben."

„Das ist keine Entschuldigung, mein Lieber, und es ändert nichts daran, daß du mich nach einem halben Jahr schon betrogen hast. Ich möchte dir nur wünschen, daß du es nie zu bereuen brauchst, auch wenn es dir nur Episode war, was dir eigentlich mehr hätte wert sein müssen. Denn eines will ich dir zum Abschied noch verraten, Holm: Ich hätte zu dir gehalten, mein ganzes Leben lang. Aber vielleicht liegt es auch an mir, vielleicht bin ich nicht dazu geboren, einen Menschen glücklich zu machen, ich weiß es nicht. Eines aber weiß ich jetzt: Ich darf in Zukunft jedem Mißtrauen, das in mir aufsteigt, unbedingt recht geben, weil es mich nicht trügt. Am Heiligabend fühlte ich das erste Mißtrauen. Ich möchte dich jetzt nur noch fragen: Hast du mich damals schon betrogen?"

„In Gedanken vielleicht."

„Also doch. Das wird mir auch das letzte Erinnern an dich vergiften. Und nun habe ich dir nichts mehr zu sagen."

„Aber ich dir", sagte er plötzlich, hart vor sie hintretend. „Wenn du mir das schon so schwer ankreidest, dann muß ich dir doch auch sagen, daß du mich nicht um etwas verdammen sollst, was du selber getan hast."

Befremdet wich sie einen Schritt zurück. „Was hätte ich getan?"

„Du hast dich innerlich nie von diesem Kappler losgesagt. Von Anfang an stand er zwischen uns. Manchmal hatte ich sogar das Empfinden, als ob deine Zärtlichkeiten gar nicht mir, sondern dem anderen gegolten hätten."

Sie sah ihn mit großen entsetzten Augen an. „Das hättest du nicht mehr sagen dürfen, Holm. Ich muß jetzt bereuen, dir jemals begegnet zu sein. Lebe wohl!"

Sie schritt zur Tür, besann sich aber dort noch einmal und nahm ihr Foto vom Schreibtisch weg. „Du wirst verstehen", sagte sie, „aber ich bin der Ansicht, daß dieses Bild hier fehl am Platz ist."

„Auf ein Wort noch, Irene. Wie gedenkst du mit Hermine über die — über den — ich meine — über die Angelegenheit zu —"

„Laß das meine Sorge sein", unterbrach sie ihn, und ein spöttisches Lächeln zuckte um ihre Mundwinkel. Dann ging sie. Und als die Haustür hinter ihr zuschlug, war ihr, als habe sich hinter ihr bisheriges Leben ein schwerer dunkler Vorhang gezogen, der keinen Rückblick in das Vergangene mehr gestattete.

10.

Hermine kam in dieser Nacht nicht nach Hause. Am anderen Tag merkte Irene, als sie vormittags von der Probe zurückkam, daß Hermine inzwischen hier gewesen war. So hatte sie den Eindruck, daß die Schwester ihr auswich, daß sie die Entscheidung hinausschieben wollte, in der Meinung vielleicht, daß Irene sich in der Zwischenzeit beruhigen werde. Vielleicht ist es auch ihr schlechtes Gewissen, das ihr befiehlt, mir auszuweichen, dachte Irene.

Hermine hatte aber durchaus kein schlechtes Gewissen, und Irene dachte gar nicht daran, diesmal die Sache auf sich beruhen zu lassen. Ihr Entschluß war unabänderlich gefaßt. Sie wollte von jetzt an allein ihren Weg gehen. Ein weiteres Zusammenleben mit der Schwester kam nicht in Frage.

Endlich, am dritten Tag war es soweit. Hermine kam gegen zehn Uhr aus ihrem Zimmer in den gemeinsamen Wohnraum, in der Annahme, daß Irene auf der Probe sei. Irene saß jedoch am Schreibtisch, um einige Briefe zu schreiben. Frau Stangl hantierte geräuschlos im Hintergrund und machte wie jeden Vormittag die Wohnung sauber. Irene erhob sich vom Schreibtisch und schob die Schublade zu.

„Bitte, Frau Stangl, lassen Sie mich mit meiner Schwester allein."

Die Schwestern standen sich gegenüber. Und es war jetzt so, daß Hermine sich überrumpelt vorkam, obwohl sie vor zwei Minuten noch gemeint hatte, daß sie vollständig über der Situation stünde. Irene war viel ruhiger und entschlossener, als sie erwartet hatte.

„Ich weiß nicht", begann Irene, „warum du diese Angelegenheit so lange hinauszögerst. Aber ich nehme an, es ist dir klar, daß wir uns trennen werden."

„Wie bitte?"

„Spreche ich nicht deutlich genug? Oder stellst du dir vor, daß es ein ganzes Leben lang so weitergehen wird wie bisher, daß du auf meinen Gefühlen herumtrampeln kannst, wie es dir beliebt? Das hast du wahrscheinlich vorausgesetzt, als du dieses Spiel mit Holm hinter meinem Rücken begonnen hast. Aber diesmal hast du dich verrechnet.“

„Das soll also heißen, daß du mir die Tür weist.“

„Nicht nur die Tür, sondern auch das Haus. Das Haus habe ich gemietet, und es kann mir niemand zumuten, mit jemandem unter einem Dach zu leben, dessen Sinnen und Trachten nur darauf gerichtet ist, mir weh zu tun. Ich habe alles genau aufgeschrieben, was dein ist und mein, und habe dabei deinen Anteil an Einrichtungsgegenständen reichlich bemessen. Das war aber auch das Letzte, was ich für dich tun konnte. Und somit glaube ich, daß wir uns eigentlich nichts mehr zu sagen haben.“

Hermine hatte sich gefaßt. Sie war jetzt wieder die nüchterne, selbstbewußte Hermine Haydenegger. Sie lachte mit vollen Lippen und warf dabei den Kopf zurück.

„Das ist ein starkes Stück“, sagte sie. „Offen gestanden, damit habe ich nicht gerechnet. Aber ich nehme zur Kenntnis, daß du in Zukunft allein zu sein wünschst. Leider wirst du dich noch einige Tage gedulden müssen, bis ich eine geeignete Wohnung gefunden habe. Aber ich werde nach Möglichkeit versuchen, dir meinen Anblick zu ersparen. Das wäre zur Sache zu sagen. Was aber nun Holm betrifft, so sehe ich gar keinen Grund, diese Angelegenheit irgendwie dramatisch aufzubauschen.“

„Ich möchte die Sache Holm überhaupt nicht in den Mund nehmen“, antwortete Irene und warf den Kopf zurück. „Es ist ja doch alles Lüge, was du mir darüber sagen wirst — da seid ihr einander wirklich wert.“

„Lüge? Ich sehe gar nicht ein, warum ich lügen

sollte. Ich habe mit Holm schon seit Monaten ein Verhältnis, das ist alles."

„Seit wann?" fragte Irene totenblaß.

„Du hast diesen Mann nicht gekannt und darum auch gar nicht lieben können. Das, was ihn zu dir hinzog, war sein ungeheures Geltungsbedürfnis. Durch dich glaubte er, mit seinen Stücken an das Theater heranzukommen. Dabei ist das aber gar nicht seine starke Seite. Ich habe ihm das einmal gesagt, und daraufhin verlor er jedes Interesse. Jedenfalls — Holm konnte ich dir nicht wegnehmen, weil er dir niemals wirklich gehört hat."

„Sei es, wie es will. Fest steht jedenfalls, daß Holm dich erst zu interessieren begann, als ich bereits einen Menschen aus ihm gemacht hatte. So, wie er sich heute gibt, ist es nicht sicher, ob er eines Tages nicht auch dich betrügt."

„Damit beweist du nun schon zum zweitenmal, wie wenig du ihn kennst. Dieser Mensch ist weich, dem kann man nur imponieren mit Kraft und hartem Willen. In deiner Hand war er Wachs, in meiner aber wird er kuschen. Er wird sich gegen nichts auflehnen; schaffen wird er, und ich werde hinter ihm stehen und ihn treiben und anspornen. Ich brauche so eine folgsame Materie, und deshalb liebe ich ihn auch. Wir werden glücklich werden."

Irene hatte aufmerksam zugehört und sich gleichzeitig dabei geprüft, wie weit diese Eröffnungen sie noch zu treffen vermochten. Und sie war nun wirklich erstaunt darüber, daß es nicht schmerzlicher war als irgendein anderes trauriges Ereignis, das jedem

Menschen zu jeder Stunde begegnen kann. Über dieser Feststellung atmete sie wie befreit auf.

„Hermine", sagte sie nach einer Weile. „Ich bin deine Schwester, und — du hast gewußt, daß wir trotz allem zusammengehörten. Ich habe erwartet, daß du dich mir diesmal nicht in den Weg stellst. Aber schon damit sich ein derartig unwürdiges Schauspiel nie mehr wiederholt, möchte ich mich von dir trennen. Dort liegt die Liste mit den Sachen, die für dich bestimmt sind. Schaffe sie so bald wie möglich fort. Weiteres habe ich dir nicht zu sagen."

Irene ging aus dem Zimmer und sah gerade noch, wie Hermine mit auffallender Hast nach der Liste griff.

*

Eine Woche später zog Hermine aus, ohne daß sich die Schwestern nochmals gesehen hätten. Hermine schlief noch, wenn Irene wegging, und sie war fort, wenn Irene heimkam. Hermine versäumte allerdings nicht, diesem letzten Akt der endgültigen Trennung noch jenen schäbigen Stempel aufzudrücken, der ihr Wesen erst so richtig aufzeigte. War Irene bei der Überlassung von Wäsche und Möbelstücken an sich schon nicht kleinlich verfahren, so konnte es sich die Ältere doch nicht versagen, auch den kostbaren Flügel auf den Möbelwagen aufladen zu lassen, obwohl sie selbst keine Note spielen konnte. Einige wertvolle zoologische Erinnerungsstücke des Vaters ließ sie obendrein noch mitgehen, obwohl sie zeitlebens dafür nie Interesse gezeigt hatte. Es war reiner Egoismus und ausgesprochene Raffgier, die sie dazu veranlaßten.

Irene hatte sowieso nur um des Friedens willen vieles geschluckt. Aber nun bäumte sich doch alles in ihr auf. Und da sie Hermines Anschrift nicht wußte, dachte sie, daß sie wohl nicht fehlgehe, wenn sie den Brief an den Schriftsteller Holm adressierte und dabei wissen ließ, daß sie wegen des Flügels unweigerlich ein gerichtliches Nachspiel anstrebe, wenn er innerhalb acht Tagen nicht wieder an Ort und Stelle stünde.

Was sie selbst nicht recht geglaubt hatte, geschah. Nach drei Tagen luden Möbelarbeiter den Flügel wieder vor dem Haus in der Friedenau ab, und als Irene den Deckel aufschlug, fiel ihr ein Zettel in die Hände, auf den Hermine geschrieben hatte:

„Du kannst den Flügel meinetwegen haben, obwohl es ja mit deinem Spiel nicht so weit her ist. Immerhin zeigt mir deine Handlungsweise, wieviel Egoismus in dir steckt. Merke dir deshalb: von heute an ist endgültig Feindschaft zwischen uns."

Irene mußte unwillkürlich lachen über soviel Frechheit. Es war erstaunlich, wie Hermine die Tatsachen verdrehen konnte, und es hätte sie sehr gewundert, wenn Holm von ihr nicht ein vollständig verkehrtes Charakterbild entworfen bekommen hätte.

Wenn sie jetzt alles so richtig überdachte, konnte sie nur feststellen, daß es wirklich schade war um die Zeit, die sie mit Holm vertrödelt hatte. Nur ihre vollständig zerrüttete seelische Verfassung in jener Zeit konnte die Ursache gewesen sein, daß sie dem Werben dieses Menschen nachgegeben hatte. Dann war sie so in seiner Liebe hingeplätschert, ohne Höhen und Tiefen zu erleben. Wenn sie nun, da sie doch schon einen kleinen Abstand von den Dingen hatte, reiflich und in aller Ruhe nachdachte, so konnte sie im Endergebnis nur feststellen, daß alles von Anfang schon eine gründliche Fehlrechnung gewesen war. Bei Licht besehen, war Holm eine einzige Kette von Enttäuschungen gewesen. Sie war immer die Gebende gewesen. Und sie hatte es gern getan; ohne Bedenken und in freiwilliger Bereitschaft war sie zu jeder Stunde da, ihm den Weg nach oben zu ebnen. Sie selbst aber war immer allein gewesen. Fast schien es ihr jetzt so, als habe Holm nur ihre Bekanntschaft gesucht, um sich in der Maske des verlotterten Genies ihre Verbindungen zu sichern. Und zweifellos, es war ihm ausgezeichnet gelungen. Zum Dank dafür hatte er sie mit Hermine betrogen.

Aber diese Gedanken drückten sie jetzt schon nicht mehr nieder, sondern gaben ihr ein schönes, freudiges Gefühl der Freiheit. Was sie in diesen Tagen vielleicht gebraucht hätte, wäre ein selbstloser und wirklich bedingungslos ergebener Freund gewesen. Aber merkwürdigerweise gab es auf der Welt nichts Schwierigeres, als ihn zu finden. Man müßte ihn mit der Wünschelrute suchen gehen. Nein, es trat niemand für sie ein, wenn heimlich über sie und ihren Liebhaber gewispert wurde. Oh, Irene fühlte ganz gut, was hinter den Kulissen so eifrig getuschelt wurde. Selbst der kleine Basilli war nicht mehr der offenherzige, fröhliche Kollege. Er lächelte zwar und tat freundlich zu jeder Zeit, aber hinter seinen kleinen Scherzen lag versteckte Bosheit und jene anzügliche Vertraulichkeit, die man Mädchen gegenüber an den Tag legt, von denen man annimmt, daß sie die Liebe leichtnehmen.

Auch Westhagen war ein Versager. Er wollte sich zwar mit der Rolle des guten Freundes befassen, dessen Aufgabe es ist, zu trösten und aufzurichten. Allein er verfiel schon gleich zu Anfang in den Fehler jener Sorte von Männern, die in einer enttäuschten Frau ein allzu bereitwilliges Objekt für ihre eigenen Wünsche erkennen wollen. Irene zog sich sofort in sich selber zurück. Sie erkannte, daß es das beste für sie war, allein zu bleiben. Wer so beschaffen ist wie ich, soll der Liebe aus dem Weg gehen, dachte sie.

Und dann wieder tröstete sie sich mit dem Gedanken, daß die Liebe in ihrem Leben noch gar nicht dagewesen sei. Nein, das Erleben liege wohl noch still und verträumt im Schoß der Zukunft. Aber es würde eines Tages vor sie hintreten und ihr Stunden schenken, trunken voller Glück und Seligkeit. Warum sollte ihr ewig verschlossen bleiben, was andere mit vollen Händen greifen?

*

Und so geschah es auch. Eines Tages stellte das Schicksal ihr mit geheimnisvollem Lächeln den Mann Ludwig Kappler, der vor ein paar Tagen mit seiner kranken Frau aus Ägypten zurückgekommen war, in den Weg.

Ludwig Kappler stand auf der anderen Straßenseite, als sie aus dem Theater kam und in Gedanken versunken über den Platz schritt. Der Intendant hatte heute auf der Probe mysteriöse Andeutungen von einem neuen Schwung gemacht, der jetzt bald wieder hineinkommen werde, und hatte sich vergnügt die Hände dabei gerieben. Anscheinend spukten neue Pläne in seinem Kopf.

Da blickte Irene auf. Es stand plötzlich jemand vor ihr und zog den Hut. Es war ihr zu Mute, als stocke in diesem Augenblick ihr Blut.

„Guten Tag, Irene", sagte Kappler und streckte ihr die Hand hin.

Kein Wort brachte sie heraus. Sie legte nur ihre Hand in die seine und ließ sie darin lange ruhen. Eine große Glückseligkeit durchströmte ihr Herz dabei. Da sagte er:

„Ich weiß, was du jetzt denkst, Irene. Vielleicht hätte ich dir nie wieder begegnen dürfen. Aber wir wollen dem Schicksal nicht ausweichen. Ich muß jetzt zum Intendanten, wollte aber vorher unbedingt mit dir sprechen. Bitte, sag mir, ob es für dich tragbar ist, mit mir wieder zusammenzuarbeiten. Ich meine, ob es dir keine Qual bedeutet —"

Ihr Gesicht erstarrte vor Schreck. „Ob es mir —"

„Nun, ich könnte mir immerhin denken, daß es dir peinlich wäre, denn wir sind unter Umständen auseinandergegangen, die mich nicht ganz von Schuld freisprechen."

„Ich kann nirgends eine Schuld finden."

Sein Blick irrte an ihr vorbei. „Immerhin, du bist damals sehr krank geworden, Irene, durch meine Schuld. Dieses Schuldgefühl hat mich die ganze Zeit über verfolgt. Aber es kann alles noch gutwerden, denke ich."

Er sah auf die Uhr. „Entschuldige bitte, ich bin auf halb zwölf bestellt. Wir sehen uns ja vielleicht morgen schon."

Sie sah ihm nach, wie er schnell über den Platz schritt und im Theater verschwand. Von irgendeiner Turmuhr hallten zwei Schläge. Eine dichtbesetzte Straßenbahn rumpelte vorbei, und aus dem Portal der gegenüberliegenden Schule stürzte mit fröhlichem Geschrei eine Jungenschar. Irene sah und fühlte nicht, was um sie her geschah. Es war ihr zumute, als stünde sie ganz allein auf einer Insel, und ihre Augen hätten ein Wunder gesehen.

*

Der Intendant Halwig hatte seine eigenen Gedanken, eine großartige Idee sozusagen. Für ihn war nicht Ludwig Kappler zurückgekehrt, sondern Peer Gynt. Und Solveig hatte auf ihn gewartet. Deshalb wollte er die neue Spielsaison mit „Peer Gynt" eröffnen. Er war fest überzeugt, daß dies ein großer Erfolg werden müßte, denn es waren immerhin schon zwei Jahre vergangen, seit dieses Stück mit zahllosen Aufführungen in einer Spielsaison die etwas zerrütteten Finanzen des Theaters wieder geordnet hatte. Diese beiden Menschen würden gerade jetzt in der richtigen Stimmung sein für das Zusammenspiel Peers und Solveigs.

Als Neueinstudierung war „Kabale und Liebe" in Aussicht genommen, mit der Haydenegger als Luise Miller und Kappler als Ferdinand. Westhagen war als Hofmarschall von Kalb gedacht, während Halwig selbst den alten Miller übernahm. Halwig hatte mit Absicht eine Besetzung zusammengestellt, wie sie dieses Haus noch nicht gesehen hatte. Schon frühzeitig schaltete er eine geschickte Werbung ein.

Vorerst aber kamen jetzt die Sommerferien. Man hatte sich zur letzten Probe zusammengefunden, und der Inspizient ließ sich gerade die Urlaubsanschriften der einzelnen Mitglieder angeben, als Kappler zu Irene sagte:

„Willst du auch verreisen, Irene?"

„Eigentlich wollte ich wieder einmal an den Bodensee. Aber nur für ein paar Tage, gegen Ende der Ferien." ‚Kommst du mit?' wollte sie noch hinzufügen, fand aber nicht den Mut dazu. Kappler meinte:

„Na schön. Jedenfalls ich bleibe hier. Bevor du abreist, Irene, darf ich dich einmal für einen Nachmittag auf den Römerberg einladen zu — uns. Meine Frau möchte dich kennenlernen."

„Deine Frau? Mich kennenlernen?"

„Ja? Du kannst natürlich absagen, wenn du willst."

„Nein, nein, ich komme. Sehr gern sogar. Möchtest du es auch gern?"

„Wir gehen dann hernach zusammen weg", sagte er, ohne auf ihre Frage einzugehen, und eilte in die Garderobe.

Eine Viertelstunde später gingen sie langsam zusammen durch die Anlagen.

„Du hast mich vorhin gefragt, Irene, ob ich es auch gern möchte, daß du kommst. Das wäre früher schon mein Wunsch gewesen. Aber ich sah keinen Nutzen dabei, und es kommt auch jetzt weniger auf mich an. Es ist der Wunsch meiner Frau. Seit ein paar Tagen liegt sie mir in den Ohren, ich möchte dich einmal auf den Römerberg bringen."

„Kennst du den Grund?"

„Nein, es ist sicher nur eine Laune von ihr. Kranke Menschen sind unberechenbar, aber man soll ihnen möglichst ihren Willen lassen."

Die Rosen dufteten schwer in den Anlagen. Auf den Bänken unter schlanken Rotbuchen saßen Menschen in buntem Durcheinander; alte Invaliden neben jungen Kindermädchen, deren Zöglinge im Sand spielten, behäbige Matronen, fette Pensionäre und strichdünne Jünglinge, dazwischen wieder einmal auf einer abseitigen Bank allein ein selbstvergessenes Liebespaar.

Die beiden sahen nichts, was um sie her war, nur der schwere Rosenduft wehte sie an. Irene spürte eine seltsame Beklemmung in sich.

„Ist sie sehr krank, deine Frau?" fragte sie in die Stille hinein.

„Ja, sehr. Sie weiß es auch."

„Du, Ludwig —" sie erschrak fast, wie banal sich dies anhörte. Hatte sie doch früher immer ‚Peer' gesagt — ‚mein Peer'. Aber diese alte Vertraulichkeit lag weit weg in dunkler Ferne. Sie fühlte auch, daß er mit Absicht nicht an Vergangenes rührte. Jetzt sah er sie voll an.

„Wolltest du etwas sagen?"

Sie riß sich zusammen. „Ich wollte dich fragen — warum hast du mir eigentlich verschwiegen, daß du verheiratet bist?"

„Ich habe dir damals viel verschwiegen, Irene. Dies

allein war nicht das Wichtigste. Aber ich hatte dich gebeten, du sollst Vertrauen haben zu mir."

„Ja, das hast du. Ich hatte es auch am Anfang, aber dann — ich weiß selbst nicht — ich liebte dich doch, und — du bliebst mir so fremd."

Er nahm ihre Hand in die seine und zog sie unter seinen Arm. „Mußte ich denn nicht, Irene? Ich sah in dich hinein. Dein Inneres glühte, und was wäre geworden, wenn ich dem noch Nahrung gegeben hätte? Ich erkannte, daß ich der Stärkere sein mußte, und darum wurde ich hart. Ich sah dein Herz darunter leiden, aber wie sollte ich dir helfen? Selma war da, und — es ist so, daß ihr in ihrer langen Krankheit ein sechster Sinn gegeben wurde. Sie wußte und fühlte mehr, als ich ahnte. Sie behauptet übrigens, daß ich einmal im Traum laut nach Solveig gerufen hätte."

„Warum hast du mir das nicht viel früher gesagt, Ludwig? Es wäre mir manches erspart geblieben."

„Du meinst — die Sache mit Holm?"

Erschrocken blieb sie stehen. „Das weißt du?"

Er mußte unwillkürlich lachen. „Hast du geglaubt, daß beim Theater etwas geheim bliebe? Nein, nein, bemühe dich nicht, es ist ja auch gar nicht so wichtig, wer es mir gesagt hat. Überhaupt ist mir die ganze Angelegenheit nicht wichtig. Mir liegt viel mehr daran, daß du tapfer bist, wenn du zu uns kommst."

„Ist das denn notwendig? Du machst mir ja richtig Angst."

„Unter Umständen ist es notwendig. Selma hat Launen, und es macht ihr gar nichts aus, mit größter Seelenruhe einem Menschen die peinlichsten Dinge ins Gesicht zu sagen. Es kommt darauf an, welchen Eindruck du auf sie machst."

Irene holte wie in einer bedrängten Atemnot tief Luft. „Ich werde erst kommen, wenn ich innerlich die Kraft dazu fühle."

„Das liegt ganz bei dir, Irene. Im übrigen aber wird sich der Weg auf den Römerberg lohnen. Man hat von nirgends eine so schöne Aussicht über die Stadt und das Tal wie von dort oben."

Er erzählte dann noch, wie er dieses Haus mit dem sonderbaren Baustil billig hatte erwerben können. Die Ärzte hatten die Höhenlage für Frau Selma angeraten, und nur auf diese Weise sei er überhaupt an dieses Theater gekommen. Wer weiß, wo er sonst heute stünde!

Irene dachte: Es ist schon richtig so, wie es das Schicksal mit dir bestimmt hat. Du wärst sonst niemals in meinen Weg getreten, und ich wußte noch nie so felsenfest wie jetzt, daß meinem Leben dadurch etwas sehr Schönes verlorengegangen wäre. Auch zu Hause dachte sie noch darüber nach. Sie hatte plötzlich die Gewißheit, daß dieser Besuch eine entscheidende Wendung in ihr Leben bringen würde. Am liebsten hätte sie sich sofort auf den Weg nach dem Römerberg gemacht. Sie fühlte, daß sie nicht eher zur Ruhe kommen würde, bis sie die Frau kannte, an die sein Leben gefesselt war. Und doch hielt immer wieder eine unbestimmte Angst sie zurück. Erst in der zweiten Woche machte sie sich auf den Weg.

11.

Das Haus auf dem Römerberg war im maurischen Stil gebaut. Die Mauern, blendend weiß getüncht, sah man nur teilweise durch die dichte mannshohe Ligusterhecke schimmern, die das ganze weite Grundstück umfriedete. Das Haus stand wie ein kleines, verwunschenes Schloß inmitten der Apfelbäume.

Als Irene vor dem vergitterten Eingangstor stand und die Hand nach der Klingel strecken wollte, sprang ein großer Neufundländer mit wütendem Gebell aus einem seitlichen Gartenweg. Aber schon klang Kapplers metallene Stimme vom Haus her. Er rief den Hund zurück und kam dann selbst auf dem breiten, mit weißen Kieseln belegten Weg daher, nur mit einer hellen Flanellhose und weißen Schuhen bekleidet. Der Oberkörper war frei und ebenmäßig braun getönt.

„Herzlich willkommen! Ich erwartete dich eigentlich nicht so früh."

„Entschuldige, wenn ich ungelegen komme — aber wir haben eigentlich keinen bestimmten Tag ausgemacht."

„Nein, nein, komm nur", sagte er lächelnd und setzte resigniert hinzu: „Je eher, desto besser."

Sie gingen zusammen auf das Haus zu. Grell brach sich das Sonnenlicht an den weißen Wänden, es blendete fast die Augen. Irene versuchte einen Blick von ihm zu erhaschen. Er fühlte ihre Beklommenheit und nickte ihr aufmunternd zu. Da bogen sie schon um die Ecke.

Auf der Terrasse, die mit rötlichen Mamorsteinen gepflastert war, saß unter einem grünseidenen Sonnenschirm Frau Selma Marlene Kappler, eine Frau von wachsbleicher Schönheit. Beim Herannahen der beiden richtete sie sich unwillkürlich ein wenig auf, und als Kappler sie bekannt machte, nickte sie Irene gönnerhaft zu. Dann rückte sie den zweiten Rohrstuhl zurecht.

„Bitte, nehmen Sie Platz, Fräulein Haydenegger. Mein Mann hat mir schon viel von Ihnen erzählt, müßte ich nun pflichtgemäß versichern. Aber leider ist es nicht so. Er ist ein Schweiger, wie Sie wissen werden."

Irene fühlte, wie alles Blut zu ihrem Herzen drängte. Es war zweifellos eine sehr peinliche Situation für sie. Sie suchte nach ein paar verbindlichen Worten, aber sie konnte nichts tun, als auf diese Frau hinschauen. Sie war wie gefesselt von dieser eigenartigen Schönheit. Selma Kappler trug am Hals eine Kette, an der ein großer roter Stein in Gold gefaßt hing. Wie ein dunkler Blutstropfen lag er auf ihrer weißen Haut. Groß und voller Innenleuchten waren ihre Augen. Das schmale Gesicht war von pechschwarzem Haar umrahmt. Ein dunkles Gewand, für die Jahreszeit viel zu schwer, umschloß eng die schmale Gestalt. Auf ihren Händen, die im Schoß gefaltet lagen, sammelte sich das Licht, das durch einen schmalen Riß des Sonnenschirms fiel. Unnatürlich hoch wölbten sich auf diesen weißen Händen die blauen Aderstraßen dahin. Die Brust atmete in schnellen Zügen, und für einen gesunden Menschen war es erschütternd zu sehen, wie das Wehen des Todes langsam, aber unerbittlich um diese Frau strich.

„Lu, sei doch so gut und sage der Schwester Bescheid. Sie dürfen wählen, Fräulein: Tee oder Kaffee?"

Kappler stand sofort auf und ging ins Haus. Der

Hund legte sich breit und schwer zwischen die beiden Frauen. Frau Kappler legte die Hand auf den Kopf des Tieres und sagte so nebenbei:

„Leider war es mir nie möglich, Sie spielen zu sehen, Fräulein Haydenegger. Ich weiß nur aus der Presse, wieviel Sie können." Dabei zog sie einen Brief aus der Tasche ihres Kleides, faltete ihn auseinander und reichte ihn Irene hin. „Sie können ihn ruhig lesen." Es gab nicht viel zu lesen. Eine ungenannte Person, die es in solchen Fällen ja immer nur gut meint, hielt es für ihre Pflicht, Frau Kappler darauf aufmerksam zu machen, daß ihr Mann zu der Schauspielerin Irene Haydenegger früher schon einmal in einem mehr als freundschaftlichen Verhältnis gestanden habe. Nun, da er ja wohl neuerdings ihr Partner sein werde, sei wohl anzunehmen — —

Irene las nicht weiter. Sie ließ den Brief sinken und starrte mit schmalen Lippen vor sich hin. Natürlich hatte sie sofort Hermines Schrift erkannt. Tränen traten ihr in die Augen.

„Aber ich bitte Sie, Fräulein, wer wird denn über so einen Unsinn weinen? Denken Sie, daß ich nicht weiß, wie es beim Theater zugeht? Es gibt doch nirgends mehr Neid und Mißgunst als dort. Da fühlt sich vielleicht irgendeine Kollegin in der Rollenbesetzung zurückgesetzt, und schon wird auf Rache gesonnen. Dann entstehen solche Briefe. Kennen Sie vielleicht die Schrift?"

„N — ein, ich habe keine Ahnung. Im übrigen —"

„Ist es ja gar nicht wahr", unterbrach Frau Kappler mit auffallender Eile. „Das wollten Sie doch sagen, nicht wahr? Sie können ganz beruhigt sein, ich gebe auf anonyme Brief nichts, weil ich mich lieber auf mein eigenes Gefühl verlasse. — Im vorigen Jahr waren Sie einmal sehr krank, wie ich hörte?“

Irene erschrak bei dem singenden Ton, den Frau Kappler plötzlich angeschlagen hatte. Sie sah ihr ins Gesicht, aber dieses Gesicht war jetzt undurchdringlich. Es war schwer zu erraten, was hinter der hohen, elfenbeinernen Stirn vorging. Das Leuchten der Augen war von einem fiebrigen Glanz überdeckt. Irene blickte auf ihre Schuhspitzen nieder.

„Ja — ich war krank. Wie schwer, habe ich eigentlich selbst nicht gewußt.“

„Das weiß man nie — oder will es nicht wissen, bis es zu spät ist. Na, jedenfalls sind Sie wieder gesund geworden. Sehen Sie, bei mir ist das anders. Ich gebe mich keiner Täuschung mehr hin, es ist schon alles festgelegt, vor mir liegt nur noch die lange Nacht.“

„So dürfen Sie nicht sprechen, gnädige Frau. Eines Tages kann die Wendung kommen.“

Ein Lächeln glitt über das bleiche Gesicht hin — es war aber doch kein Lächeln, eher wie eine Maske, und Irene hatte plötzlich das Gefühl, als sei diese Maske ihretwegen aufgesetzt worden. Frau Kappler sagte mit einer monotonen Stimme, als lese sie etwas vor:

„Merkwürdig, daß alle Menschen glauben, mir das sagen zu müssen, ohne dabei zu empfinden, wie unehrlich es ist.“ Die Maske lockerte sich für Sekundenschnelle, und ein schiefer Blick traf Irene wie ein Nadelstich. „Oder — wünschen Sie wirklich, daß ich wieder gesund werde?“

In ratloser Verwirrung sah Irene die Frau an.

„Mein Gott, warum soll ich unehrlich sein?"

„Nein, nein, ich weiß schon. Entschuldigen Sie, ich rede zuweilen so unsinniges Zeug daher. Aber zum Glück weiß ich Bescheid. Seit mir Ägypten nicht mehr hat helfen können, weiß ich, wieviel es geschlagen hat. Diesen Herbst, wenn die Blätter fallen — — Sind Sie schon soweit, Schwester?"

Unbemerkt war eine Krankenschwester herangetreten.

„Ich habe in der Diele gedeckt, es ist doch windstiller dort. Pflichtgemäß muß ich Sie leider wieder daran erinnern, Frau Kappler —"

„Daß ich nicht soviel sprechen soll. Ich weiß schon. Aber lassen Sie nur, es ist ja sowieso so selten, daß ich mich freuen kann. Und heute kann ich es. Kommen Sie, liebe Haydenegger."

Ohne jede Hilfe erhob sie sich und ging langsam zwischen der Schwester und Irene ins Haus. Kappler, der sich inzwischen umgezogen hatte, kam die breite Wendeltreppe herunter, und man nahm dann gemeinsam um den niedrigen, mit meergrünen Kacheln eingelegten Tisch Platz. Es gab Tee mit einem kleinen Spritzer Rum, dazu Gebäck und belegte Brote. Frau Kappler forderte Irene auf, tüchtig zuzugreifen, und wandte sich dann an ihren Mann:

„Es ist geradezu strafbar von dir, lieber Lu, daß du mir Fräulein Haydenegger so lange vorenthalten hast."

„Nur mit Rücksicht auf deinen Gesundheitszustand."

„Ich weiß, ich weiß", antwortete sie schnell. „Er ist immer so besorgt um mich", wandte sie sich an Irene. „Aber etwas Abwechslung muß ich doch auch haben. Kommen Sie nur recht oft, Fräulein Haydenegger, und erzählen Sie mir vom bunten Leben des Theaters! Vielleicht wissen Sie schon, daß ich früher auch auf der Bühne tätig war. Allerdings nicht als Schauspielerin. Ach ja, es waren schöne Zeiten. Was wollte ich jetzt gleich sagen? Ach richtig. Ich werde Ihnen hernach einige Erinnerungsstücke aus meiner Glanzzeit zeigen. Wie war das doch damals in Paris, Lu, als du mich zum erstenmal sahst in meinem ‚Indischen Hochzeitstanz'?"

Kappler wechselte einen Blick mit der Pflegerin. „Du solltest wirklich nicht so viel sprechen, Selma."

„Es ermüdet mich heute nicht", antwortete sie ein wenig eigensinnig. „Ich will mich einmal wieder angeregt unterhalten. Vielleicht haben Sie meinen Namen schon einmal gehört, unter dem ich aufgetreten bin: Selma Marlene Andersen. Aber nein, damals waren Sie wahrscheinlich noch zu jung, es ist immerhin schon fast acht Jahre her, daß ich nicht mehr auftrete. Es war merkwürdig damals. Mitten in einer Studie zu einem Totentanz klappte ich zusammen. Lu hat sich damals wirklich selbstlos für mich aufgeopfert. Er war rührend in seiner Fürsorge. Na ja, wir waren immerhin erst zwei Jahre verheiratet und noch sehr ineinander verliebt."

„Aber ich bitte dich, Selma, das wird Fräulein Haydenegger ganz gewiß nicht interessieren."

„Meinst du nicht? Ach ja, natürlich, wie kam ich bloß dazu? Sprechen wir von etwas anderem. Spielen Sie zufällig Klavier, Fräulein Haydenegger? Ja? Oh, wie schön! Würden Sie mir da einen ganz speziellen Wunsch erfüllen?"

„Sehr gern, wenn es geht."

„Sicher wird es gehen, die Noten sind da. Ich meine: Beethovens herrliche Sonate mit dem Trauermarsch."

Schweigend stand Irene auf und ging zum Flügel. Es war ihr wie eine Erlösung aus einem unheimlichen Bannkreis, aus dem sie durch das Spiel befreit wurde. Frau Kappler wurde bei der Musik sehr ruhig, auf ihrem Gesicht standen jetzt zwei hauchfeine Flecken, wie kleine Totenröslein. Als Irene endete, sprach sie ihr höchste Anerkennung und wärmsten Dank aus und schloß mit den Worten:

„So, und nun will ich Ihnen einiges zeigen, liebe Haydenegger. Nein, nein, laßt mir nur die Freude. Schwester, Sie sind wohl so gut und richten inzwischen einen kleinen Abendimbiß."

Kappler kannte seine Frau zu gut, um sie von ihrem einmal gefaßten Gedanken abzubringen. Er warf Irene nur einen schnellen Blick zu, den sie sich aber nicht recht zu deuten wußte. Dann folgte sie Frau Selma über die breite Stiege zum oberen Stockwerk. Dabei krampfte sich ihr Herz in irgendeiner unerklärlichen Angst zusammen, weil sie fühlte, daß diese Frau mit eigensinnigem Willen dieses Alleinsein erzwingen wollte. Da öffnete Frau Selma die erste Tür, und sie traten in ein Zimmer, das eher einem Museum glich. In einem Glasschrank, der die ganze Wand des Zimmers einnahm, waren lauter Erinnerungsstücke aus jenen Jahren, da diese Frau noch mit gesunden Gliedern über die Bretter, die wirklich die Welt bedeuteten, hinwirbelte, daß es den Menschen den Atem verschlug. Da hingen neben goldenen Pokalen und Schmuckstücken, die auf dem Glas lagen, herrliche Kostüme, die sie einst getragen. Auf all diese Dinge deutete sie und erläuterte dabei mit monotoner Stimme einzelne Erlebnisse aus jener Zeit, sie griff dieses und jenes heraus und stellte es gesondert vor Irene hin, daß diese sich unwillkürlich zurückversetzt fühlte in die Jahre, da der Name dieser Frau noch mit großen Lettern über den ersten Bühnen der Welt gestrahlt hatte.

„Warum ich Ihnen das alles erzähle?" fragte sie dann plötzlich. „Weil Sie wissen sollen, daß ich nicht immer als solcher Schatten neben Kappler hergelebt habe." Sie nahm einen kleinen Schlüssel und sperrte eine Vitrine auf, aus der sie eine Perlenkette nahm, die sie langsam durch die Finger gleiten ließ. „Diese Kette habe ich an unserm Hochzeitstag getragen. Ich möchte Ihnen raten, diese Kette nie zu tragen, es ist kein Glück dabei."

„Wie bitte?"

„Kappler wird Ihnen diese Kette vielleicht einmal geben — wenn ich nicht mehr bin." Sie warf das Schmuckstück plötzlich zurück und hob den Kopf. Ihre Stimme wurde ein wenig lauter, und ihre Augen hatten einen merkwürdigen Glanz. „Starren Sie mich nicht so entgeistert an! Ich sehe doch in euch beide hinein. Ihr liebt euch und wartet darauf, daß ich gehe."

Entschlossen wandte sich Irene um. „Ich möchte mich empfehlen, gnädige Frau. Das ist Wahnsinn, was Sie da behaupten."

„Nein, Sie bleiben hier!" schrie die andere, und es war wie ein heiseres Bellen. „Können Sie mir schwören, daß ich im Unrecht bin? Nein, das können Sie nicht! Ich weiß so sicher, wie zweimal zwei vier ist, daß Sie einmal durch diese Räume gehen werden. Vielleicht beten Sie jetzt schon, daß es bald geschehe."

Schritt um Schritt war Irene vor den glimmenden Augen, die doch keines zornigen Sprühens mehr fähig waren, zurückgewichen.

„Nehmen Sie Vernunft an, Frau Kappler! Ich werde gehen und nie wiederkommen."

„Sie gehen und — werden wiederkommen. Warum gestehen Sie es nicht ein, daß Sie ihn lieben? Es ist ja bei Gott kein Verbrechen", meinte die Kranke nun wieder vollständig ruhig. Der kleine Sturm des Wahns schien gebrochen zu sein. „Verzeihen Sie, wenn ich Sie erschreckt habe. Manchmal ist es, als wäre ich schon auf einem anderen Stern und hätte keine Gewalt mehr über mein Denken. Vergessen Sie, was ich gesagt habe. Es ist wirklich ohne Bedeutung."

„Wollen wir jetzt nicht wieder nach unten gehen?" verlangte Irene.

„Ja, doch, wie Sie wünschen. Nur das will ich Ihnen noch zeigen." Damit öffnete Frau Kappler eine Tür zum Nebenraum, der einen hellen, achteckigen Erker hatte, in dem ein Schreibtisch mit einer Lampe stand. „Hier pflegt Lu seine Rollen einzustudieren. Denken Sie, einmal hatte er die Gewohnheit, jede Nacht die Schreibtischlampe brennen zu lassen bis zum Morgen. Ja, manchmal ist er sehr vergeßlich, der gute Lu. Ich müßte viel mehr hinter ihm her sein können."

Damit schloß sie die Tür wieder, und sie gingen nach unten. Frau Kappler war nun wieder voller Güte und versuchte in einer stillen Freundlichkeit, den verwirrenden Eindruck zu verwischen, den sie in die Gedanken des Mädchens getragen hatte mit jenem jähen Ausbruch von hilfloser Angst und krankhafter Eifersucht, deren ihr zerrinnendes Leben noch fähig war.

Der Abend war schön und still, und als die ersten Sterne blinkten, wollte sich Irene verabschieden. Aber Frau Kappler hielt sie mit der Hand fest und sagte, daß es noch nicht so sehr eile. Dann wandte sie sich mit einem wunderlichen Lächeln an ihren Mann.

„Du begleitest doch Fräulein Haydenegger bis in die Stadt hinunter? Nein, nein, nur keine Widerrede, liebes Fräulein! Wir hätten Sie sonst wirklich nicht so lange aufhalten dürfen."

Die hohe Standuhr in der Ecke der Diele schlug die neunte Stunde, als Kappler Irene in den Mantel half, um sie ein Stück zu begleiten.

Schweigend gingen sie nebeneinander her. Sie gingen so langsam wie Menschen, die überhaupt an kein Ziel wollen. Ein kühler Wind strich über den Waldkamm her, und Kappler schlug den Mantelkragen hoch.

„Sprich etwas", sagte er plötzlich, blieb stehen und faßte sie hart am Arm.

„Ja, sprich etwas", sagte sie gepreßt. „Ich kann dir nur eines sagen: daß ich eine unbeschreibliche Dummheit begangen habe, heute diesen Weg zu gehen."

„Ich kann mir denken, daß es schrecklich gewesen sein muß für dich, liebe Irene."

„Ich habe noch nie in meinem Leben in einer solchen Situation gestanden. Sie weiß alles."

„Sie weiß nichts, sie fühlt es nur."

„Warum hast du mir das nicht vorher gesagt? Oder hat sie sich dir gegenüber noch nie geäußert?"

Er blickte über sie hinweg zu den Sternen auf. Erst nach einer langen Weile fand er Antwort:

„Ich kann dir nicht erzählen, Irene, wie diese Frau

mich schon gequält hat. Die letzten Jahre waren ein einziges Martyrium. Dabei ist es weniger Eifersucht als Eitelkeit. Wenn sie nicht krank wäre, hätte ich mich längst scheiden lassen. Aber ich kann ihr Leben doch nicht zerstören. Es gab einmal eine Zeit, wo ich sie wirklich geliebt habe."

„Das kann ich verstehen, denn sie muß einmal wirklich eine sehr schöne Frau gewesen sein."

„Schön und von der halben Welt bewundert und vergöttert. Ich war blutjung damals, ich war geblendet von ihrer Schönheit und ihrer göttlichen Kunst. Kannst du es verstehen, wie es mich berauscht hat, daß sie ihre Gunst an mich verschenkte? Wenn man jung ist, ist man eitel. Es hat mir geschmeichelt, ich war trunken von ihr und habe mich restlos an sie verloren, die doch damals schon den Keim des Todes in sich trug. Aber selbst wenn ich das gewußt hätte, ich wäre doch nicht mehr losgekommen von ihr. Es war ein einziger Rausch des Beglücktseins. Ich war damals ein junger Schauspieler, die Tänzerin Marlene Andersen legte soviel in mich hinein, daß ich spielend leicht den Weg nach oben zu beschreiten begann zu jener Höhe, auf der sie selbst wanderte. Ich stellte es mir als das Höchste vor, ihr ebenbürtig zu sein in der Kunst. Es sah damals auch wirklich so aus, als könnte ich ohne jede Anstrengung und ohne Sorgen durch den Kreuzgang des Lebens schreiten. Aber dann kam dieser fürchterlich Tag, der unerbittlich das Ende ihrer Laufbahn kennzeichnete. Von dem Augenblick an, als sie selbst nicht mehr auftreten durfte und konnte, wendete sich das Blatt. Sie wollte, daß auch ich nicht mehr auftreten solle. Es wäre gegangen, Selma war reich; aber es war für mich erniedrigend, von ihrem Gelde zu leben. Dabei spürte ich ungeheure Kräfte in mir, die zum Licht drängten, zum Gestalten. Ich mußte meinen Willen durchsetzen, wenn ich nicht untergehen wollte. Aber unsere Ehe war seitdem nichts anderes mehr als ein Nebeneinanderleben in Unfreiheit. Das Einmalige war fort, nicht weil sie krank war, sondern weil alle kleinen Geister in ihr sich auftaten, um mir das Leben so schwer wie möglich zu machen. Das war so bis zu dem Augenblick, als ich dich sah. Damals glaubte ich für eine kurze Zeit, es könnte alles wieder gutwerden in mir. Das war verkehrt, denn in dem Maße, da sich alles in mir nach dir sehnte, wuchs die Kette, die mich an Selma band. Ihr Ahnungsvermögen ist furchtbar. Sie sagte mir, daß ich dich liebe, noch bevor ich es recht erkannte. Dieses Zwiespältige in meinem Leben verschüttete allen Glauben und jede Hoffnung in mir. Der Weg zu deinem Herzen war so nah und doch so meilenweit. So verschloß ich mich immer mehr in mich selber, wurde härter zu mir und dir, immer härter, bis ich meine einzige Befreiung darin sah, daß ich mit ihr nach Ägypten reiste. Ich dachte, die Zeit heilte alle Wunden, oder du wärst vielleicht nicht mehr hier, wenn ich zurückkäme. Aber nun sehe ich, Irene, daß es gar keinen Zweck hat, einander zu fliehen. Das Schicksal ist stärker als wir, und wir werden es tragen müssen, auch wenn nur Leid daraus erwächst. So — nun weißt du alles, und ich bitte dich, nur die Geduld nicht zu verlieren."

„Nein, nein", sagte sie, bis ins Innerste erschüttert, und sie schrak doch vor dem Gedanken zurück, daß ihre Geduld nur solange zu dauern habe, bis der Tod das andere Leben auslöschte. Es ist furchtbar, dachte sie, auf den Tod eines Menschen zu warten. Das machte sie so unsicher und traurig, daß sie nicht den Mut aufbrachte, das zu tun, wonach es sie drängte. Sie wollte sein Gesicht mit den Händen umschließen und ihm etwas Gutes sagen, etwas Tröstliches. Aber konnte ein Trost überhaupt von Bedeutung sein, wenn der Trost auch zugleich Schuld war?

Sie gingen nebeneinander durch die stille Nacht, Irene hing an seinem Arm, als wäre es nie anders gewesen. Er spürte die Wärme ihres Körpers, und es war nur ein einziges Wünschen in ihm, sie in seine Arme zu nehmen und nie mehr von sich zu lassen.

Als sie die ersten Häuser von Friedenau erreichten, blieben sie abermals stehen, und der Mann wollte ihr die Hand zum Abschied reichen. Sie hielt ihre beiden Hände hin, und die große Not in ihrem Blick erschütterte den Mann so sehr, daß es ihn um all seine mühsam bewahrte Fassung brachte. Er riß sie an seine Brust, und seine Küsse fielen auf sie nieder, rissen an ihren Lippen und hafteten an dem gespannten Bogen ihrer Kehle. Wie in einer großen Angst hielten sie sich umklammert. Ihre Arme lagen um seinen Hals, und sie dachte, daß dies die größte Stunde ihres Lebens sei, obwohl sie mit großer Schuld bedeckt war. Plötzlich riß sie sich los.

„Es ist furchtbar, Ludwig. Sie fragte mich heute, ob ich bete um ihren baldigen Tod. Und nun bin ich soweit, daß ich es fast tun möchte. Ist es denn eigentlich Gottes Gesetz, daß eine Liebe wie die unsrige Schuld ist?“

„Es ist der Menschen Gesetz“, sagte er langsam und

schwer. „Aber wir müssen tapfer sein, Irene. Unsere Not wird immer tiefer und dunkler werden, wenn wir stark sein wollen, um nicht in die letzte, größere Schuld zu verfallen. Es wird eine einzige grauenhafte Quälerei werden, und deshalb ist es besser, denke ich, wenn wir uns nie wieder allein begegnen, bis —"

Er schrak nun ebenfalls davor zurück, das Letzte zu sagen. Er sann nach etwas anderem, nach etwas Tieferem, aber er fand nicht das richtige Wort. So riß er sich aus ihren Armen und sagte heiser: „Nun geh, Irene, sei tapfer und — vergib mir."

Da ging sie und sah nicht einmal zurück nach ihm. Seine Küsse brannten auf ihren Lippen und sangen in ihrem Blut. Sie mußte daran denken, wie doch alles anders war als bei Holm.

Vor ihrem Haus stand ein schlichtes Feldkreuz in der Wiese. Früher war sie oft davor stehengeblieben und hatte das wunderbare Schnitzwerk betrachtet. In dieser Nacht schlich sie vorbei und zog demütig die Schultern ein.

Nein, es war schon so, wie Kappler gesagt hatte. Sie mußte tapfer sein und — Geduld haben. Es war doch für sie immer noch leichter als für ihn. Bevor sie das Gartentürchen schloß, horchte sie nochmals in die Nacht hinein, ob sie vielleicht seinen Schritt noch höre. Aber der hatte sich schon verloren. Nur der Wind strich sanft von den Sternen her und brachte ein sanftes Rauschen in die Nacht.

*

„Nun?“ fragte Frau Selma Marlene den Mann Ludwig Kappler, als er nach diesen Stunden ihr Zimmer betrat, weil noch Licht durch die Türritzen fiel, und weil er wußte, daß sie doch an die Wand geklopft hätte, um ihn zu sich zu rufen. „Nun? Hast du sie geküßt?“

Er erschrak, und eine Welle von Zorn ging durch ihn hin wie ein kalter Wind, weil sie ihre grausame Neugierde noch mit einem kalten Lächeln begleitete.

„Warum glaubst du das?“ fragte er. „Du hättest mich ja gar nicht mitzuschicken brauchen, wenn du das erwartet hast.“

„Du leugnest es wenigstens nicht. Es wäre auch zwecklos. Wenn man das dunkle Tor der Ewigkeit vor sich hat, durchschaut man die Seele seines Nächsten bis zur kleinsten Regung.“

„Wollen wir das Thema nicht lassen? Du hast dir heute überhaupt zuviel zugemutet.“

„Ich kann nicht schlafen und — wartete auf dich. Willst du dich nicht ein wenig zu mir setzen? Du sollst mir genau erzählen, Lu, wie es gewesen ist. Offen gestanden, sie gefiel mir ausnehmend gut. An ihr ist alles Klang und ein Blühen von Schönheit von innen heraus. Kein Alltagsmädchen oder Dutzendweibchen. Ich traue ihr ohne weiteres soviel Charakter zu, daß sie dich nicht lieben will — noch nicht lieben will — weil ich noch da bin.“

Das Gesicht des Mannes wurde grau vor soviel schonungsloser Offenheit. „Muß das sein, Selma? Ist dein ganzes Sinnen nur noch darauf gerichtet, mich zu quälen? Du weißt, ich habe dir bis heute niemals Ursache gegeben zu irgendeinem Mißtrauen. Und ich werde auch in Zukunft nicht vergessen, was ich dir schuldig bin."

„Das meinst du. Aber das, was über euch herfallen wird, ist stärker als dein Wille. Oder kannst du mir schwören, daß du mich noch so liebst wie früher?"

„Ich bitte dich, Selma, was hat es für einen Sinn, wenn du dich so erregst?"

Sie saß plötzlich kerzengerade im Bett, ihre Augen glühten wie bei einer schönen Edelkatze.

„Du sollst mir darauf Antwort geben! Warum weichst du mir aus? Weißt du, wieviel für mein Leben davon abhängt?" Ein Hustenanfall erstickte ihre weiteren Worte. Ein paar helle Blutstropfen perlten aus ihren Mundwinkeln. Erschöpft fiel sie zurück. Aber ihr Mund flüsterte weiter. „Die ganzen Jahre her habe ich daran geglaubt, daß du mich liebst — obwohl ich ja nur noch ein Wrack bin. Bitte, laß mir diesen Glauben noch für die kurze Zeit!"

Kappler hatte sofort nach der Schwester geklingelt, und als diese nun erschien, wurde die Kranke sorgsam zurechtgebettet, und nun lag sie ganz still nach Verabreichung eines beruhigenden Schlafmittels.

Kappler hatte sich leise hinausgeschlichen und stand nun in seinem Zimmer. Die Hände über der Brust gekreuzt, starrte er in die Nacht hinaus. Er war wie zerstückelt in seinem Denken, in seinem Empfinden. Früher hatte er oft gedacht, daß sein Leben vielleicht noch Jahre in diesem Gleichmaß dahintropfen werde, denn von Zeit zu Zeit hatte Selma wieder Kraft gefunden, die gefährlichen Stadien der Krankheit zu überwinden. Freilich war er immer peinlich darauf bedacht, ihr jede seelische Erregung fernzuhalten. Das wollte er gern auch jetzt noch tun, aber er fühlte, wie alles über ihn hinauszuwachsen begann. Sein Herz schrie nach Irene, denn in ihr war alles blühendes Leben. Viel hatte er in den letzten Jahren ertragen — das Leben war für ihn ja nicht mehr gewesen als ein Dasein mit lauter Schattenbildern verhängt — aber ihm schien, daß es doch noch erträglich war gegenüber dem, was jetzt folgen würde. — —

Zu seiner größten Überraschung schien Frau Selma anderentags die ganze Angelegenheit vergessen zu haben. Mit keinem Wort rührte sie daran, sie war nur wieder hinfälliger, aber das konnte auch mit dem Wetter zusammenhängen, denn seit den frühen Morgenstunden regnete es in Strömen. Sie lag in der Diele nahe dem großen Fenster, ganz zart und schmal, fast ätherisch. Ihre Haut war so durchsichtig, daß man meinte, das Blut in ihren Adern fließen zu sehen.

„Ich habe gestern recht törichtes Zeug zusammengeredet“, meinte sie entschuldigend, als Kappler sich einen Stuhl herbeizog, um mit ihr zu frühstücken. „Willst du so freundlich sein, Lu, und mir nachher etwas vorlesen?“

„Aber nur, wenn es dich nicht anstrengt. Wie fühlst du dich überhaupt?“

Diese Frage wurde nun auf einmal zum Leitmotiv all seines Denkens. Oder legte nur Frau Selma ihr auf einmal eine tiefere Bedeutung bei? Diese Frage richtete Kappler doch schon seit vielen Jahren an sie. Es war sein Mitleid, mit dem er sich um sie sorgte, vielleicht auch ein karger Rest jener Liebe, die sie einst zusammengeführt hatte. Nun aber lauerte etwas anderes hinter der Frage. Sie spürte es heraus: er wartete nur noch auf eines — es war nur noch Ungeduld in ihm. — —

Indessen gingen die Tage dahin. Schon acht Tage bevor die Theatersaison begann, waren die ersten vier Vorstellungen ausverkauft. Die wochenlange Reklame in der Presse hatte bewirkt, daß eine ganze Anzahl führender Theater des Landes ihre ersten Sachverständigen geschickt hatten. Sie wollten sich über dieses Wunder-Liebespaar Kappler — Haydenegger selber ein Urteil bilden, um es dann nötigenfalls für ihr Theater zu kapern. Ja, der Direktor der vereinigten Bühnen von Hamburg hatte bereits einen fertigen Vertrag bei sich, mit dem er die beiden sofort verpflichten wollte, wenn sich herausstellte, daß sie wirklich den großangekündigten Erwartungen entsprachen. Jedenfalls hatte das Haus noch nie so viel sachverständiges und kritisches Publikum in den Parkettreihen gesehen.

Eine beklemmende Spannung lag über dem weiten Raum, die bis in die Hälfte des ersten Aktes hinein andauerte. Dann schlug das überwältigende Spiel Kapplers auch dieses verwöhnte Premierenpublikum in seinen Bann.

Die Haydenegger hielt sich etwas zurück. War dies Regieanordnung oder eigene Berechnung? Aber mit jedem Auftritt steigerte sich ihr Spiel. Herb, keusch und doch voll flammender Unbedingtheit ihres Glaubens an ihren geliebten Peer, spielte sie die Solveig. Man spürte die Reife und Meisterschaft einer großen Darstellerin, die bis zur letzten Einfachheit der Aussage vorgedrungen war. Unübertrefflich, wie sie die innere Scheu dem herrischen Liebeswerben Peers entgegenstellte. Bei offener Szene brach plötzlich brausender Beifall los. Nur ganz wenige ahnten, daß die beiden da oben sich selber spielten. Niemand wußte aber um die helle Not, in der ihre Herzen standen.

In einer Seitennische saß in Begleitung einer Krankenschwester eine bleiche Frau. Ihr Herz zog sich schmerzhaft zusammen, und noch ehe der unbeschreibliche Beifall am Ende des Spieles einsetzte, verließen die beiden ihre Plätze und bestiegen die draußen wartende Taxe.

Der Intendant Werner von Halwig hatte recht behalten: „Peer Gynt" war diesmal ein weit größerer Erfolg als damals vor drei Jahren.

*

„Hast du mich gesehen?" fragte Frau Selma Kappler ihren Gatten, als er etwa eine Stunde später nach Hause kam.

„Ja, ich habe dich gesehen", sagte er. „Aber es war sehr unvorsichtig von dir. Ich werde die Schwester morgen fragen, ob sie das verantworten kann."

„Nein, tu das nicht! Ich habe sie genug gepeinigt, bis sie endlich nachgegeben hat. Kannst du denn nicht verstehen, Lu, daß ich dich nach Jahren wieder einmal auf der Bühne sehen wollte? Ehrlich gesagt, ich habe soviel nicht erwartet. Du bist weit über dich hinausgewachsen, Lu. Und die Haydenegger — ich will ihr nicht schmeicheln, aber sie kann wirklich etwas. Erschütternd die Szene, wie sie auf dich — gewartet hat. So unbedingt glaubhaft hat das gewirkt."

Er sah sie schnell und scharf an. Aber ihr Gesicht

verriet nicht, was in ihr vorging. Sie sagte auch nichts mehr, sondern bat ihn nur, sie hinaufzuführen.

Kappler erkannte genau, daß es kein Entrinnen mehr gab. Die Liebe zu Irene wuchs von Tag zu Tag. Aber er gestand es sich erst ein, als er erkannte, daß auch eine Flucht dieses Gefühl nicht mehr auslöschen konnte. Ja, er hätte die Möglichkeit gehabt, fortzugehen, ohne daß es nach Flucht ausgesehen hätte. Da er vertraglich nicht mehr ans Luisentheater gebunden war, sondern nur als Gast dort spielte, hätte er ohne weiteres den glänzenden Vertrag des Burgtheaters annehmen können. Doch Irene war noch ein Jahr hier gebunden — und wenn er jemals wegginge, dann nur mit ihr gemeinsam. — —

Irene aber war glücklich wie nie zuvor in ihrem Leben, obwohl diese Liebe ihr eigentlich nur wenig geben konnte. Und doch war ihre Liebe von einem wunderbaren Gleichmaß getragen. Als in diesen Tagen die Vermählung Holms mit Hermine angezeigt wurde, berührte sie diese Nachricht nur wie ein Ereignis, das sich ganz am Rand ihres Denkens abspielte. Wirklich berührt wurde sie nur von der plumpen Frechheit Holms, der eines Tages bei ihr anrief, um ihr mitzuteilen, daß er nun sein Schauspiel „Die Magd“ gänzlich überarbeitet und abermals der Intendantur eingereicht habe, mit der Voraussetzung, daß sie, Irene, wohl ein Wort dabei für ihn einlegen werde.

Im ersten Augenblick konnte Irene soviel Frechheit gar nicht fassen. Sie vermutete aber sofort, daß Hermine dahintersteckte.

„Sagen Sie einmal, Holm, sind Sie denn ganz von Gott verlassen?“

„Aber nein — wieso denn? Ich dachte nur — ja, in Anbetracht unserer früheren Aussprachen, dieses Stück betreffend, bestünde vielleicht doch einiges Interesse —"

„Da haben Sie falsch gedacht. Ich habe wirklich kein Interesse an der Sache, und — hoffentlich belästigen Sie mich heute zum letztenmal."

Er sagte wohl noch etwas, legte dann aber auf. Dieses Kapitel war endgültig aus ihrem Leben gestrichen, und es hatte kein Gedanke daran mehr in ihr Platz. Ihre ersten Gedanken in der Morgenfrühe galten Ludwig Kappler, und die Stunden, die sie tagsüber mit ihm zusammen war, kehrten nachts in ihren Träumen wieder.

Sie lebten sich immer mehr aufeinander ein, und sie gingen miteinander wie träumend durch den leuchtenden Spätsommer. Es war bald kein Geheimnis mehr. Die Haydenegger war noch nie so schön wie in dieser Zeit. In ihrem herben Antlitz waren alle Konturen weicher geworden, und in ihren Augen stand ein wundersames Licht, als trüge sie das Leuchten ihrer Seele offen zur Schau. Sie war wie die Liebe selbst, die wie eine dunkelrote Rose aufblühte und sich dem Manne Ludwig Kappler reichte.

Keine Macht der Erde hätte hindern können, was unerbittlich kam. Es war das große Gesetz der Natur, vorgesehen seit dem Tage der Schöpfung. Und in einer Stunde zwischen Mitternacht und Morgengrauen schlug es wie eine Flamme über ihnen zusammen. Als sie in seine Augen sah, mußte sie an ein Götzenbild denken, das der Vater einmal aus Tibet mitgebracht und vor dem sie sich als Kind immer gefürchtet hatte.

Aber dann erlosch die Erinnerung daran, und sie erlebten beide das Glück in einer so starken und fast schmerzhaften Seligkeit, wie sie es nie zuvor erfahren hatten.

Kein Wort sprachen sie von Selma Marlene Kappler, und doch dachten sie beim Abklingen ihrer Zärtlichkeit an sie. Sie sprachen nicht von ihrer Liebe, weil sie mit dem Erleben ihrer Seligkeit nicht zwangsläufig auch an ihre Schuld gemahnt sein wollten. Sie sprachen auch nicht davon, wie lange sie ergeben gewartet hatten, um den Jubel dieser Stunde zu erleben.

Als dann vor den Fenstern ein erstes trübes Grau zu spielen begann, mußte der Mann an den Heimweg denken. Der Mond stand noch am Himmel, als er über die taunassen Herbstwiesen zum Römerberg hinanstieg. Nur aus Gewohnheit war er leise und behutsam beim Betreten des Hauses. Er war von keinem schlechten Gewissen belastet, und das Erlebte war so ungeheuerlich groß in ihm, daß er selbst einer Lüge nicht fähig gewesen wäre, wenn Selma jetzt gerufen und ihn gefragt hätte, wo er gewesen sei.

Doch alles blieb still. Das Mondlicht fiel in breiten Bändern durch das Fenster, und aus der Diele klang der eintönige Pendelschlag der Standuhr herauf.

Aber auch Stunden später beim Frühstück sagte Selma kein Wort. Sie hatte anscheinend diese Nacht gut geschlafen. Ihr Gesicht verriet nichts von dem, was ihr Herz vielleicht bewegen mochte, und in ihrer Stimme war kein unsicherer Ton. Sie fragte ihn nach seiner Meinung über die Aufführung von „Kabale und Liebe". Sie hatte das Stück noch einmal aufmerksam durchgelesen und kannte die einzelnen Szenen ganz genau. —

So gingen die Tage dahin, und eines Abends öffnete sich im Luisentheater der Vorhang für „Kabale und Liebe“. Frau Selma saß dieses Mal mit ihrer Pflegerin in der ersten Parkettreihe. Ludwig Kappler hatte das Empfinden, daß ihr bleiches Gesicht ihn unentwegt anstarrte. Aber es verwirrte ihn nicht. Mit souveräner Ruhe beherrschte er sein Spiel, und als sich nach dem ersten Akt der Vorhang senkte, flüsterte er Irene zu:

„Hast du Selma gesehen? Sie sitzt in der ersten Reihe. Laß dich um Himmels willen nicht irritieren.“

Sie lächelte ihn an, als wollte sie sagen: Wo du bist, kann mir nichts widerfahren.

Nach dem zweiten Akt kam Frau Selma Kappler in die Garderobe ihres Mannes. Ihr Gesicht glühte in einer fremden Erregung, aber sie zerstreute lächelnd seine Bedenken, daß ihr der Theaterbesuch schaden könnte.

„Weißt du, Lu“, meinte sie, „es kommt mir so vor, als hätte ich all die Jahre viel versäumt, seit ich kein Theater mehr besucht habe. Es belebt mich richtig, wenn ich dich so in deinem Element sehe.“

Nach jedem Akt kam sie und erzählte ihm ihre Eindrücke. Wenn das Klingelzeichen kam, ging sie an seiner Seite bis zum Bühneneingang und von dort wieder in den Saal.

Mit dämonischer Wucht steigerte sich das Geschehen von Akt zu Akt und erreichte den Höhepunkt gegen Ende des Spiels, als die beiden Liebenden zu spät erkannten, daß sie das Opfer einer Intrige geworden waren. Es gab kein Zurück mehr, das Gift begann schon zu wirken. Mit großartiger Gewalt beherrschte Irene ihr Mienenspiel. Sie erkannte den Tod, aber sie schrie nicht auf — nur ihre Augen sprachen, und es war so, als stände ihr Herz schon still.

Es wurde unruhig im Saal. Auf der Galerie schluchzte jemand laut auf. Wie ein kalter Schauer zog es über die Menschen hin. In der Direktionsloge saß von Halwig, hatte das breite Kinn auf die Hand gestützt und starrte wie fasziniert auf die Bühne. Eine solche Eindringlichkeit des Spiels hatte er selbst noch nie erlebt. Die Haydenegger feierte ihren größten Triumph, ohne daß sie es ahnte. Am liebsten wäre er hinter die Bühne geeilt und hätte diese herrliche, gottbegnadete Frau umarmt. Und doch — er konnte sich nicht aus vollem Herzen darüber freuen, denn heute hatte er erkannt, daß es ein Verbrechen wäre, Irene hier festhalten zu wollen. Diese Frau gehörte auf die besten Bühnen des Landes, ihre Kunst gehörte einer ganzen Welt, nicht dieser Stadt allein.

Nur eine saß unbeweglich mit einem starren Ausdruck im todbleichen Gesicht. Keine Miene verzog sich in Selmas Gesicht, als Irene sich in ihrer Rolle als Luise Miller langsam dem Tode zutrank. Es war ja auch nur eine harmlose Limonade, in die Ferdinand ein ebenso harmloses „Gift", das nur eine Dosis Puderzucker war, hineinwarf. Auf diese Szene hatte Frau Kappler gewartet. Jede Bewegung verfolgte sie genau, und sie spielte begierig mit dem Gedanken, was wohl wäre, wenn wirkliches Gift in der Limonade enthalten wäre.

Ach, sie wußte und fühlte alles. Diese beiden Menschen waren über sie hinweg einander zugefallen. Und wo anderen das Herz bräche vor Kummer und Gram, reifte in ihr der Gedanke an Rache. — —

Während der nächsten Tage blieb sie zu Hause.

Erst am vierten Tag besuchte sie wieder die Vorstellung. Ihr Entschluß war gefaßt. Nach dem vierten Akt ging sie hinter die Bühne. Es fiel nicht weiter auf. Niemand war im Gang. Auf dem Tischchen im Requisitenraum stand die Limonade bereit, die im nächsten Akt gebraucht wurde. Frau Kappler blieb stehen, horchte nach allen Seiten. Nur von der Bühne herüber hörte man das Hämmern der Bühnenarbeiter.

In diesem Augenblick geschah es. Frau Kappler warf schnell im Vorbeigehen wirkliches Gift in die Limonade und ging dann rasch den Gang entlang bis zu Kapplers Garderobe. Da erst erschrak sie etwas, weil er nicht da war. Aber kaum hatte sie sich ein wenig umgesehen, kam er herein.

„Wo warst du, Lu?"

„Ich hatte mit dem Intendanten etwas zu besprechen. Nimm doch Platz! Warum siehst du mich so an?"

Nun stört es ihn schon, wenn ich ihn ansehe! dachte sie verbittert. Er kommt nicht vom Intendanten, folgerte sie weiter, sondern von ihr. Eifersucht und Neid überfielen sie von neuem. Eine grenzenlose Verbitterung gegen das Schicksal, das ihr Leben zerbrochen hatte, rückte ihr Gefühl der krankhaften Rache in ein Licht ausgleichender Gerechtigkeit.

„Du hast doch nichts dagegen, wenn ich schnell eine Zigarette rauche?" fragte er in ihre Gedanken hinein.

„Nein, nein", sagte sie schnell, dachte aber dabei: Er nimmt gar keine Rücksicht mehr auf mich. Seit Jahren hat er in meiner Gegenwart nicht geraucht. Ich zähle in seinem Leben schon nicht mehr mit.

Kappler warf sich ihr gegenüber in den bequemen Korbstuhl und zog in tiefen Zügen den Rauch seiner

Zigarette ein. Sie betrachtete ihn und suchte unter der Schminke sein wahres Gesicht, jenes ferne Gesicht mit dem jungenhaften Lächeln, in das sie einmal so verliebt war. Sie fand es nicht mehr. Der ganze Mann war schon weit, sehr weit von ihr entfernt, und der letzte Rest glücklichen Erinnerns wurde vom Gegenwärtigen überschattet.

Tu ich es, tu ich es nicht? hatte sie sich während der ganzen vier Akte gefragt. Nun wußte sie, daß es geschehen mußte.

Über der Tür zuckte das rote Licht auf. Kappler stand sofort auf und zerdrückte die Zigarette im Aschenbecher. Sie gingen zusammen durch den langen Gang. Er begleitete sie bis zur kleinen Tür, durch die man in den Saal kam.

„Komm nachher in die Garderobe, ja, wir fahren zusammen heim", sagte Kappler.

Sie sah ihn nicht mehr an, sondern schlich an ihm vorbei durch die Tür und nahm dann wieder neben der Krankenschwester Platz. Da kam schon das letzte Klingelzeichen, der Raum sank in Dunkelheit, und der Vorhang teilte sich.

Als in der sechsten Szene Irene mit dem Glas hereinkam, griff Frau Kappler unwillkürlich nach ihrem Herzen. Sie war plötzlich voller Unruhe, und der Dialog ging an ihrem Ohr vorbei. Dafür verfolgte sie mit starrem Blick jede Geste mit wachsender Nervosität. Die Krankenpflegerin berührte leicht ihren Arm.

„Sie regen sich so sehr auf, Frau Kappler."

Frau Selma schüttelte leicht den Kopf und wurde ein wenig unsicher. Aber der Gang der Handlung schritt unerbittlich weiter.

Ferdinand wirft das Gift in das Glas. Dann greift er selber nach dem Glas, und auch das Mädchen trinkt. In diesem Augenblick durchbricht ein gellender Schrei die Stille des Hauses. Frau Kappler sinkt ohnmächtig zusammen und wird sofort hinausgetragen.

Droben auf der Bühne aber geht die Handlung weiter. Das Mädchen stirbt wie all die anderen Abende zuvor, und in ihrem Sterben offenbart sich die unauslöschbare Tragik ihrer Unschuld. Nichts deutet darauf hin, daß es anders sei als sonst. Und am Ende des Aktes verneigt sich Irene an Kapplers Seite lächelnd unter dem tosenden Beifall.

*

Frau Selma Marlene Kappler lag blaß in den Kissen. Auf ihren Wangen loderte das Fieber. Sie hatte einen Blutsturz gehabt und begriff nicht ganz, was sie getan hatte.

Erst nach Tagen kehrten ihre Gedanken klar und gesammelt zurück. Ihr Atem ging ruhiger, das Fieber war ein wenig gefallen. Man hatte sie in den Kissen aufgerichtet. Als die Herbstsonne nun so mütterlich warm durch das Fenster fiel und ihre Hände streichelte, die müde auf der Bettdecke lagen, kam ihr alles wieder zum Bewußtsein. Sie hatte Gift in die Limonade geworfen. Wie kam es, daß Ludwig Kappler immer noch da war? Auch die Haydenegger feierte Abend für Abend ihre glänzenden Triumphe. Was war geschehen?

In diesem Augenblick trat Ludwig Kappler ein.

„Nun?“ Er streckte dabei das Kinn ein wenig vor. Dieses „Nun“ war, da es ohne Zufügung weiterer Worte blieb, wie ein zweischneidiges Schwert. Es konnte heißen: „Nun — wie geht es dir?“ Oder aber auch: „Nun — ist es noch nicht zu Ende?“

Ihre Augen wandten sich ihm zu. „Lu, ich — möchte dir etwas sagen! Ich habe etwas Schreckliches getan —“

„Du hast wieder Fieber, Selma. Komm, beruhige dich und sprich gar nichts.“

„Nein, nein, wer weiß, ob ich je noch Gelegenheit finde, mit dir so allein zu sein.“ Ihre Hände gingen unruhig auf der Decke hin und her. „Du wirst bald allein sein, Lu — das heißt nicht allein — sondern nur ohne mich. Und da möchte ich vorher noch etwas bereinigen, Lu.“

„Aber ich bitte dich, Selma!“

„Doch, doch, es muß gesagt sein. Ich — habe Gift in die Limonade geworfen.“

Er hätte nun sagen können: „Ja, ich weiß es, ich habe es gesehen und frisches Wasser in einem frischen Glas bringen lassen.“ Aber er sagte nichts und sah an ihren großen Augen vorbei zum Fenster hinaus, wo sich auf einem Ast ein verspäteter Buchfink schaukelte. Und er sah weiter, wie ein paar rotbraune Blätter sich lösten und langsam zur Erde taumelten. Er sah die kleinen Schafwölkchen über die Waldberge herziehen und dachte dabei, daß er dies alles nie mehr gesehen hätte, wenn er Selmas Plan nicht vereitelt hätte. Und er dachte schaudernd weiter daran, daß auch Irene dann nicht mehr auf dieser Erde weilen würde. Das alles aber konnte keinen Zorn mehr in ihm wachrufen. In den Nächten vorher hatte er gewissenhaft über alles nachgedacht und dabei auch einige Schuld bei sich entdeckt. Wie dem auch war, er wollte Selma nicht mit der großen Schuld beladen und ihren schon gezeichneten Weg ins Jenseits mit Vorwürfen pflastern.

„Du sagst nichts, Lu“, schreckte sie ihn aus seinen Gedanken auf. „Es ist wirklich wahr, ich habe Gift —“

„Nein, nein, Selma. Diese Idee war nur in deinen Fieberträumen. Du siehst ja — wenn es so wäre, stünde ich doch kaum vor dir. Man meint oft, etwas zu wissen, und hernach stellt sich heraus, daß man sich getäuscht hat. Lassen wir dieses Thema, ja? Liegst du auch gut? Willst du vielleicht ein Glas Sekt?“

„Danke, Lu, du bist so gut. Aber mir fehlt wirklich nichts — mehr. Laß dich nicht aufhalten, Lieber, du kommst sonst zu spät zur Vorstellung.“ — —

Kappler schwieg über alles, auch Irene gegenüber, denn er hatte erkannt, daß Frau Selmas Leben nun langsam ausglühte. Ihre Tat war noch ein letztes, verzweifeltes Aufbegehren gewesen gegen die Ungerechtigkeit des Schicksals, das sie an den äußersten und letzten Rand des Zuschauens geschoben hatte. Und da sie in ihrem Leben ihr eigenes Ich immer in den Mittelpunkt gestellt hatte, war dieses Geschick für sie eine schwere Last. Sie hatte nicht mehr die Stärke besessen, tatenlos zuzuschauen, wie neben ihrem erkaltenden Leben ein neues Glück aufblühte. Darum hatte sie es getan. Nicht aus Rache, wie sie selbst meinte, sondern aus einer grenzenlosen Verbitterung gegen das Schicksal. Und darum schwieg Kappler, und es wollte ihm scheinen, daß auch zu diesem Schweigen ein wenig Mut und Beherrschung gehörte.

Indessen welkte der Sommer unerbittlich in den Herbst hinein. Das heitere Wetter schlug jäh um, heftige Stürme fegten über die Waldrücken her, rissen und zerrten an den Ästen, daß das Laub büschelweise auf die Erde regnete. Ab und zu schneite es schon in dünnen harten Flocken. In dieser Zeit ging Frau Selmas Leben zu Ende. Sie tat den letzten Atemzug an einem Abend gegen halb zehn Uhr, als Ludwig Kappler im Theater gerade den großen Monolog im „Don Carlos" sprach. Obwohl man ihn während der Vorstellung mit der Nachricht verschont hatte, fühlte er instinktiv, was geschehen war. Er schminkte sich nur flüchtig ab und ging aus dem Theater, sprang in die nächste Taxe und sah schon von weitem an der matt erleuchteten Fensterscheibe, daß dort oben im Zimmer nur ein paar Kerzen brannten.

Die Schwester trat ihm im Flur entgegen. Er achtete kaum auf ihre geflüsterte Erklärung, hörte nur soviel heraus, daß es ein schmerzloses Einschlafen gewesen sei, warf Mantel und Hut irgendwohin und stieg die Treppe hinauf.

Ergriffen betrachtete er Selmas Gesicht. Er zog einen Stuhl heran und setzte sich. Dann griff er nach ihrer Hand und hielt diese Hand eine lange, sehr lange Zeit. Es sah so aus, als wollte er noch etwas abbitten, wie es fast jeden Menschen überkommt in solcher Stunde. Aber es blieb nicht viel abzubitten, selbst wenn er die vermeintliche Schuld der letzten Zeit hinzurechnete.

Sie war nun wirklich tot, diese Frau, aber sie hatte seit vielen Jahren kein wirkliches Leben mehr gehabt. Und das war ihre große Schuld, daß sie ihn an ihr verlorenes Leben gekettet hatte. Sie hatte geschwiegen, damals vor zwölf Jahren, wo sie hätte reden müssen, denn sie wußte um den zehrenden Keim dieser Krankheit, von der sie in der ersten Jugendblüte befallen worden war.

So blieb also nichts abzubitten, sondern es war mehr ein Nachdenken über die langen Jahre dieser Ehe. Es war einmal eine große Liebe gewesen bis zu dem Tag, da die Ärzte sagten, daß es wohl kein Mittel mehr geben werde gegen diese schleichende Krankheit. Allmählich war aus Liebe Mitleid geworden, und er konnte Selma niemals ganz freisprechen von dem Vorwurf, daß sie ihn über ihre tödliche Krankheit im unklaren gelassen hatte; denn sein Leben war ja dadurch gleichermaßen lahmgelegt. Trotz seiner Jugend war er damit von der hellen und stürmischen Freude des Jungseins ausgeschlossen. Eine Schranke hatte sich aufgebaut zwischen ihm und der Frau, zu der er nicht mehr hinfinden durfte in stürmischer Leidenschaft, über die er aber auch nicht rücksichtslos hinweggreifen konnte nach dem heißen Erleben, das sich den Männern in seinem Alter sonst in reicher Fülle bot.

Das dauerte bis zu dem Tag, da er Irene begegnete. Da grüßte ihn das wirkliche Leben, obwohl dieses Mädchen nichts weiter in die Waagschale werfen konnte als eine klare und ruhige Schönheit. Aber seine Frau hatte die Veränderung sofort gespürt, vielleicht so, wie ein Waldtier eine unsichtbare Gefahr wittert. Und sie hatte mit ihrem harten Willen, den sie über all die langen Krankenjahre hinweg behalten hatte, sofort durchgesetzt, daß er mit ihr nach Ägypten reiste. Ihre Liebe war so eigensüchtig, daß sie den Mann an eine andere nicht verlieren wollte. Erst in den letzten Wochen hatte sie wohl erkannt, daß das Schicksal stärker war als alles andere. Und so war sie in verzweifeltem Auflehnen gegen das stärkere Gesetz zuletzt noch schuldig geworden, indem sie Gift in das bereitgestellte Wasser warf. Damals hatte er hinter einem Versatzstück stehend ihr Tun beobachtet und ein Verbrechen verhindern können.

Nein, er trug ihr nichts mehr nach. Er faltete ihre starren Hände wieder über der Brust und dachte über ihr stilles Gesicht hin, daß ja letzten Endes nur ihre Liebe sie zu diesem Schritt verleitet hatte. Und es war gut, um der Liebe willen verzeihen zu können.

13.

Der Intendant von Halwig hatte ganz recht gehabt, als er einmal gesagt hatte, er werde die Haydenegger auf die Dauer kaum halten können, und er nahm es ihr gar nicht übel, als sie den Vertrag nicht mehr erneuern wollte. Er hatte alles folgerichtig kommen sehen. Schon bei der ersten Begegnung der beiden Menschen hatte er gefühlt, daß sie einmal gemeinsam den Weg zur letzten Höhe gehen würden.

Nein, es war kein Geheimnis mehr, daß die beiden zusammengehörten. Sie waren das zeitlose Liebespaar auf der Bühne und im Leben. Freilich blühten der Klatsch und die üble Nachrede hier wie sonst auf keinem Boden. Bis zur letzten Garderobenfrau kroch das elende Gewürm der Verleumdung.

„Da sieht man es wieder", hieß es, „dieses madonnenhafte Getue war nichts als Berechnung bei ihr. Natürlich ist sie auch schuld an dem allzufrühen Tod der herzensguten Frau Kappler. Das hat ihr das Herz gebrochen. Weiß man denn nichts Genaues? Die Frau Kappler soll absichtlich zuviel Schlaftabletten genommen haben."

Man wurde nicht müde, alles bis ins kleinste breitzutreten. Aber die beiden wurden in ihrer Liebe über allen Schmutz hinweggetragen. Ihre Liebe war ein jubelndes Ja zum Leben, und sie fühlten zutiefst, daß sie niemals schuldig geworden waren. Sie verheimlichten nichts, nein, das konnte jeder Mensch sehen, sie gehörten zusammen. Als sie einmal Wolfgang Holm und seiner Gattin Hermine begegneten, wurde Holm feuerrot; man sah es ihm an, wie peinlich ihm diese Begegnung war. Aber Hermine beherrschte die Situation, sie warf den schönen Kopf hoch wie ein Militärpferd, das ein fernes Trompetensignal hört, und schob dabei ihren Arm noch fester in den des Gatten, wie um ihr rechtmäßiges Besitztum anzuzeigen.

Als sie vorüber waren, sagte Hermine: „Es hilft ihr nichts, wenn sie auch so hochnäsig dahersteigt, es liegt ja doch ein Makel auf ihr."

„Welch ein Makel?" fragte Holm, den die Begegnung ein wenig verwirrt hatte.

„Nun, sie lebt immerhin in wilder Ehe mit ihm zusammen", sagte Hermine bissig.

„Man kann da nichts Bestimmtes behaupten. Ich habe gehört, daß Kappler nach wie vor am Römerberg und deine Schwester in der Friedenau wohnt."

„So? Seit wann interessierst du dich dafür?"

„Ich interessiere mich nicht dafür. Aber du mußt zugeben, Irene ist immerhin eine stadtbekannte Persönlichkeit geworden, von der man fast in jeder Gesellschaft spricht. Und ich muß sagen, daß ich eigentlich nie etwas Nachteiliges gehört habe.“

„Na, das ist ja auch gleichgültig. Was ich von ihr denke, dürfte dir hinreichend bekannt sein. Das müßte auch für dich maßgebend sein, denke ich. So — da sind wir jetzt.“ Sie standen vor dem Verlagshaus Rückert u. Co. „Ich warte einstweilen drüben im Café. Hör mal zu, Wolfgang, unter gar keinen Umständen darfst du den Herren da drinnen Konzessionen machen. Ich dulde es nicht, daß an dem Roman etwas geändert wird. Das bist du dir und deinem Werk schuldig. Also, mach's gut, und bleibe konsequent!“ — —

Irene und Ludwig Kappler waren inzwischen weitergegangen. Sie erwähnten die Begegnung mit keinem Wort. Holm und Hermine gehörten für sie auch unter die Masse der Menschen, über die sie sich emporgeschwungen hatten.

Irene hatte das Haus am Römerberg nie mehr betreten. Eine innere Scheu hielt sie davor zurück. Kappler hatte das Haus desinfizieren und die Räume neu herrichten lassen und wohnte nun mit einer älteren Haushälterin dort. Seine freien Stunden aber verbrachte er fast ausschließlich in Friedenau bei Irene. In dieser Zeit erst lernte sie ihn ganz kennen. Sein schweigsames Wesen fiel langsam von ihm ab, und es war so, als begänne er sein Leben nochmals von vorn. Er war ein Mensch von ungewöhnlicher geistiger Vitalität, rasch in seinen Entschlüssen, aber auch sprunghaft in seinen Gedanken. Kaum hatte er sich etwas Neues erschlossen, so strebte sein Sinn schon wieder nach anderem.

Sie konnten stundenlang beisammensitzen. Und es bestand dabei eine solch harmonische Ergänzung in all ihren Gedanken, daß es ihnen oft merkwürdig schien, wie sie bisher allein mit dem Leben und seinen Problemen hatten fertig werden können.

„Weißt du, Solveig", sagte Kappler einmal, „manchmal denke ich, daß es dem Menschen schon beim Beginn seines Lebens vom Schicksal bestimmt wird, wer einmal zu ihm gehören muß — auch wenn es mit Umwegen geschieht."

Sie sann eine Weile nach und sagte dann: „Das kann möglich sein. Aber vielleicht ist es so, daß einen das Schicksal zuerst auf Umwege leitet, um —"

„— um geläutert zu werden", setzte er fort. „Ja, das könnte schon stimmen. Dabei verwandelt sich aber der Mensch ganz unbewußt auch selbst."

„Meinst du?" zweifelte Irene. „Ich glaube eher, daß ein Mensch niemals aus seiner angeborenen Haut heraus kann. Schwere Erlebnisse können vielleicht sein Wesen für eine bestimmte Zeit in eine andere Richtung leiten, aber im Kern bleibt er doch immer das, was er aus Urbestimmung heraus sein muß. Du zum Beispiel wirst immer eine — eine —" sie stockte plötzlich und suchte seine Augen.

Er zog sie an den Schultern nah zu sich heran und zärtelte mit seinen Lippen über ihre Stirn hin. „Na, so sag's schon! Was bin ich denn?"

„Eine Peer-Gynt-Natur. Ja, ja, mein Lieber, lach mich nur nicht aus. Es ist ein Schuß Leichtlebigkeit in deinem Blut. Du hast Schweres erlebt, ja, aber nun bist du fertig damit, nun schält sich allmählich, aber sehr sicher deine wirkliche Natur wieder heraus."

Kappler zog sie leidenschaftlich an sich und küßte sie, bis ihr der Atem verging. Dann sagte er lachend: „Sieh mal einer an. Das habe ich bis heute noch nicht gewußt. Aber du täuschst dich trotzdem, Liebstes. Gynt kam aus dem Nichts, stieg zur Höhe und versank wieder ins Nichts. Ich aber will zur Höhe und will auf dem Gipfel bleiben bis zuletzt. Das ist doch ein kleiner Unterschied, teure Solveig."

Und dann schlug die Liebe wieder über ihnen zusammen. Seine Küsse glitten in ihr Blut, und seine Zärtlichkeiten ließen sie glücklich erzittern.

„Sag, Peer: wirst du mich immer liebhaben? Du darfst mich nicht kindisch nennen, lieber Peer, aber ich glaube, daß wir Frauen das immer wieder hören wollen."

„Ich werde dich liebhaben, Solveig, bis zu meiner letzten Stunde. Was auch das Leben noch vor uns ausbreiten wird, ich werde niemals vergessen, was du mir von der ersten Stunde an bedeutet hast. Unser Leben beginnt erst. Wenn der Sommer kommt, werden wir beide weit weg sein von hier. Wien werden wir sehen, Berlin, Paris, die halbe Welt. Ich fühle die Kraft in mir, nach den Sternen zu greifen. Und du trägst ein stilles und starkes Licht in dir, das uns immer den Höhenweg erhellen wird, auch wenn es manchmal dunkel werden möchte. Ich muß dir das einmal sagen, Irene. Merke es dir gut, denn es soll für alle Zukunft Gültigkeit haben. Im ersten Augenblick, als ich dich sah, da wußte ich, daß ein Licht in dir glüht, das aufstrahlen will. Nun ist es längst aufgebrochen. Du bist eine große Schauspielerin, groß deshalb, weil du es selbst gar nicht weißt. Gerade weil alles so rein und ungekünstelt an dir ist, wird sich dein Können auswirken auf den großen Bühnen des Kontinents, deren Tore sich dir jetzt auftun."

„Erlaube mal, Peer", unterbrach sie ihn. „Du sprichst immer nur von mir. Ich habe aber das Empfinden, daß ich eigentlich erst durch dich eine Schauspielerin geworden bin."

„Meine liebe Solveig, wir schenken uns gegenseitig gleich viel. Und darum müssen wir immer zusammenbleiben. Keines von uns soll einen Vertrag für sich eingehen. Unsere beiden Namen sollen zu einen Begriff werden. Und daran glaube ich auch felsenfest."

Hier dachte nun Irene zum erstenmal daran, daß sie wohl auch einmal heiraten würden. Noch stand zwar der Schatten der Toten zwischen ihnen. Aber das würde vielleicht einmal abfallen, nach Monaten, nach einem Jahr, vor allem dann, wenn sie diese Stadt einmal verlassen hatten. Und dieser Zeitpunkt rückte immer näher. Die ersten Stare waren schon da, und ein zages Frühlingsahnen ging durch die Welt.

Aber gerade vom Heiraten hatte Kappler noch nie ein Wort gesagt. Nur vom Zusammensein. Bei einem Gespräch ließ er einmal durchblicken, daß mit dem Ringwechsel der Zauber der beiderseitigen Freiheit zerbrochen sei. Aber das war nur allgemein gesagt, im Erinnern vielleicht an seine frühere Ehe, mit der ein hemmendes Muß in sein Dasein eingetreten war.

Das alles war ja auch gleichgültig. Wichtig allein war, daß sie sich liebten. Sie trugen die herrliche Begabung in sich, all ihre Leidenschaft und Liebe umzusetzen in Kunstschöpfung, die allabendlich Hunderte berauschen konnte. Es war so, daß jeder Mensch es in seinem Innern fühlte: Die beiden da oben spielen kein Theater mehr, sondern sie spielen sich selbst und ihr Leben. Es war, als kämen sie von einem Licht und gingen zu einem Licht.

Eines Tages fand die letzte Vorstellung im Luisentheater statt. Andern Tages schon schlossen sie ihre Wohnungen ab und verließen die Stadt. Endlich hatten sie einmal ein paar Wochen für sich ganz allein. Sie wollten den Sommer erleben und ihre Liebe in alle schönen Winkel des Landes tragen. Ohne festes Ziel wanderten sie durch den Schwarzwald — zwei junge Zugvögel, die jeden neuen Tag mit hellem Jubel begrüßten. Erst am Bodensee verweilten sie länger. Von hier aus hatte Irene den Schritt ins wirkliche Leben getan. Oh, sie erinnerte sich so gut an jenen Morgen, als sie zum erstenmal Kapplers Namen in Verbindung mit dem ihren in der Zeitung las. Damals war alles noch wie in einem Schleier verhüllt — das Leben, die Liebe und alles Glück der Erde.

14.

Kappler hatte recht behalten. Sie waren ein Begriff geworden, zwei Sterne, und doch nur ein einziger großer, der klar und ruhig am Kunsthimmel stand. Alle Großen der Bühne kamen, sahen und staunten, und doch blieb ihnen das Geheimnis dieser wunderbaren Kraft verschleiert, aus der heraus diese Frau mit erstaunlicher Virtuosität alle Schwierigkeiten meisterte. Die großen Kolleginnen erblaßten vor Neid und mußten doch ehrlich zugeben, daß diese eine sie weit überflügelte. Sie rieten hin und her, worin eigentlich das Einmalige dieser seltsamen Begabung liegen mochte. Weiß Gott, man hatte doch auch schon die Jungfrau von Orleans gespielt, man hatte es fertiggebracht, die Menschen bis in die letzten Tiefen zu erschüttern. Aber es war nichts gegen das königliche Spiel der jungen Haydenegger. Ihre Sprache allein schon war Kultur, in ihrem Mienenspiel lag eine ungeheure Ausdruckskraft. Und niemand kam auf den Gedanken, daß diese Leistungen mit den einfachsten Mitteln erreicht wurden, daß alles nur von ihrer Liebe getragen und bewältigt wurde. Ihre Liebe allein war der unversiegbare Born, aus dem dieser Frau alle Kraft und Leidenschaft zufloß.

So hatte Irene es sich in jungen Jahren einmal erträumt: Einen Menschen so tief und selbstlos lieben können, wie sie ihren Peer liebte. Nun hielt sie dieses große Glück in den Händen.

Auch dem Mann Ludwig Kappler gab diese Liebe unendlich viel. Es war, als sei er nach einer langen Irrfahrt durch die Dämmerung herausgetreten ins Licht.

Die Monate gingen dahin wie im Flug. Immer neue Bühnen, immer neue Welten taten sich auf. Menschen traten für eine Weile in ihren Lichtkreis und verschwanden wieder.

In Zürich trafen sie mit der berühmten Mia Konvelli zusammen, einer Künstlerin von berauschender südländischer Schönheit, die seit Jahren einsam auf der Höhe des Ruhmes stand. Dieses Trio war die letzte Vollkommenheit. Ein Zufall, oder besser gesagt, ein findiger Impresario hatte sie zusammengeführt, und es war, als wenn Elemente sich begegnen, sich zuerst vorsichtig abtasten und entwickeln. Schon bei der ersten Probe stand Irene wie gebannt vor dem herrlichen Spiel dieser Frau. Ihre Stimme klang dunkel—melodisch, und ihre Gesten waren von einer dämonischen Ausdruckskraft. Irene bangte, was sie diesem letzten Ausgereiftsein in die Waagschale werfen könnte, und sie fragte nach der Probe etwas verwirrt Ludwig Kappler:

„Mein Gott, hast du das gesehen, lieber Peer, wie diese Frau spielt? Ich komme mir ganz klein dagegen vor." Sie hatte erwartet, daß er sie liebevoll in die Arme nehmen und trösten würde. Statt dessen schob sich eine kleine Falte des Unwillens in seine Stirn.

„Was sind das für Minderwertigkeitskomplexe? Jeder gibt das Seine auf seine Art. Du bist nicht größer und nicht kleiner als die Konvelli, nur in den Ausdrucksmöglichkeiten unterscheidet ihr euch. Aber gerade das ist ja das Wesentliche, finde ich. Das muß einen harmonischen Hochklang geben, wie ihn diese Bühne noch nicht erlebt hat."

„Ja, glaubst du? Ich hatte ein wenig Angst vor ihrer Rivalität."

„Ganz verkehrt, meine Liebe! Du hast dich nur ein wenig verwirren lassen, weil die Konvelli bereits Wochen vorher in der Presse so groß herausgestellt wurde. Ich schätze das nicht, denn Vorschußlorbeeren sind oft schlimmer als Dornenkronen. Allerdings — sie kann enorm viel, diese Frau. Aber ich könnte mir ganz gut vorstellen, daß auch sie um ihr Prestige Angst bekommen könnte, wenn sie erkennen muß, daß du ihr ebenbürtig bist."

„Ich danke dir, lieber Peer. Ach, es ist ja so gut, daß ich dich habe. Nun freue ich mich wirklich auf dieses Zusammenspiel. Als Kollegin ist sie übrigens ganz reizend."

„Ich — habe noch nicht darauf geachtet."

„Aber als Frau muß sie dir doch sofort in die Augen gefallen sein?"

„Als Frau? Nun ja, ich gebe zu, daß sie schön ist."

Lachend nahm sie sein Gesicht in die Hände. „Aber Peer! Diese Frau ist doch mehr als schön. Du müßtest ja kein Mann sein, wenn du das nicht sofort bemerkt hättest. Und ich denke auch gar nicht so kleinlich. Gesteh es nur ein, daß sie dir gefällt. Allerdings, daß du dich an sie verlieren könntest, daran denke ich keinen Augenblick. Siehst du, Peer, das ist von allem das Wundersamste, daß ich mich deines Besitzes mit einer solch unbedingten Gewißheit freuen kann."

Kappler schwieg und blickte einen Augenblick mit schmalem Mund vor sich hin. Es ist eigentümlich, dachte er, daß mich jede Frau so selbstverständlich nimmt. Bei Selma Marlene war es auch so — —

Dieser Abend glich beinahe einem revolutionären Aufstand. Die Menschen tobten wie besessen und waren wie von einer Ekstase befallen. Dieses Dreigestirn da oben war einzigartig und bisher unerreicht. Immer wieder hob und senkte sich der Vorhang, und als er dann nach dem vierzigsten Mal unerbittlich geschlossen blieb, drängten die Menschen nur langsam und bis ins Letzte erschüttert aus dem Saal.

*

Mia Konvelli saß vor dem großen Spiegel und betrachtete aufmerksam jede Linie ihres Gesichts. Sie hatte sich bereits abgeschminkt und ordnete nur noch ihr Haar, das in seiner Dunkelheit fast ins Bläuliche schimmerte. Dann saß sie wieder unbeweglich und sann vor sich hin.

Was war das? Zum erstenmal fühlte sie, daß jemand die Hände streckte, um ihr den Lorbeer vom Haupt zu nehmen. Und eigentümlich — diese junge, eigenwillige Schauspielerin tat dies gar nicht einmal mit jener bewußten, selbstsicheren Vermessenheit, mit der es vordem andere schon vergebens versucht hatten, sondern mit einer ruhigen und klaren Kraft, die wie ein Geheimnis war.

Mia Konvelli war dreißig Jahre alt, und in ihrer Laufbahn waren ihr so ziemlich alle Zusammenhänge vertraut geworden, die im Bühnenleben von ausschlaggebender Bedeutung waren oder werden konnten. Mit sicherem Instinkt hatte sie herausbekommen, daß zwischen Kappler und der Haydenegger eine tiefe innere Verbindung bestand, die sie beide zu solchen Leistungen emportrug. Und die Konvelli kannte auch das Mittel, diesen Kontakt zu unterbrechen. Es wäre nicht das erstemal gewesen. Und bisher hatte ihr noch kein Mann widerstanden. Sentimentalitäten in dieser Hinsicht waren ihr fremd. Wenn ihr Ruhm auf dem Spiel stand, fielen alle Bedenken von ihr ab.

Wieder betrachtete sie ihr Gesicht eingehend. Nicht die leiseste Spur des Älterwerdens war darin wahrzunehmen. Jede Linie war bis in die letzte Vollkommenheit gezeichnet. Ihre Augen erinnerten an dunkle Bergseen und sprühten ein seltsames Licht, ihr Mund hatte einen sehnsuchtsvollen Schwung. Die Konvelli wußte um die Dämonie ihrer Persönlichkeit.

„Wie Licht und Schatten sind wir zueinander", flüsterte sie vor sich hin. „Ich bin eigentlich gar nicht mit ihr zu vergleichen", sinnierte sie weiter, „denn in dieser Haydenegger scheint aller Sinn eines klargezeichneten Lebens versammelt zu sein, während sich in mir der Ursprung aller Sinne verkörpert. Aber diese Frau scheint Seele zu haben, und das ist gefährlich."

Nein, noch war es zu früh, in den Schatten zu treten. Sie durfte sich noch nicht verdrängen lassen. Einmal würde die Zeit zwar kommen, aber jetzt — nein, jetzt war es noch zu früh!

Kurz entschlossen stand sie auf, warf ihren kostbaren Nerzmantel lose über die Schultern und griff im Hinausgehen noch nach einem herrlichen Strauß Orchideen, die nebst vielen anderen Blumen in ihre Garderobe gebracht worden waren. Flüchtig las sie die eingesteckte Visitenkarte: „Baron von Manfeld", zerriß sie mit kaltem Lächeln und klopfte eine Minute später an die Garderobentür der Haydenegger. Auf der Schwelle blieb sie einen Augenblick mit gespielter Überraschung stehen.

„Oh — bei soviel Blumen komme ich mit meinem Kompliment viel zu spät."

Irene sprang sofort auf und eilte der Kollegin entgegen. „Wie mich das freut! Bitte, nehmen Sie Platz."

„Warum denn so förmlich? Wir sind doch Kolleginnen, und es braucht sich eine vor der anderen nichts zu vergeben. Nein, nein, nur keine falsche Bescheidenheit! Ich habe dir — als Anerkennung diese Blumen mitgebracht. Damit soll alles gesagt sein, was ich von deinem Spiel halte. Ich habe dies bisher noch nie getan."

Freudestrahlend nahm Irene die Orchideen in Empfang. „Dann muß ich dich aber bitten, daß auch du dir das schönste von den Blumenarrangements aussuchst, die sich hier auftürmen."

„Später dann, meine Liebe, später. Jetzt wollen wir ein wenig plaudern." Die Konvelli setzte sich Irene gegenüber und schlug graziös die Beine übereinander. „Also, ehrlich gesagt, meine Liebe, ich war wirklich neugierig auf dich, denn ich habe schon viel gelesen über das Wunder-Liebespaar der deutschen Bühnen. Unsere Presse ist in dieser Hinsicht manchmal etwas zu tüchtig."

„Also nur neugierig", lächelte Irene. „Ehrlich gesagt, ich hatte ein wenig Angst vor dir."

Darüber konnte die Konvelli so herzlich lachen, daß Irene unwillkürlich davon angesteckt wurde. „Na, das ist ja köstlich! Wie konntest du bloß? Hieltest du mich denn für so ein Ungeheuer, das kein anderes Talent neben sich dulden kann?"

„Du kennst doch das Bühnenleben", erwiderte Irene. „Ich könnte dir erzählen von Kolleginnen, die einfach unausstehlich wurden, wenn sie erkannten, daß man — eben auch wer ist."

In diesem Augenblick trat Kappler ein.

„Ach, sieh doch, was für schöne Orchideen mir unsere Kollegin gebracht hat!“ begrüßte ihn Irene erfreut.

„Aber ich bitte“, wehrte die andere ab. „Ist doch kaum der Rede wert.“ Dann reichte sie Kappler lässig die Hand hin. „Na —? Etwas ausgepumpt, lieber Meister? Allerdings auch kein Wunder bei dieser Rolle. Eigentlich sollten die Herren Dichter ihre Hauptrollen alle einmal selber spielen müssen, damit sie sehen, was sie von unsereinem verlangen.“

Kappler zog sich einen niedrigen Hocker herbei und nahm zwischen den beiden Frauen Platz. „Aber dazu sind wir ja schließlich da. Wie leer und schal wäre unsere Kunst, wenn wir unsere Aufgabe nicht als einzige Verpflichtung sähen, das Große, das so ein Feuergeist einmal niedergeschrieben hat, zeitlos zu erhalten und mit unseren Mitteln zu gestalten, daß es unsterblich bleibt bis in die Jahrhunderte hinein.“

Die Konvelli bewegte den Kopf ein wenig nachdenklich. „Zugegeben. Wenn jeder Dichter einen Ludwig Kappler als Vermittler finden würde, könnte er getrost am Ende seiner Tage die Augen schließen. Nein, nein, bitte nur keinen Widerspruch! Aber wir wollen das Thema beschließen, das doch ins Unendliche führen würde. Ich schlage vor, daß wir gemeinsam noch ein wenig feiern, ja?“

*

Obwohl man geglaubt hatte, daß nach der ersten Vorstellung eine Steigerung kaum mehr möglich sei, so spielte sich bei den nächsten Vorstellungen dieses Trio so aufeinander ein, daß die Menschen wie in einen Bannkreis geschlagen wurden und nichts anderes mehr konnten als staunen, erschüttert staunen, weil ihnen für einen Beifall schon das richtige Maß verlorengegangen war.

Schnell waren die vierzehn Tage des Gastspiels vorbei. Eine Verlängerung, die von der Direktion mit allen Mitteln angestrebt wurde, kam nicht zustande, weil die Konvelli bereits für andere Gastspiele nach Paris, London und Rom verpflichtet war.

So fiel das Dreigestirn wieder auseinander. Vielleicht traf man sich irgendwo und irgendwann einmal wieder. Bei den internationalen Verbindungen der Theater untereinander war das nicht ausgeschlossen, ja sogar sehr wahrscheinlich.

15.

Ungefähr ein halbes Jahr später las Mia Konvelli in Wien in einer Theaterzeitschrift folgenden Satz:

„— und so gehen wir nicht fehl, wenn wir behaupten, daß diese junge Schauspielerin Irene Haydenegger begonnen hat, in die Fußstapfen der unvergeßlichen Konvelli zu treten. Zeitweise ragt sie schon über jene hinaus, zumindest aber ist sie ihr ebenbürtig geworden."

Man begann also schon, von der unvergeßlichen Konvelli zu sprechen. Das hieß in der Theatersprache soviel, daß sie schon von einem jungen Talent überrundet worden war, und es gab ihrem Selbstbewußtsein einen schmerzhaften Schlag, obwohl sie sich innerlich längst darauf vorbereitet hatte. Mit einer geradezu fieberhaften Gier hatte sie sich die ganze Zeit lang auf alles gestürzt, was über die Haydenegger zu lesen war. Trotzdem bekam sie jetzt einen richtigen Schock, der um so nachhaltiger wirkte, weil sie sich selbst die Schuld zuschob. Sie hätte es in der Hand gehabt, damals. Nahm man dieser Haydenegger den Partner und Geliebten weg, mußte sie sein wie ein Kind, das sich im Wald verlaufen hat und nicht mehr zurechtfindet.

War es dazu wirklich schon zu spät? Mia Konvelli war sich ihrer faszinierenden Persönlichkeit und ihres Scharms zu sehr bewußt, um nur die leisesten Bedenken aufkommen zu lassen, es könne ihr nicht gelingen, Kappler für sich zu gewinnen. Wenn sie ganz ehrlich war, hatte seine Art damals einen gewissen Eindruck auf sie gemacht, und sie hatte in ruhigen Stunden zuweilen an ihn gedacht. Eigentlich hätte sie schon längst gern einmal wieder mit den beiden zusammengearbeitet, und nur die Angst, sehen zu müssen, wie die andere über sie hinausgewachsen war, hatte sie davon zurückgehalten. Jetzt erkannte sie, daß sie aufs Ganze gehen müsse. — —

Mia Konvelli ließ von diesem Augenblick an ganz unauffällig ihre Verbindungen spielen. Schon nach vier Wochen konnte ihr der Impresario mitteilen, daß er in Berlin für sie ein vierzehntägiges gemeinsames

Gastspiel mit Kappler und der Haydenegger abgeschlossen habe.

Die beiden erhielten die Nachricht, als sie gerade ein paar Wochen ausgespannt hatten und die kurzen Ferien in dem stillen Haus am Römerberg verlebten. Kappler tat diese Erholung sichtlich gut. Das Hetzen von Gastspiel zu Gastspiel hatte seine Nerven mitgenommen. Überhaupt war er etwas anders als früher. Aber Irene war in ihre Liebe so wunderbar eingehüllt, daß sie dies kaum beachtete.

Allerdings trug sich Irene in dieser Zeit mit Gedanken, die ihr Leben, wenn auch nicht grundlegend ändern, so doch in eine andere Bahn leiten sollten.

Warum lebten sie zusammen wie zwei Partner, die der erste schwere Streit am nächsten Tag schon auseinanderbringen konnte? Warum heirateten sie eigentlich nicht? Vielfach wurden sie sowieso als Ehepaar betrachtet und behandelt. Warum sprach Kappler nie ein Wort davon, daß man auch nach dem Gesetz so sein wolle, wie die Menschen es sahen? Irene könnte dann vor allem auch die teure Wohnung in der Friedenau aufgeben und ihre Möbel auf den Römerberg bringen lassen.

Immer wieder schob sie es hinaus. Es wollte ihr nicht über die Lippen, den Mann um die Heirat zu bitten. Nein, in dieser Beziehung war sie wirklich die demütige, selbstlose Solveig, die nichts erhoffte und nichts forderte, sondern nur still wartete und glücklich war, den Mann lieben zu können. Da brachte aber Kappler eines Tages das Gespräch selbst darauf, wenn auch ungewollt.

Sie lagen an der Südseite des weißen Hauses am Römerberg in Liegestühlen. Durch das dichte Laub der Bäume, die in diesem Jahr reiche Früchte trugen, rauschte der Wind die stille Weise des Sommers. Um die zwei hohen Kirschbäume brummten die Bienen, als hätte jemand den Baß einer Orgel niedergetreten und nicht mehr losgelassen. Durch eine Lücke in der Ligusterhecke sah man am gegenüberliegenden Hang in erhabener Ruhe das Nonnenkloster Maria Zell liegen. Einmal bimmelte kurz und hell eine Glocke von da drüben und warf das Echo wie silberne Bälle in die Luft. Das Kreuz auf dem Kuppeldach der Klosterkirche flimmerte wie pures Gold. Irene hatte lange darauf hingestarrt, und nun schmerzten ihre Augen von dem Gefunkel. Sie legte die Hände darüber und lehnte sich weit in den Liegestuhl zurück. Da sagte Kappler neben ihr:

„Warum hast du eigentlich nie daran gedacht, dein Friedenau aufzugeben? Du könntest dir den weiten Weg von hier bis dort sparen. Und auch deine Möbel könnten wir hier leicht unterbringen."

Irene fühlte sogleich: Hier war nun diese Frage, auf die ihr Herz schon lange gewartet hatte.

„Daran gedacht habe ich wohl", antwortete sie. „Aber es ist doch wohl so, daß jeder Mensch irgendein Plätzchen braucht, wo er ganz mit sich allein sein kann. Anders wäre es natürlich, wenn wir — heiraten könnten." Sie sagte vorsichtig „könnten" und nicht „würden", weil sie sich eine Möglichkeit offen lassen wollte, wenn die Antwort des Mannes vielleicht ausweichend wäre.

Kapplers Antwort war keineswegs ausweichend, sondern in ihrer Art einfach brutal; sie schlug ein Tor zu, und Irene fühlte dumpf in all ihren Sinnen diesen harten Schock des Zuschlagens.

Kappler hatte sich bei Irenes Worten sofort aufgerichtet. Er setzte die dunkle Sonnenbrille auf, gerade als ob er es vermeiden wollte, ihr in die Augen sehen zu müssen bei dem, was er jetzt sagte.

„Hör einmal zu, Irene. Ich weiß, daß du dich oft mit dem Gedanken beschäftigst, daß wir heiraten sollten. Im gewissen Sinne wäre ich dir das auch schuldig, denn du hast nun doch schon einige Jahre an mich verloren. Aber glaube mir, unsere Ehe wäre nichts anderes als eine Nachahmung unserer Liebe. Das Einmalige wäre fort." Er griff nach einem Grashalm und wickelte ihn um den Finger. „Wir wollen das Thema einmal ganz nüchtern betrachten. Einem braven Beamten mag die Ehe sicher sehr bekömmlich sein, denn er sieht in ihr alle Vorteile und Annehmlichkeiten, wie Dienstwohnung, Kinderzulagen und was dergleichen Dinge mehr sind. So ein Mensch kann gar nichts besseres tun, als so schnell wie möglich in den sicheren Hafen der Ehe einlaufen. In unserem Falle ist das anders. Der künstlerisch schaffende Mensch soll frei bleiben. Das gilt für den Mann wie für die Frau. Ich könnte mir dich gar nicht vorstellen als behördlich genehmigte Frau."

Irene saß ganz still unter diesen Worten. Das war eine ihr ganz fremde, unverständliche Ansicht, die er so schonungslos offenbarte.

Von Maria Zell läuteten die Glocken den Abendsegen. Wieder ging ein Tag zur Neige. Mit großaufgeschlagenen Augen blickte Irene zum Himmel. Die Schäfchenwolken hatten schon rötlichen Glanz.

„Warum sagst du nichts?" fragte jetzt Kappler, die Sonnenbrille abnehmend.

„Ich dachte gerade daran, daß es aus diesem Grund also gut ist, wenn ich Friedenau für mich behalte. Im übrigen — es gibt doch eine ganze Menge von Künstlern, die miteinander verheiratet sind."

„Wir sehen aber nicht in sie hinein", antwortete er. „Wissen wir denn, ob sie bei einem Freibleiben nicht viel fruchtbarer in ihrem Schaffen, jeder für sich, gewesen wären? Wissen wir denn, ob sie glücklich sind?"

„Das weiß man nie so richtig, Peer. Wissen es denn die Menschen von uns? Aber lassen wir Wortklaubereien, Peer. Das, was du mir sagtest, soll also heißen, daß wir nie heiraten werden?"

Er räusperte sich, als wäre ihm eine Mücke in den Hals gekommen. „Das soll vorerst noch gar nichts heißen. Ich meine —"

„Du weichst mir aus, Peer. Du sollst mir eine ganz klare Antwort geben. Ich bitte dich darum."

„Ich weiß nicht, wie ich in einigen Jahren darüber denke", sagte er zögernd. „Vielleicht bin ich bis dahin näher an den Gedanken herangereift. Du darfst ja auch nicht vergessen — ich war bereits einmal mit einer Künstlerin verheiratet und spreche also gewissermaßen aus Erfahrung. Früher, ja, da war auch Selma Marlene ganz leuchtendes Mädchen; aber als wir die Ringe gewechselt hatten, wurde das sofort anders."

„Du warst damals noch zu jung", meinte sie und fügte mit einem bitteren Lächeln hinzu: „Und — ich bin vielleicht auch nicht ganz leuchtendes Mädchen. Aber es genügt, Peer." Sie stand auf und reckte ihre herrliche Gestalt. „Wir wollen nicht mehr darüber sprechen."

Auch Kappler erhob sich, klappte die Liegestühle zusammen und lehnte sie unter einen Baum. Ein kühler Wind strich jetzt über die Hecke her. Vom großen Schlafsaal des Klosters flammten die Lichter herüber. Glühwürmchen stiegen wie leuchtende Tropfen auf und fielen verlöschend wieder ins Gras.

„Wolltest du etwas sagen?“ fragte Kappler in die Stille hinein.

„Ja, Peer, ich wollte dich fragen: Du — liebst mich doch noch genau so wie bisher?“

„Aber Kindchen, was hast du denn für sonderbare Gedanken? Hast du irgendeinen Anhaltspunkt, daß ich dich weniger liebe?“ Er nahm sie an den Schultern und hielt sie fest. „Sag es doch, wenn du das Gefühl hast!“

„Nein, Peer. Wenn ich es fühlte, wäre es ja bereits zu spät. Du sollst aber auch wissen, Peer, daß ich dich immer lieben werde, solange ich lebe — auch dann, wenn dir mein Name nur noch gelegentlich im Erinnern zufällt.“

„Um Gottes willen — Solveig!“ rief er erschrocken und nahm sie fest in seine Arme.

*

Nein, Irene hatte keinen richtigen Anhaltspunkt, daß seine Liebe nicht mehr die gleiche wäre. Und doch, in ihrem Innern war eine Stimme, die immerzu warnte und mahnte.

In Berlin trafen sie dann mit Mia Konvelli wieder zusammen. Es war wie damals bei ihrem ersten gemeinsamen Auftreten in Zürich: Publikum und Presse waren in einem Taumel der Begeisterung. Die Konvelli war strahlender denn je. Sie kam Irene mit der gleichen Herzlichkeit entgegen, obwohl in ihr nur ein einziger Wille brannte, Ludwig Kappler für sich zu gewinnen. Noch ließ sie sich Zeit, sie wußte, daß mit Gewalt oder Ungeduld nichts zu erreichen war. Sie ließ sich Zeit, weil sie ihres Sieges gewiß war. Kappler hatte sich schon einige Male in ihrem Blick verfangen, nicht rettungslos wie ein junger Primaner, dem unter seinem Verliebtsein das Herz aus den Händen glitt, sondern ruhig und abwägend wie ein Mann, den die Schönheit einer Frau nicht mehr verwirrt, sondern der sein Fühlen zu verbergen weiß.

Eines Nachts hatte Ludwig Kappler mit einigen Herren von der Presse noch etwas länger in der Bar gesessen. Mia Konvelli hielt diesen Umstand für eine glückliche Laune des Schicksals.

Als Kappler die mit dicken Teppichen belegte Hoteltreppe heraufkam, stand wie von ungefähr die Tür zu Mia Konvellis Zimmer halb offen. Gedämpfter Lichtschein fiel heraus, und gerade als er den Schritt verhalten wollte, erschien die Frau in einem meergrauen Kimono im Türrahmen. Der tiefe Ausschnitt des Kleides gab die wundervolle Brust ohne Scheu frei. Sie bat ihn um Feuer für ihre Zigarette und klagte, daß sie keinen Schlaf finden könne.

Das alles sagte sie in einem verwirrenden Flüsterton, der die Sinne des Mannes aufwühlte. Er reichte ihr Feuer und fühlte selbst, wie seine Hand dabei zitterte. Der Duft und der Rhythmus ihres Atems machten ihn hellwach.

„Komm doch auf eine Zigarettenlänge herein", sagte sie und wendete sich dabei schon ins Zimmer zurück, als hätte sie nicht den geringsten Zweifel, daß der Mann ihr folgen würde.

Es brannte nur die Nachttischlampe, obwohl das Bett noch nicht berührt worden war. Mia Konvelli mußte bis jetzt am Schreibtisch gesessen haben, denn es lagen einige frischgeschriebene Briefe dort. Die Schreibtischlampe hatte sie vielleicht gerade ausgeschaltet. Sie setzte sich in einen der Klubsessel, von denen drei um einen kleinen Mahagonitisch herumstanden. „Bitte, nimm doch Platz!"

Kappler stand vor ihr. Seine Blicke hingen voller Trunkenheit an der leuchtenden Schönheit dieser Frau. Er fuhr sich mit dem Handrücken über die Augen. Hatte er vielleicht doch etwas zuviel getrunken? Endlich nahm er ihr gegenüber Platz und sah sie offen an.

„Hier liegen ja Streichhölzer", sagte er und nahm die kleine Schachtel vom Tisch. Aber Mia Konvelli wurde absolut nicht verlegen. Sie lächelte ihn an.

„Wir wollen uns nichts vorspielen, Kappler. Ich wollte mit dir etwas sehr Wichtiges besprechen, aber nun habe ich es mir anders überlegt und eingesehen, daß du für meinen Plan doch nicht zu interessieren sein wirst."

„Das kommt darauf an. Aber warum zu dieser Stunde und —" ‚in dieser Aufmachung' wollte er hinzufügen, aber die Frau unterbrach ihn schnell:

„Weil du anderweitig nur schwer zu sprechen bist."

Und lächelnd fügte sie hinzu: „Fräulein Haydenegger beschlagnahmt dich so, daß für die arme Kollegin kaum eine Stunde ungestörten Plauderns herausspringt."

„Ich hatte keine Ahnung, daß du — Wert darauf legtest."

„Wirklich nicht?" Sie beugte sich vor und zerdrückte die Zigarette im Aschenbecher. Sein Herz klopfte plötzlich in einem ganz anderen Rhythmus. Alle Bilder des Gegenwärtigen wankten und zerfielen in Nichts. Es war ihm, als sei nur das letzter Sinn des Lebens, was sich ihm hier in so herrlicher Schönheit entgegenneigte. Nur mit Gewalt hielt er sich zurück.

„Und willst du mir nicht trotzdem sagen, Mia, was du mir zuerst Wichtiges sagen wolltest?"

„Es wird nicht viel Sinn haben, denn du wirst dich nicht loslösen können."

„Wovon loslösen?"

„Muß ich dir das erst sagen?"

„Ich bin — immer noch ein freier Mensch."

„Immer noch ist gut", lachte sie und strich mit einer eigenwilligen Bewegung ein paar lockere Haare aus der Stirn. „Also, hör zu: Ich wollte eigentlich mit dir nach Hamburg und Köln gehen. Du solltest den Orest spielen. Mein Impresario hat das alles etwas voreilig festgelegt. Aber ich werde ihm morgen schreiben, daß er es rückgängig machen soll. Ich habe zu spät bedacht, daß du doch nicht ganz der freie Mensch bist, der du sein willst." Sie sah ihn dabei unter gesenkten Lidern verschleiert an. Ihre Unterlippe schob sich dabei unmerklich ein wenig vor.

Der Mann stand plötzlich auf.

„Warte noch ein paar Tage. Ich will mir das überlegen."

Ganz nah stand sie neben ihm. „Wirklich? Würde es dir Freude machen?"

„Wir sprechen noch darüber."

„Wann?"

„Morgen oder übermorgen. Ich — weiß noch nicht."

„Wenn du darüber nachdenkst, Ludwig", sagte sie langsam, „dann bedenke dabei auch ein klein wenig, wie sehr ich mich freuen würde."

Da nahm der Mann sie in seine Arme. Es war keine Vision mehr. Die heißen Küsse rannen wie glühende Schauer durch sein Blut. Alles bisher Erlebte war nur ein Schemen gegen diese jauchzende Lebensfreude.

*

Am andern Vormittag erschien Friedrich Westhagen im Hotel. Er war seit zwei Jahren in Berlin an einem führenden Theater engagiert und nahm nun gleich die erste Gelegenheit wahr, seine früheren Kollegen zu begrüßen. Irene freute sich wirklich, ihn wiederzusehen. Er erbot sich, den beiden Berlin zu zeigen. Aber Kappler lehnte ab, da er die Stadt von früher her bereits kannte. Es schicke sich aber ganz gut, meinte er, weil er ohnehin morgen vorhabe, entfernte Verwandte, die draußen in einem Vorort wohnten, zu besuchen. Auf diese Weise könne sich Westhagen einen Tag lang voll und ganz Irene widmen.

Kappler hatte weder Verwandte hier, noch kannte er Berlin in dem Maß, wie er vorgegeben hatte. Er hatte ohne jede Scham zur Lüge gegriffen, um einen ganzen Tag mit Mia Konvelli zu verleben.

Ahnungslos wie ein Kind wanderte Irene in diesem Lügennetz, die blindgläubige Solveig war ohne jedes Mißtrauen. In jedem Gespräch mit Westhagen klang immer wieder der Name Ludwig Kapplers auf. —

Indessen war Kappler mit Mia Konvelli am Wannsee. In diesem Augenblick, da die Konvelli vor ihm im Boot lag und sich zu einer der Inseln hinrudern ließ, hatte er Irene und alle Vorsätze vergessen.

Sie lagerten auf der Insel. Vergessen war die Welt ringsum, vergessen Bühne und Beifall. Die Blicke der Frau waren nicht mehr verschleiert, sondern umspannten den leuchtenden Tag. Es war nicht mehr die Tragödin Mia Konvelli, die hier wie ein Mädchen im Grase lag, sondern ein von allen Beschwernissen losgelöstes Wesen, einer Königin gleich, die sich in ihrem Traumgarten, von ihrem Pagen bewacht, ausruhen will.

Tief neigte sich der Mann über sie. Ein Falter flatterte auf ihr Haar und blieb sitzen, auch als er sie küßte, auch als sie ihn mit ihren Armen umschlang. Ein Vogel begann zu singen. Und der Mann war ganz im Zauber dieses blühenden Geschenkes. Gedanken an Irene, Moral und Pflichtgefühl hatten keinen Platz in dieser festlichen Stunde, aus der man das Beste und Schönste herausholen mußte.

Das ist ja schnell mit dir gegangen, Ludwig Kappler. Es ist noch keine drei Wochen her, da hast du dich darüber entsetzt, daß Irene sagte, sie werde dich immer noch lieben, auch wenn dir ihr Name nur noch gelegentlich im Erinnern zufiele. Wo ist Irene? Wer ist Irene? Ein junges blondes Weib, ja, eine demütige Solveig, in Geduld und Harren erprobt. Sie läßt sich heute die Stadt zeigen von einem lammfrommen Kollegen.

Er aber — er ist doch ein Kerl! Diese Mia Konvelli ist wie ein verwirrender Traum. Nie hätte er gedacht, daß noch einmal etwas so flammengleich über ihn herfallen könnte. Sie ist wie ein Morgenrot, diese Frau, in dem man baden möchte, um alles abzuwaschen, was eng und bedrückend auf einem lastet.—

„Du wirst also mit mir gehen?" fragte Mia Konvelli plötzlich.

Mit einem Ruck schob er sich von ihr weg und sah in ihre Augen. Nein, es war nicht der leiseste Triumph darin zu lesen. Sie liebte ihn wahrhaftig.

„Hast du denn etwas anderes erwartet?"

„Eigentlich nein."

„Wie wird unser Leben werden?"

„Kann es anders sein als schön?"

Der Tag floß wie ein einziger Lichtstrom dahin, und die Stunden perlten darinnen wie goldene Tropfen aus einem Zauberland.

Getrennt fuhren sie gegen Abend in die Stadt zurück. Irene war noch nicht da, und er sah sie erst gegen sieben Uhr in ihrer Garderobe.

Er riß sich zusammen. „Na? War's schön?"

„Einfach herrlich, Peer! Es war nur jammerschade, daß du nicht dabei sein konntest. Am Wannsee haben wir zu Mittag gegessen. Ich dachte dabei so viel an dich, weil es deine Lieblingsspeise gab. Wie geht es deinen Verwandten? Hast du sie angetroffen?"

„Wie bitte? Ach so. Nein, nein — sie sind vor Jahren weggezogen."

„Was hast du denn den ganzen Tag gemacht?"

„Denkst du, daß ich nicht weiß, wie ich einen Tag totschlagen kann?"

Betroffen wich sie einen Schritt zurück. „Aber Peer, wie sprichst du mit mir?"

„Wie denn? Ach so. Ja, entschuldige, bitte. Es war wirklich nicht so gemeint."

„Du, Peer, würdest du mir die Freude machen und morgen mit mir an den Wannsee fahren?"

„Morgen? Ja, gewiß. Es wird nicht gleich etwas dazwischenkommen."

Irene hatte sich dabei mit einer zärtlichen Anwandlung an ihn geschmiegt. Plötzlich zuckte sie kaum merklich zurück.

„Was hast du denn?" fragte Kappler.

„Nichts. Nur — du hast so ein sonderbares Parfüm an dir — ich meinte, den Geruch zu kennen."

Er schüttelte den Kopf.

„Was du für komische Gedanken hast! Du selbst hast mir doch heute morgen etwas Juchten auf die Krawatte getröpfelt."

„Es ist nicht Juchten, Peer", antwortete sie gepreßt. Ihr Mund war plötzlich nur noch ein dünner, schmaler Strich.

Kappler wurde einen Augenblick unsicher. Aber dann lachte er. „Man kann dich wirklich keinen einzigen Tag allein lassen, schon bist du voller Mißtrauen!"

„Nein, es ist nicht Mißtrauen, Peer. Schau mir bitte einmal in die Augen. Siehst du, du weichst mir aus. Ich will nicht in dich dringen, Peer, weil ich so viel Vertrauen zu dir habe, daß du es mir selbst sagen wirst, wenn etwas zwischen uns käme. Aber nun geh, es wird Zeit. Du bist noch nicht einmal umgezogen."

Er wollte sie an sich ziehen und ihr etwas Freundliches sagen. Aber es mißlang ihm vollends.

„Ja, du hast recht", sagte er schnell. „Es wird höchste Zeit für mich. Bis nachher."

Als sich die Tür hinter ihm geschlossen hatte, ließ sich Irene vor dem Schminktisch nieder.

Was war das? Peer war verändert, daran war nicht mehr zu zweifeln. Es haftete das Parfüm der Konvelli an ihm. War er mit ihr zusammengewesen? Er beherrschte sich zwar, aber sie fühlte seine Unsicherheit in allen Poren. Sie wollte heute einmal auch auf die Konvelli genau achtgeben. War etwas zwischen den beiden, so würden sie sich todsicher durch ein Blickspiel verraten.

Sie schminkte sich fertig und ging beim ersten Glokkenzeichen hinaus. Auf der Treppe begegnete ihr Mia Konvelli. In nichts verriet sich diese Frau. Freundschaftlich schob sie ihren Arm unter den Irenes, und sie gingen zusammen bis zum Bühnenraum. Kappler kam und setzte sich zu ihnen. Auf der Bühne draußen traf der Inspizient die letzten Anweisungen und gab der Statisterie noch Anordnungen.

Kappler lächelte und machte eine Bemerkung über die Sorgen eines Inspizienten. Da schaute ihn Irne scharf an.

„Was ist das? Du riechst nach Schnaps. Hast du Schnaps getrunken?"

Unter der Schminke lief ihm eine rote Welle über die Stirn. Das sah man nicht. Nur das kalte Hochziehen seiner Oberlippe verriet Irene, daß er zornig war.

„Du riechst aber auch alles", sagte er laut lachend und stand auf.

Das letzte Gongzeichen tönte, und der Vorhang teilte

sich. Ludwig Kappler betrat mit der Konvelli die Szene. Hart wie Hammerschläge fielen seine ersten Sätze in die Stille hinein. Dunkel beschwingt fügte sich die Stimme der Konvelli ein. Da fiel auch schon Irenes Stichwort. Sie reckte sich ein wenig — alles Bedrückende fiel von ihr ab. Erhobenen Hauptes schritt sie hinaus. Sie war nur noch die Schauspielerin Irene Haydenegger.

16.

Wie eine Mücke, die in ein Spinnennetz geraten war und schon willenlos alle Anstrengungen aufgegeben hatte, aus dieser Verstrickung herauszukommen — so ähnlich kam sich in diesen folgenden Tagen Ludwig Kappler vor. Nein, er warf sich nicht leichtfertig einem Abenteuer entgegen. Noch stritten seine Gefühle in ihm, aber er merkte mit Schaudern, daß sich seine Liebe zu Irene in Mitleid verwandelte. Dieses Mitleid ließ ihn noch eine Welle des Gutseins zu ihr aufbringen. Kam er aber mit Mia Konvelli in Berührung, schloß sich alles hinter ihm ab, und er fühlte nur noch den köstlichen Rausch des Glücks. Es gab kein Entrinnen mehr. Er würde Irene allein lassen, weil er mit der Konvelli ein paar Monate Gastspiele absolvieren würde. Vielleicht kam er zu Irene zurück. Sie sollte nur warten. Sie könnte jetzt beweisen, daß sie wirklich auch im Leben Solveig war, die geduldig wartete, bis er zurückkam aus einem Abenteuer, dessen letzter Glanz ihm noch verborgen war.

Von Tag zu Tag zögerte er, es ihr zu sagen. Sie war so ahnungslos dem gegenüber, was sich hinter ihrem Rücken vollzog.

Die Konvelli half ihm dabei nicht. Ihr ging es hauptsächlich darum, die gefährliche Konkurrentin zu isolieren, vom Thron zu stoßen. Die Frau war ihr dabei nebensächlich. Das stand auf einem anderen Blatt. Allerdings — sie hatte es sich ein wenig anders vorgestellt. Der Mann Ludwig Kappler war kein williges Werkzeug in ihrer Hand. Sie wollte ihn erobern, aber sie fühlte bald, daß er mehr war als ein Männlein, das sich willenlos ihren Wünschen fügte.

So kam der letzte Tag des gemeinsamen Gastspiels heran. Es ließ sich nicht länger hinausschieben. Die Konvelli hatte bereits ihre Koffer gepackt und ließ sie zur Bahn bringen. Kappler sah zufällig, wie der Hoteldiener das viele Gepäck auf den Handwagen verlud.

„Warten Sie, ich gebe Ihnen auch ein paar Koffer mit. Sie gehen an die gleiche Adresse."

Erst als er dies getan, wußte er, daß es kein Zurück mehr gab. Er ließ durch den Portier am Telefon anfragen, ob Fräulein Haydenegger in ihrem Zimmer sei. Einige Minuten später trat er bei ihr ein.

Irene war gerade mit dem Einpacken ihrer Garderobe beschäftigt.

„Ach, Peer, es ist gut, daß du kommst. Ich wollte dich nämlich fragen, ob du nicht ein paar Kleinigkeiten von mir noch in deinen Koffern unterbringen kannst."

Es war geplant gewesen, nach diesem Berliner Gastspiel nochmals für einige Wochen zum Römerberg zurückzukehren.

Unschlüssig blieb er mitten im Zimmer einige Augenblicke stehen. „Ja, vielleicht — sicher ist es möglich — aber —“ Er stieg über ein paar Koffer hinweg und nahm auf einem der kleinen Rokokostühle Platz. „Es ist nämlich so, Irene — es hat sich da nämlich etwas geändert —“

„Etwas geändert? Was denn?“

„Ja, ich habe anders disponiert. Eigentlich geschah es beinahe ohne mein Dazutun, aber es läßt sich jetzt nicht mehr umwerfen. Es ist da — es sind da einige Gastspiele mit Frau Konvelli und mir abgeschlossen.“

Von der Straße herauf hörte man das Brausen und Lärmen der großen Stadt. Irgendwo läutete eine schwere Glocke mit ernstem Ton. Aber Irene sah und hörte plötzlich nichts mehr. Die Tapeten mit den hellen Rosenmustern verschwammen vor ihren Augen. Sie hörte nur noch das laute Pochen ihres Herzens. Das war so stark, daß jeder Schlag sie schmerzte.

„Ich habe — es gefühlt“, sagte sie leise. Ihre Augen brannten von Tränen, die ungeweint blieben.

„Du sollst nicht mehr sehen, Irene, als wirklich zu sehen ist. Was ist dabei? Eine rein geschäftliche Angelegenheit. Ich bin doch schließlich Künstler. Wenn das vorbei ist, werde ich zurückkommen.“

„Nein, das wirst du nicht.“

Ludwig Kappler richtete seine Krawatte und legte dann bedächtig die Fingerspitzen gegeneinander. „Wenn du das so bestimmt behauptest, möchte man beinahe annehmen, du wünschtest es.“

„Peer!“ schrie sie auf.

„Nein, entschuldige — ich dachte nur, du müßtest mich doch so gut kennen, daß ich von einem einmal gefaßten Entschluß nicht mehr abzubringen bin.“

„Und ich dachte, du müßtest mich so gut kennen, daß man mich nicht einfach vor Tatsachen stellen darf. Warum hast du mir das bis heute verheimlicht? Du kannst mir doch nicht weismachen, daß dies alles mit der Konvelli nicht schon lange bis ins kleinste besprochen war. Und heute, am letzten Tag kommst du zu mir und erzählst mir das, als handle es sich nur um einen kleinen Spaziergang über die Straße." Sie strich sich mit einer müden Bewegung über die Stirn. „Nein, Peer, ich sehe alles ganz klar. Du bist dieser Frau verfallen. Ich bin machtlos dagegen, ich sehe es ein. Meine Liebe kann die schillernden Reize nicht aufwiegen, die dich jetzt blenden. Und selbst wenn ich gar nicht vom Standpunkt der liebenden Frau sprechen wollte — fühlst du denn nicht, daß du mich auch als Partnerin vor den Kopf stößt? Was soll ich denn tun ohne dich?"

Kappler blickte rasch auf. „Dein schauspielerischer Ruf ist heute schon so gefestigt, Irene, daß mir diese Frage nicht berechtigt erscheint. Ich nehme nicht an, daß du gemeint hast, wir würden in aller Zukunft nur gemeinsam gastieren. Es könnte ja auch sein, daß meinetwegen Wien oder sonst eine große Bühne nur dich allein zu einem Gastspiel verpflichtet."

„Ich würde in diesem Falle nicht abschließen."

„Natürlich würdest du abschließen. Das bist du deiner Karriere schuldig. Und es wäre auch unverzeihlich, wenn ich dich davon abhalten wollte. Du stellst dir damit nur ein Armutszeugnis aus, wenn du glaubst, daß du ohne mich nicht spielen könntest."

„Das müßte sich erst beweisen. Im übrigen — du hattest doch für München schon zugesagt für Oktober."

„Das muß eben verschoben werden."

Irene schüttelte den Kopf. Jedes Wort, das er sprach, schien ihr grausam. Und jedes Wort bereitete ihr Schmerz.

„Ich kenne dich nicht mehr. Bist es denn wirklich du, der mir das alles sagt? Mein Lieber, es ist doch wohl ein Unterschied, ob du allein irgendwo hingehst oder mit einer Frau wie Mia Konvelli."

„Ich habe dir schon gesagt, daß du der ganzen Sache zu viel Bedeutung beimißt."

„Mein lieber Freund, ich sehe die Sache so, wie sie wirklich ist. Du wirst gehen — und nicht mehr kommen. Glaube aber ja nicht, daß ich mich so ohne weiteres abschütteln lasse. Ich habe ein Recht auf dich, Ludwig Kappler. Es tut mir leid, daß ich dir jetzt schon sagen muß, was ich mir gern für eine schönere Stunde auf dem Römerberg aufgespart hätte. Da wollte ich dich nämlich inständig bitten, daß wir heiraten. Ja — und du sollst mich nicht falsch verstehen, Ludwig Kappler. Mir geht es nicht um das Heiraten an sich, ich wollte nur unserer Liebe die ernste Basis der Achtung geben, weil unser —"

Da sprang er hastig auf, machte mit der Hand eine heftig abwehrende Bewegung und unterbrach sie laut und scharf: „Meine Ansicht über diesen Punkt habe ich dir vor einigen Wochen genau erläutert, und ich finde es unverständlich, daß du dieses Thema gerade jetzt wieder aufgreifst. Zwingen lasse ich mich überhaupt zu nichts. Wenn ich die Gastspiele in Hamburg und Köln hinter mir habe, sprechen wir vielleicht noch mal darüber. Du sollst mich zu Hause erwarten."

Warum unterbricht er mich denn? dachte sie, erschreckt von seinem wilden Ton. Er hätte mich nicht unterbrechen dürfen, denn jetzt — jetzt werde ich es ihm nicht mehr sagen können. Sie fühlte, daß sich etwas in ihrem Innern verschloß.

„Ja", sagte sie still und ergeben. „Ich werde warten auf dich — aber ich werde allein nach München gehen, wenn du bis zu diesem Zeitpunkt nicht zurück sein solltest."

„Na also", meinte er begütigend. „Ich habe ja gewußt, daß du mich doch noch verstehen wirst." Er wollte ihre Hand ergreifen, aber Irene wußte das zu verhindern.

„Nein, laß mich jetzt. Tu mir aber bitte den Gefallen und richte es, wenn es geht, so ein, daß ich Frau Konvelli außerhalb der Bühne nicht mehr zu begegnen brauche."

„Frau Konvelli reist heute nach der Vorstellung mit dem Nachtschnellzug ab."

„Und du?"

„Ich bringe dich morgen selbstverständlich zur Bahn und werde erst im Lauf des Nachmittags nach Hamburg fahren."

Ein tiefer Atemzug hob ihre Brust. „Dafür danke ich dir. Es wäre mir schrecklich gewesen, wenn ich noch allein in dieser Stadt hätte zurückbleiben müssen. Aber nun muß ich fertig packen."

Kaum aber hatte sich die Tür hinter ihm geschlossen, brach ein verzweifeltes Aufschluchzen aus ihrer Brust. Sie gab sich gar keinen falschen Hoffnungen hin, weil sie wußte, was die Stunde geschlagen hatte. Sie würde nun auch Ludwig Kappler verlieren — ihren geliebten Peer. Es war ihr Schicksal, immer zu verlieren. Sie hatte ja nicht einmal Holm halten können. Wie sollte ihr dies dann bei einem Mann wie Kappler möglich sein? Immer kam eine andere Frau und nahm bedenkenlos fort, was sie mit ihrem treuen Herzen umschlossen hielt. Ob das in ihrem ganzen Leben so sein würde?

Nein, das könnte sich nie wiederholen, denn es würde keinen Mann mehr geben nach Ludwig Kappler. Das war schon aus einem anderen Grund nicht möglich. Gerade in diesen Tagen hatte sie die Gewißheit erhalten, daß ein neues Werden in ihr lebte.

Mein Gott, dachte sie erschrocken, was soll ich denn tun? Sie ging mit großen Schritten durch das Zimmer und erschrak, als sie im Vorbeigehen im Spiegel ihr todblasses Gesicht sah. Sie hatte plötzlich eine grenzenlose Angst vor dem heutigen letzten Auftreten in dieser Stadt. Wie sollte das nur werden, mit diesem wundgerissenen Herzen? Vielleicht, dachte sie, vielleicht ließe sich doch alles zum Guten wenden, wenn sie Kappler rückhaltlos die Wahrheit sagte. Dann würde er auch begreifen, warum sie das Thema vom Heiraten noch einmal angeschnitten hatte. Natürlich würde er begreifen, daß sie kraft des Gesetzes ein legitimes Anrecht auf den Titel Mutter haben mußte.

Diese Gedanken gaben ihr wieder Vertrauen und Zuversicht. Sie wollte ihm sofort das mitteilen, was er ja bereits jetzt wüßte, wenn er sie nicht unterbrochen hätte. Schon wollte sie den Hörer abnehmen und ihn bitten, noch einmal zu ihr zu kommen, als sie bei einem zufälligen Blick aus dem Fenster Mia Konvelli über die Straße kommen sah. Auf ihrem klassisch schönen Anlitz blühte ein Lächeln, und jetzt hob sie ganz leicht die Hand und winkte zu einem der Fenster hinauf. Da wußte Irene, daß Ludwig Kappler am Fenster seines Zimmers stand und auf die Konvelli gewartet hatte, die ihm nun mehr bedeutete als alle Liebe und Treue einer Irene Haydenegger in den vergangenen Jahren. Vielleicht ging er jetzt gleich zu ihr, um ihr zu sagen, wie korrekt er die Angelegenheit mit der Haydenegger geregelt habe. Das war das Erniedrigendste von allem, weil er doch sicher mit der Konvelli schon seit Wochen alles besprochen hatte.

Nun wußte Irene, daß es gut war, ihr Geheimnis noch nicht preisgegeben zu haben. Ein stählerner Wille wuchs ihr plötzlich zu und eine Kraft, die aus dem Wunder in ihr herzukommen schien.

War es Beschluß des Schicksals, daß ihr der geliebte Mann verlorenging — so hatte sie doch ein Pfand, daß die Erinnerung an ihn niemals erlöschen würde. Eigentümlich, wieviel Mut und Selbstvertrauen ihr dieser Gedanke jetzt schenkte. Es mußte wohl erst diese bittere Stunde kommen, um zu erkennen, daß es auch ein anderes Glück gab, ein Glück, das der Mensch sich selbst aufbaute, ein Glück, das auf leisen Sohlen ging und seinen Namen von Gott selbst zu haben schien.

Nun spürte Irene auch, wie die Angst vor dem Auftreten an diesem Abend immer kleiner wurde. Ja, es war, als strömten ihr ungeahnte Kräfte zu. Zum Glück vermied es die Konvelli, ihr zu begegnen. Irene verließ erst ihre Garderobe, als das Lichtzeichen sie rief.

Einen Augenblick stockte ihr Herzschlag, als sie Kappler und Mia Konvelli auf der Bühne gegenübertrat. Kappler warf nervös den Kopf zurück, als er Irenes Benommenheit wahrnahm. Aber da hatte er sich schon wieder gefangen.

Sie wußte ganz plötzlich, um was es der Konvelli ging. Aber diese Rechnung würde falsch sein. Einmal hielt sogar Kappler inmitten einer Bewegung verwundert inne und horchte erstaunt auf diesen gewaltigen Aufbruch ihrer schöpferischen Kraft. Die Konvelli spürte, wie es ihr kalt über den Rücken rann. Nur ihre große Routine brachte es fertig, sich von diesem eigenwilligen Talent nicht in den Schatten drängen zu lassen.

Erschöpft stand Irene zum Schluß zwischen Kappler und Mia Konvelli auf der Bühne und verneigte sich in den brausenden Beifall hinein. Aber nach dem dritten Vorhang verließ sie wortlos die Bühne und eilte in ihre Garderobe.

Der Inspizient kam aufgeregt zur Tür herein. „Aber Fräulein Haydenegger, kommen Sie doch auf die Bühne! Die Menschen sind wie besessen. Hören Sie denn nicht?“

„Doch, doch, ich höre es“, lächelte sie müde. „Aber es genügt mir schon. Verschenken Sie die Blumen an alle Kolleginnen des Theaters. Sie sollen auch eine Freude haben.“

Dann ging sie und versperrte die Tür hinter dem Mann. Sie wollte ungestört sein und blieb es auch für diesen Abend. Wegen ihres Fehlens bei dem Abschiedssouper im Hotel hatte sie sich schon vorher entschuldigt.

*

Am andern Vormittag, als die Koffer fertig gepackt und zur Bahn gebracht worden waren, gingen Ludwig Kappler und Irene langsam über den Kurfürstendamm. Sie dachten wohl beide: Wenn nur die Zeit schon vorbei wäre, die es noch bis zu Irenes Abfahrt auszuhalten gilt!

Es war heute alles ein wenig anders als gestern. Kappler sprach so, als wenn er es schon bereue, diese Gastspiele abgeschlossen zu haben. Vielleicht glaubte er selbst daran, daß er zurückkommen würde. Aber Irene wußte es besser. Sie war in dieser Nacht endgültig mit sich ins Reine gekommen, hatte gerungen und eine dunkle, schwere Qual dabei erlebt. Vielleicht war sie selbst auch ein wenig schuld, weil sie geglaubt hatte, den Mann ganz fest und für immer zu besitzen. Nun hatte sie es hinter sich, und sie war jetzt nur noch bestrebt, keine Bitterkeit mehr in diese letzte Stunde kommen zu lassen. Als er so sprach, zuerst stockend, dann immer freier und überzeugender, überkam sie ein ganz neues, zartes, fast mütterliches Gefühl der Liebe für den verirrten Peer Gynt an ihrer Seite.

„Und wenn ich wiederkomme, liebe Solveig“, sagte er jetzt, „dann werden wir über das andere sprechen. Vielleicht heiraten wir doch.“

Ach, es wäre schön, noch einmal so zu träumen! Leider wußte sie es besser. Auf alle Fälle tat es sehr gut, daß er so sprach. Sie drückte seinen Arm fest an sich.

„Ich werde dir natürlich jeden Tag schreiben“, versprach er jetzt.

„Ja, darauf freue ich mich“, antwortete sie. Aber sie dachte dabei: Er wird mir vielleicht ein paar Briefe schreiben, dann wird er es vergessen, denn er wird

Mia Konvelli lieben. Ob er sie überhaupt liebte? Vielleicht schmeichelte es ihm nur, daß er vor den vielen andern, die dieser herrlichen Frau zu Füßen lagen, den Vorrang hatte. Ach, man sah ja nie ganz in einen Mann hinein. In irgendeinem verborgenen Winkel trug er doch ein zweites Ich.

Nun standen sie vor dem Zug. Kappler hatte Irenes Gepäck versorgt, und jetzt gingen sie am Bahnsteig hin und her. Ach, es war doch alles recht sinnlos, was noch gesprochen wurde. Die Minuten schleppten sich bleiern dahin. Der Zeiger an der großen Uhr der Bahnhofshalle rückte unerbittlich weiter.

„Alles einsteigen!" schrie die Stimme eines Schaffners vom Ende des Zuges her.

„Glückliche Reise!" sagte Kappler. Sein Gesicht war jetzt blaß und schmal. Um seinen Mund zuckte es ein wenig.

„Danke dir, mein lieber Peer!" Irene legte beide Hände um sein Gesicht, streichelte es eine ganze Weile, und dann küßte sie ihn auf den Mund.

„Ich wünsche dir alles Glück, lieber Peer", sagte sie mit einem verhaltenen Schluchzen in der Stimme. „Und — lebe wohl — Peer."

„Nicht leb wohl. Auf Wiedersehen, Solveig."

„Bitte einsteigen!" schnarrte die Stimme des Schaffners dicht hinter ihnen. Türen wurden zugeschlagen. Der Mann mit der roten Mütze sah auf die Uhr.

Irene riß sich los und sprang in den Zug, der sich soeben in Bewegung setzte. Kappler wartete mit dem Hut in der Hand, ob sie sich vielleicht noch am Fenster zeige. Einen Augenblick war ihm, als müßte er mitfahren. Aber da glitt schon Wagen um Wagen immer schneller an ihm vorbei. Irene war nicht mehr sichtbar geworden. Da verließ er langsam die Bahnhofshalle.

17

Mia Konvellis Rechnung war wirklich falsch gewesen, denn Irene Haydenegger stieg von Stufe zu Stufe. Einmal hatte sie geglaubt, das Höchstmaß ihres Könnens erreicht zu haben. Aber es gab hier anscheinend kein Höchstmaß, denn die Vielseitigkeit der Rollen bot immer wieder neue Möglichkeiten, in bisher unbekannte Sphären einzudringen.

Das Ausland lud sie zu Gastspielen ein. Reiche und angesehene Männer hielten um ihre Hand an. Aber weder das eine noch das andere verlockte sie. Sie hatte sich ihr Leben zurechtgebaut und stand nun — niemand würde je erfahren, nach wieviel Qual — hoch über allem Leid. Nun wollte sie keinen Schritt mehr abweichen von dem Weg, den sie sich gewählt hatte.

Natürlich, man konnte es nicht verstehen. Wie konnte sie solche glänzenden Angebote ausschlagen? Aber Irene hatte es sich längst abgewöhnt, vom Denken der Menschen noch eine Meinung abzuleiten. Es gab auch keinen Menschen mehr, der die Wahrheit wußte.

Die Wahrheit aber sah so aus: Fern in einem stillen Haus in der Friedenau lebte zwischen Apfelbäumen, grünem Gras und blauem Himmel der Knabe Thomas vergnügt und strotzend von Gesundheit seine ersten Sommer. Er war nun schon in dem Alter, da sein kleines Herz mit Sehnsucht darauf wartete, daß seine Mutter ein paar Tage ausspannte und nichts anderes sein wollte als liebende Mutter und fröhliche Gefährtin seiner Knabenspiele.

Die Menschen brauchten nicht zu wissen, daß sie einsam und verlassen diesen Knaben in einem versteckten Dorf tief drinnen im Schwarzwald zur Welt gebracht hatte. Erst viel später, als er schon fast ein Jahr alt war, brachte sie ihn nach Friedenau und übergab ihn der Obhut der Frau Stangl.

Vier Jahre waren seitdem vergangen. Irene hätte nie gedacht, daß ein Kind alles vergessen lassen könnte. Aber ihr ganzes Leben konzentrierte sich nur auf dieses Kind. Ihm zuliebe schlug sie alle lockenden Angebote aus. Sie hatte für sich und ihr Kind eine eigene Welt aufgebaut, und in dieser Welt wollte sie leben.

Eines Tages aber — und diesem Tag sah Irene schon mit einiger Angst entgegen — würde der kleine Thomas wohl nach seinem Vater fragen. Und sie würde ihm antworten müssen: „Dein Vater, mein Junge, ist tot —“

War er es vielleicht wirklich? Irene wußte nichts mehr von Ludwig Kappler. „Ich werde dir alle Tage schreiben“, hatte er damals auf dem Bahnsteig versprochen. Vielleicht hatte er selbst daran geglaubt. Ludwig Kappler hatte nie geschrieben. Nein, er hatte an der Seite der wunderschönen Mia Konvelli Triumphe gefeiert. Anfangs hatte Irene mit einer fast krankhaften Gier die Theaternachrichten verfolgt. Auf einmal war es still geworden um die beiden. Die letzte Nachricht lautete, daß sie ein Engagement nach den

Vereinigten Staaten angenommen und sich nach drüben eingeschifft hätten.

Einmal hatte sie — in Düsseldorf war es — zufällig am Rahmen einer Theaterkulisse seinen Namen hingekritzelt gefunden. Es war dies eine alte Gewohnheit von ihm. Damals hatte sie gespürt, wie ihr Herz ein paar laute, wilde Schläge tat. Aber dann hatten sie immer wieder kleine Erinnerungen gegrüßt, besonders an den Stätten, wo sie gemeinsam mit ihm gearbeitet hatte. Sie hatte sich daran gewöhnt und empfand diese Erinnerungen nur noch wie leichte Nachwehen eines fernen Schmerzes.

Diesmal wollte sie nach all den Jahren einmal ein paar Monate ausspannen. Sie war wirklich etwas überarbeitet, und außerdem wollte sie einmal für eine lange Zeit nichts anderes als die köstliche Stille da draußen in der Friedenau mit den wunderschönen Spaziergängen, auf denen sie dann immer den kleinen Thomas mitnehmen wollte.

Noch nie hatte sich Irene so auf etwas gefreut wie auf diese Zeit. Ein altes Sprichwort sagt aber, daß man sich auf nichts zu früh freuen sollte, weil das Schicksal auch in die fernsten und stillsten Winkel dringt, um seine Streiche zu spielen.

Nun, vorerst trübte nichts die Freude des Wiedersehens mit Thomas. Er hatte sich in diesem Jahr wieder mächtig herausgemacht, trug einen Kopf voller dunkler Locken und war überhaupt ein schöner Knabe, der mit großer Zärtlichkeit an seiner Mutter hing. Aber schon am nächsten Tag erzählte Frau Stangl so beiläufig: „Ihre Schwester war auch einmal hier."

Irene erschrak. „Hermine? Was wollte sie denn?"
„Das weiß ich eigentlich nicht. Sie fragte nach Ihnen."
„Und — hat sie Thomas gesehen?"
„Ich konnte es nicht verhindern. Thomas war im Garten und kam herbei." Frau Stangl merkte wohl, daß sie diesen Besuch besser verschwiegen hätte, und wollte sich jetzt schnell an eine Arbeit machen. Aber Irene hielt sie zurück.
„Sie sollen mir nichts verschweigen, Frau Stangl. Was hat Hermine gesagt?"
Die Frau zögerte erst ein wenig, aber Irene gab nicht nach.
„Wie sie den Thomas gesehen hat, hat sie gleich gefragt, wem das Kind gehörte. Ich dachte, sie brauchte es nicht zu wissen, und sagte, es gehöre meiner verheirateten Tochter, und der Junge sei in seinen Ferien bei mir. Darauf lachte sie hell und laut — Sie wissen ja, wie sie das immer konnte — und sagte: ‚Machen Sie mir nichts vor, Frau Stangl! Ich bin doch nicht blind. Der Knabe ist ja das Ebenbild von Ludwig Kappler. Gestehen Sie es ruhig ein, das Kind gehört meiner Schwester!' Ich wollte es abstreiten, aber dann wurde sie gemein. Ich kann das nicht wiederholen —"
„Nein, nein, lassen Sie nur. Es genügt schon", sagte Irene schnell und wandte sich ab. Sie war zutiefst davon betroffen, weil sie wußte, daß Hermine ihre Erkenntnis nicht für sich behielt. Zwar war es ja weiter nicht tragisch, denn sie war zum Glück von keinem Menschen abhängig, aber es schmerzte sie doch sehr, daß ihr Geheimnis auf die unflätigste Weise nun unter die Menschen getragen wurde. Und daß dies durch die

eigene Schwester geschehen würde — das war es, was sie so tief verletzte und ihr jede Freude am Heimkommen verdarb. Es war nur gut, daß Kappler außer Landes war, denn Hermine hätte sich sicherlich ein Vergnügen daraus gemacht, ihn aufzusuchen oder ihm zu schreiben, ob er schon wisse, daß da draußen in der Friedenau ein bildhübscher Knabe heranwachse, der zwar den Namen Haydenegger führe, im übrigen aber eine frappante Ähnlichkeit mit dem Schauspieler Ludwig Kappler habe.

Die Ruhe war für diesen Tag gestört, und Irene ging gleich nach dem Mittagessen aus dem Haus. Sie wollte zurück sein, wenn Thomas aus seinem Mittagsschlaf erwachte. Aber als sie auf den vertrauten Wiesenwegen wie von selbst über die Hügel weggetragen wurde, mochte sie nicht umkehren.

Dann stand sie am Römerberg vor der großen Ligusterhecke, hinter der in tiefstem Frieden das weiße Haus mit geschlossenen Fensterläden stand. Langsam ging sie am Zaun entlang und wurde am Eingangstor von einem weißen Zettel angezogen, auf dem stand:

„Haus mit Garten zu verkaufen. Näheres durch Frau Stettner, Parterre links."

Diese Nachricht traf Irene wie ein Blitz aus heiterem Himmel. Immer hatte sie in ihrem Herzen noch die geheime Hoffnung getragen, Kappler hier in der Stadt zu begegnen. Wenn er aber dieses Haus verkaufen wollte, hatte er die Absicht, nie zurückzukehren.

Nach kurzem Überlegen drückte sie auf den Klingelknopf. Bald darauf erschien eine Frau mittleren Alters und fragte griesgrämig hinter dem Gitter, was die Dame wünsche.

„Ich möchte wegen des Verkaufs vorsprechen“, sagte Irene. Die Frau schloß mißmutig auf und ließ Irene eintreten. Wehen Herzens sah sie den verwilderten Garten und die ungepflegten Wege. Am Haus bröckelte der Verputz ab, und auf der Westseite hing lose ein Stück der Dachrinne herunter. Diese Person hier schien es sich wohl sein zu lassen. Natürlich, wenn der Herr des Hauses in Amerika drüben weilt, kann so ein Hausfaktotum sich das Leben sorgenfrei und behaglich einrichten. Wahrscheinlich wurde sie für ihre Faulheit auch noch gut bezahlt.

In der Diele suchte die Frau nach einem Schlüsselbund, fand es nicht gleich und schimpfte unbeherrscht los:

„Bloß daß man immer Arbeit hat! Zum Schluß will den Krempel dann doch niemand kaufen. Ist ja auch ganz verständlich, bei dem Preis.“

„Sind Sie mit dem Verkauf beauftragt?“ fragte Irene.

Nein, das war sie nicht. Aber sie nannte die Adresse eines Rechtsanwalts in der Stadt.

„Warum ist denn hier alles so heruntergekommen?“

Die Frau schaute sie mit bösen Augen an. „Soll ich vielleicht den Krempel in Ordnung halten? Umsonst? Waren Sie denn schon einmal hier?“

„Ich war früher — einige Male hier“, antwortete Irene zögernd. „Das ist allerdings schon lange her. Nein, nein, bemühen Sie sich nicht“, wehrte sie ab, weil die andere jetzt endlich das Schlüsselbund gefunden hatte, „Sie brauchen mir die Räume nicht zu zeigen. Ich kenne sie von früher. Aber sagen Sie einmal — werden Sie denn für Ihre Tätigkeit nicht bezahlt?“

Nun schien die Frau ihren ersten Verdruß schon losgeworden zu sein. Sie wurde zutraulicher, schob Irene einen Stuhl hin und nahm ihr gegenüber Platz.

„Am Anfang ging alles in schönster Ordnung. Da bekam ich alle Monate meinen Lohn angewiesen. Auf einmal war das dann aus. In den letzten Jahren entschädigte ich mich wenigstens am Obst, von dem es hier eine ganze Menge gibt. Aber im Vorjahr war es nichts mit Obst. Aber glauben Sie, daß dieser Herr Kappler in Verlegenheit kam deswegen? Es störte ihn nicht im mindesten, und es fiel ihm gar nicht ein, mir den rückständigen Lohn zu bezahlen. Wahrscheinlich war er gar nicht in der Lage dazu."

Irene fühlte, wie sich ihr Herz zusammenkrampfte. Es ging wie ein kalter Schauer durch sie hin.

„Herr Kappler war hier?" fragte sie. „Wann war das?"

„Er war öfter hier. Das erstemal vor drei Jahren und dann immer von Zeit zu Zeit. Das letztemal vor einem halben Jahr. Und immer, wenn er hier war, hat er Stück um Stück der Einrichtung veräußert. Heute sind die Zimmer alle leer bis auf ein paar unbedeutende Sachen."

„Mein Gott, ist denn das möglich?" flüsterte Irene vor sich hin. „Ich verstehe das nicht. Herr Kappler lebte doch in sehr guten Verhältnissen."

„War einmal, war einmal", sagte die andere nicht ohne Spott. „Von einem Mal zum andern konnte man sehen, wie schnell es mit ihm bergab ging. Der Schnaps richtet ihn noch zugrunde."

Irene stand auf und verkrampfte die Hände ineinander. Groß und brennnend standen ihre Augen in dem todblassen Gesicht. Sie wandte sich dem Fenster zu, damit die andere ihre Erschütterung nicht sehen sollte. Es blieb eine lange Weile ganz still im Raum. Bis die Frau hinter ihrem Rücken sagte:

„Ja, ich sehe schon, es wird auch diesmal wieder nichts. Sie sind jetzt schon die Fünfzehnte, und — Sie werden auch wieder gehen und nicht kaufen."

Irene drehte sich um. Ihr Entschluß war bereits gefaßt. „Doch, ich werde kaufen. Nehmen Sie das Schild draußen weg, und geben Sie mir die genaue Anschrift des Rechtsanwaltes."

*

Als Irene am anderen Tag das Büro des Rechtsanwalts verließ, konnte sie doch keine rechte Freude finden. Der Kauf war zwar abgeschlossen worden, aber der Rechtsanwalt hatte ihr nicht sagen können, wo Kappler sich zur Zeit aufhielt. Das Geld sollte einstweilen deponiert werden, bis Kappler eines Tages wieder erschien.

Langsam ging sie die breite Ringstraße hinunter. Der Himmel hing blaugrau über der Stadt. Es sah nach Regen aus. Tief in Gedanken versunken ging Irene dahin. Manchmal streifte ein bewundernder Männerblick ihre schlanke Gestalt. Auch das bemerkte sie nicht. Nur der riesige Neubau an der Ecke der Pariser Straße fesselte ihren Blick. Das Gerüst war schon teilweise abgebrochen, und soeben wurde an dem mächtigen Kuppeldach des Vorbaus letzte Hand angelegt.

Gerade wollte sie einen vorübergehenden Schutzmann um Auskunft bitten, als unweit von ihr eine dunkelblaue Limousine hielt und der Theaterintendant Werner von Halwig mit ausgestreckten Händen auf sie zukam.

„Na, das nenne ich aber eine Überraschung! Da hat man keine blasse Ahnung, wo in aller Welt die gute Haydenegger sich herumtreibt — indessen steht sie hier und betrachtet die zukünftige Stätte ihres Wirkens."

Die Freude des Wiedersehens war bei Irene auch groß. „Ach, Halwig, wie ich mich freue! Im übrigen kann ich versichern, daß ich gerade auf dem Weg zu Ihnen war." Sie hielt seine Hand so fest, als hätte sie irgendeinen geliebten Gegenstand gefunden. „Ich habe Sie nämlich eine Menge zu fragen."

„Fragen Sie, fragen Sie immerzu. Bloß nicht hier auf der Straße. Ich nehme an, daß Sie Zeit haben. Bitte, steigen Sie ein. Ich schlage vor, daß wir aus der Stadt ein wenig hinausfahren in irgendein kleines Café." Er nahm fröhlich ihren Arm und deutete mit der anderen Hand auf den mächtigen Bau hinüber. „Nur noch kurz zu Ihrer Orientierung: Sie sehen hier das neue Schauspielhaus. Im nächsten Jahr soll es eröffnet werden. Aber nun kommen Sie."

Während der Fahrt trällerte Halwig in fröhlicher Laune einen der neuesten Schlager vor sich hin. Dazwischen machte er kurze Bemerkungen über seinen Wagen, auf den er sehr stolz war. Er erklärte, daß er mit dem dritten Gang über den Pangberg gefahren sei, und Irene bestaunte diese Leistung pflichtschuldig, obwohl sie herzlich wenig davon verstand. Und wenn sie das Gespräch ablenken und auf das Theater bringen wollte, wehrte er lachend ab.

„Später, später, meine Liebe. Wir haben den ganzen Nachmittag Zeit. Ich wenigstens. Im übrigen möchte ich sagen, daß ich fest damit rechne, Sie für das neue Schauspielhaus verpflichten zu können."

„Da kann ich Ihnen gar nichts versprechen, lieber Halwig. Ich habe noch so viele Verpflichtungen."

„Ich weiß, ich weiß. Zunächst kommt Wien, dann München, Köln und Hamburg. Aber was ist dann?"

„Wie gut Sie informiert sind!" lachte sie.

„Muß man wohl, wenn man sich mit großen Plänen trägt wie ich."

„Wenn Sie über mich so genau Bescheid wissen, werden Sie wohl auch darüber informiert sein, wo Kappler zur Zeit ist?"

„Kappler?" fragte er und beugte sich etwas über das Lenkrad, als nähme die schlechter gewordene Straße sein ganzes Augenmerk in Anspruch. Dann lenkte er links ab auf ein freundliches Gartenlokal zu und hielt. Er half ihr beim Aussteigen und sah dann zum Himmel auf, aus dem es ganz fein zu nieseln begonnen hatte. Die Antwort wegen Kappler blieb er schuldig.

Nun saßen sie in einer gemütlichen Ecke des kleinen Restaurants, das zu dieser Stunde nur wenig Gäste hatte. Halwig zündete sich eine Zigarre an und lehnte sich behaglich zurück. Er wollte gerade mit seinen Plänen loslegen, da sagte Irene:

„Ich möchte Ihnen etwas anvertrauen, Halwig. Ich habe heute — Kapplers Haus gekauft."

Er sah sie mit einem schnellen Blick an. „Ausgezeichnet! Dann darf man also hoffen, daß Sie — wenn auch nicht gleich — so doch in absehbarer Zeit in dieser Stadt ansässig werden? Und nun passen Sie einmal auf, meine gute Haydeneggerin. Ich habe Ihren Weg genau verfolgt und bin mir im klaren, daß Sie eine der besten Schauspielerinnen sind, die wir zur Zeit haben. Die Konvelli ist zum Film übergesiedelt, die Skotta hat sich verheiratet und tritt nicht mehr auf. Ich weiß, daß es schön ist, von Stadt zu Stadt zu reisen, Triumphe einzuheimsen und Mittelpunkt zu sein. Aber es ist doch nur ein Zugvogelleben und befriedigt auf die Dauer nicht. Glauben Sie mir das. Ich habe, als man mir die Intendantur für das neue Schauspielhaus antrug, vorgehabt, mich vorher mit Ihnen in Verbindung zu setzen. Damals wußte ich leider zufällig nicht, an welchem Theater Sie gerade gastierten. So habe ich es aufgeschoben, und heute führt mich nun der gütige Zufall mit Ihnen zusammen. Ich brauche Ihnen doch nicht zu versichern, daß mir sehr viel daran liegt, Sie für das neue Schauspielhaus zu gewinnen. Für einige Gastspiele im Jahr könnte ich Sie ja freigeben, wenn Sie es wünschen. Aber Sie werden dieses Reisen auch einmal satt bekommen, Haydenegger, glauben Sie es mir. Das ist ja auch gar nicht Ihre Art. Sie wurden damals von den Ereignissen und Entwicklungen nur mitgerissen. Seitdem — ich will ja nicht indiskret sein — aber seitdem, scheint mir, hat sich doch manches geändert."

Irene hatte den Kopf sinken lassen. Dann sah sie ihn voll an. „Ja, Sie haben recht, Halwig, es hat sich manches geändert. Viel hat sich geändert."

Er tat, als merke er nicht, was sie jetzt bewegte, und fuhr fort: „Sie werden das erst erkennen, wenn Sie von keinem Termin mehr gehetzt werden, wenn alles Hasten und Jagen einer wohlgeordneten Form in Ihrem Leben gewichen ist. Sie haben es damals vielleicht gar nicht so empfunden, wie diese Stadt an Ihnen hing. Aber Sie werden es erleben, wie die Menschen dieser Stadt Sie mit Jubel begrüßen, wenn sie wissen, daß Sie wieder ganz ihnen und dieser Stadt gehören wollen."

„Sie haben recht, Halwig. Es wäre zu bedenken."

„Bedenken Sie das in aller Ruhe, ich will Sie nicht drängen."

Irene rührte lässig in ihrer Tasse. Es sah gedankenverloren aus, und doch waren ihre Sinne hellwach.

„Sie sind mir noch immer die Antwort auf eine Frage schuldig, Halwig", sagte sie, ohne aufzublicken. „Warum wollen Sie mir nicht sagen, was mit Kappler los ist?"

Er streifte bedächtig die Asche von seiner Zigarre und schob die Unterlippe ein wenig vor. „Ich könnte ja nun sagen: ich weiß es nicht. Aber ich weiß, was Ludwig Kappler für Sie einmal bedeutet hat, und — es ist vielleicht gut, wenn Sie die Wahrheit wissen. Man möchte es ja nicht für möglich halten, aber mit Kappler ist es endgültig aus."

Irene rührte sich nicht. Es war, als hätte sie ein Eiswind gestreift. Ohne aufzuschauen fragte sie: „Als Schauspieler oder auch — als Mensch?"

„In beiden Fällen nur noch ein Schatten von dem, was er war."

„Wie kann das möglich sein?“ flüsterte sie und sah starr vor sich hin.

Halwig hob die Schultern und ließ sie wieder sinken.

„Er ging damals mit der Konvelli nach Amerika, kam aber nach einem Jahr wieder. Allein. Damals war er schon angeknickt. Vielleicht hatte er noch einigen Willen, aber es half ihm nichts mehr. Bei einem Gastspiel in Barmen blieb er mitten in der Szene hängen und kam nicht mehr weiter. Man mußte den Vorhang herunterlassen. Eine Zeit lang kam er bei kleineren Bühnen noch mit Ach und Krach durch. Durch laufende Vertragsbrüche verscherzte er sich schließlich noch den letzten Kredit. Um diese Zeit kam er einmal zu mir. Aus alter Anhänglichkeit wollte ich es noch einmal mit ihm versuchen. Aber es war unmöglich. Im zweiten Akt kam er total betrunken auf die Bühne und verwechselte dauernd Texte der verschiedenen Akte, kam sogar in ein anderes Stück hinein. Es war ein Skandal.“

„Ich verstehe das das einfach nicht, Halwig.“

„Ich war machtlos. Der Alkohol hatte ihn zu seinem Knecht gemacht. Ich hörte später, daß er bei einem Wanderzirkus als Clown untergetaucht sei. Aber ich glaube nicht, daß er selbst diese Position noch halten kann. Man könnte heulen, wenn man das jähe Abstürzen eines solchen Genies erleben muß. Und wie hat der Mensch einst spielen können! Es ist unverständlich, daß sich sein Künstlerstolz nicht einmal mehr aufbäumte gegen die Erkenntnis des Erschlaffens. Denn — er hat es ja gewußt, daß er zum Strandgut werden muß. Er lag in einem ständigen Kampf, leider nicht mehr um die Erhaltung und Zusammenraffung seiner letzten guten Kräfte, sondern nur mit dem Teufel, der ihn schon bezwungen hatte."

Als Halwig schwieg, wurde es ganz still in dem Raum, der sonst keine Gäste mehr aufwies. Das Servierfräulein kam, Halwig bestellte nochmals Kaffee und Gebäck. Dann waren sie wieder allein. Nach einer langen Weile fragte Irene:

„Und — Sie glauben nicht, Halwig, daß man ihn noch zurückführen könnte auf den rechten Weg?"

Da faßte er nach ihrer Hand. „Ich weiß, wie weh ich Ihnen tun muß. Aber es ist besser, die Wahrheit zu wissen, als im Dunkeln zu tappen. Und wenn Sie mich so fragen, Irene Haydenegger, dann muß ich leider sagen: es ist ein nutzloses Opfer, das Sie zu bringen bereit wären. Einmal findet auch Liebe und Treue ihren Abschluß. Und Kappler hat alle Brücken bereits hinter sich abgebrochen."

Irene kannte Herrn von Halwig nun schon lange. Sie hatte in ihm immer einen aufrichtigen Freund und Förderer gehabt, der damals sogar den schönen Mut zur Selbstlosigkeit aufgebracht hatte, sie in der Erkenntnis ziehen zu lassen, daß sich bei den beschränkten Mitteln, die ihm am Luisentheater zur Verfügung standen, ihr Talent nicht weiter entfalten konnte. Halwig hatte begriffen, daß sie den Resonanzboden der großen Bühne brauchte, um das werden zu können, was sie heute war. Und wenn er sagte, daß es mit Kappler aus sei, so durfte sie ihm das ohne weiteres glauben. Nur in einem irrte er sich: wenn er glaubte, daß Opfer und Treue ganz nutzlos seien.

Sie hatte den festen Glauben, daß es ihr gelingen müßte, Kappler wieder in eine geordnete Bahn zu lenken, wenn auch nicht mehr als Schauspieler, so doch als Mensch. Sie müßte nur wissen, wo er sich aufhielt. Keine Minute hätte sie sich besonnen. Sie stellte sich das so vor, daß sie ihn nur bei der Hand zu nehmen brauchte wie ein Kind, das sich verlaufen hat und das man nun wieder ins Haus führt. Mit keinem Wort wollte sie ihn an das erinnern, was gewesen war. Auch Solveig hatte ja ihren Peer nicht gefragt und auf seine Frage, wo denn sein Selbst geblieben sei, nur die einfache und schlichte Antwort gehabt: In meinem Glauben, Hoffen und Lieben.

O ja, es konnte vielleicht alles noch einmal gutwerden. Sie war plötzlich voll guten Mutes und gab Halwig die Zusicherung, daß er zur Eröffnung des neuen Schauspielhauses auf alle Fälle mit ihr rechnen könne. Für die weitere Zukunft werde man dann schon sehen. Vielleicht wolle er in den nächsten Tagen einmal bei ihr auf dem Römerberg vorsprechen.

Am liebsten wollte er das gleich schriftlich haben. Da schaute sie ihn groß und erstaunt an. „Aber, mein lieber Halwig, gilt Ihnen denn mein Wort so wenig?"

„Nein, das nicht, aber ich wollte ganz sicher gehen. Im übrigen schlage ich vor, daß wir zur Feier des Wiedersehens bei mir zu Hause eine Flasche Wein trinken. Meine Frau wird sich riesig freuen, Sie nach so langer Zeit wieder einmal zu sehen."

Irene war einverstanden, und es wurde noch ein recht fröhlicher Abend.

18.

Ein grauer Novembertag hing über München. Auf den Wegen des Englischen Gartens trieb der Wind das Laub dahin, wirbelte es lustig durcheinander und stieß dann wieder hinauf in die Baumkronen, um auch die letzten der rostbraunen und goldgelben Blätter herunterzuschütteln.

Die Ruhebänke standen um diese Zeit schon einsam und verlassen, Tische und Stühle in der Gartenwirtschaft um den Chinesischen Turm waren zusammengeklappt und unter Dach gebracht worden. Von einem Fuhrwerk wurde Sand abgeladen für die Kästen, damit die Wege bei kommendem Frost bestreut werden konnten.

Nur auf einer Bank abseits des Weges, vom Gebüsch halb verdeckt, saß um diese Mittagstunde ein Mann, schnitt mit einem Taschenmesser kleine Scheiben von einer Cervelatwurst ab und schob dazu immer wieder ein Stückchen von dem Schwarzbrot in den Mund, das er neben sich auf der Bank liegen hatte.

Einmal fuhr er sich mit der linken Hand sorgsam über das wenige Haar. Es lag Stolz in dieser Geste. Sein Haar war spärlich — in einigen Jahren war er vielleicht ganz kahl. Sein Bart mit den Dreitagestoppeln spielte beim zagen Schein des grauen Taglichtes leicht ins Rötliche. Die Augen lagen tief in den Höhlen und waren rot gerändert. Der Mann war vielleicht vierzig Jahre alt, vielleicht auch fünfzig. Er war so heruntergekommen, und das Leben hatte ihm so viele Furchen ins Gesicht gegraben, daß es die Wirklichkeit seiner Jahre völlig verwischte. Nur seine Hände waren schön —

schmale, gepflegte Hände, die sich zwischen allen fahrigen Bewegungen mitunter wieder zu einer stolzen Geste sammeln konnten.

Seit ein paar Tagen war dieser Mann hier in der Stadt. Vor kurzem hatte er noch in einem kleinen Vorstadtzirkus den Dummen August gespielt, und dann war er gewandert und gewandert durch den grauen Novembernebel, weil er in der Zeitung gelesen hatte, daß Irene Haydenegger hier ein Gastspiel geben würde.

Lange hatte es gedauert, bis er sich zu dem entschlossen hatte, was er tun wollte. Kappler war sich klar, daß er in dieser Verfassung wirklich nicht mehr imponieren konnte. Er wollte ihr auch keine Unannehmlichkeiten machen. O nein, er wußte noch von früher, wie das war, wenn man mit solchen Individuen notgedrungen zusammenkam. Allerdings, er wollte sein Äußeres noch in Ordnung bringen, so gut es eben ging. Dann wollte er sie im Hotel besuchen. Gestern hatte er bereits ausgeforscht, wo sie wohnte. Und dort wollte er ihr heute einen kurzen Besuch abstatten, nicht etwa, um alte Bande wieder anzuknüpfen — über diesen Gedanken konnte er innerlich lachen — sondern um ihr rückhaltlos zu bekennen, weshalb er an ihr schuldig geworden und so tief gesunken war.

Ein junges Paar ging engumschlungen an ihm vorüber. Sie sahen ihn gar nicht, so sehr waren sie verliebt. Im Vorübergehen küßte der junge Mensch sein Mädchen auf den Mund, und das konnte nicht einfach hingenommen werden. Das Mädchen blieb stehen und küßte zurück.

„Mahlzeit!“ kicherte Kappler, und die beiden fuhren

erschrocken auseinander, gingen dann aber lachend weiter.

Kappler wickelte den Rest seiner Wurst ein und brummte hinter den beiden her: „Ja, ja, wenn es euch mit eurer Liebe so geht wie mir, dann gnade euch Gott!“ Sein Lächeln erlosch, und er starrte wieder vor sich hin. „Aber es geschieht mir ganz recht. Wer hat mir denn gesagt, daß ich dieser Mia Konvelli nachrennen muß? Von ihr ist alles Unglück gekommen. Sie hat mich kalt lächelnd abgeschrieben, als sie meiner überdrüssig war.“

Er hatte sich zwar nicht so leicht abschütteln lassen wollen. Er hatte sich gewehrt, er hatte sich erniedrigt, hatte gebettelt um ihre Liebe wie ein Hund. Und sie tat dann, was man einem Hund antut. Sie trat mit dem Fuß nach ihm, sie machte ihn vor dem ganzen Theater so lächerlich, daß man ihn nur noch über die Achsel anschaute. Es war natürlich eine bodenlose Dummheit, daß er sich in einem Anfall grenzenloser Wut und Verzweiflung an ihr vergriff. Aber die Behörden verstanden da keinen Spaß. Die Würgemale an ihrem Hals waren ein deutlicher Beweis, daß er gemeingefährlich war und ihr, dieser großen Tragödin, nach dem Leben getrachtet hatte. Von da an war dann seine Bahn rasend ins Dunkle gegangen.

Irgendeine Turmuhr schlug, es war ein Uhr. Kappler erhob sich, knöpfte seinen Mantel zu und ging in die Stadt. An jeder Litfaßsäule sprangen ihm die großen gelben Plakate in die Augen: „Iphigenie mit Irene Haydenegger.“

Sein Herz zog sich schmerzhaft zusammen. Er gedachte jener Zeit, da er den Orest gespielt hatte. Himmelherrgott, waren das noch Zeiten! Jetzt schleppte er sich wie ein Vagabund durch die Straßen der Stadt, in der er mit Irene Haydenegger einmal Triumphe gefeiert hatte.

In einem kleinen Vorstadtgasthof hatte er ein billiges Zimmer gemietet, obwohl er durch seinen Hausverkauf zur Zeit immer noch über so viel Geld verfügte, daß er auch in einem vornehmen Hotel hätte absteigen können. Aber das Leben hatte ihn auf eine so niedrige Stufe herabgezerrt, daß er sich dort gar nicht mehr wohlfühlte, wo es nach Kultur roch. Dort konnte man sich nicht so gehenlassen, und es konnte vorkommen, daß einem der Frühstückskellner mit undurchdringlicher Miene einen kleinen Zettel zwischen Kaffeekanne und Brötchenteller hinschob, auf dem geschrieben stand, daß die Hotelleitung keinen Wert darauf legte, ihn länger als Gast im Hause zu haben.

Also, immer hübsch dort bleiben, wo man sich wohlfühlte, wo man sich besaufen konnte, ohne einen erhobenen Zeigefinger sehen zu müssen. Wo man noch ein Kerl war im Kreise derer, die auch im Schatten des Lebens standen. Sie ließen einen hochleben, wenn man ein paar Runden bezahlte, und man konnte singen mit ihnen wie ein schwerfälliger Ernteknecht, wenn er nach der Mühe der Ernte sich einen Rausch angetrunken hatte.

Das Umkleiden erledigte er sorgfältiger als sonst. Er legte Wert darauf, gut auszusehen, schabte die Bartstoppeln weg und strich den Schnurrbart glatt. Mit einer heroischen Selbstüberwindung schob er die Schnapsflasche in die hinterste Ecke des Schrankes, weil er nicht nach Schnaps riechen wollte, wenn er mit Irene sprach. Sie sollte sich nicht vor ihm ekeln.

Auf der Treppe begegnete ihm die Wirtin, eine junge Witwe. Sie zog die Brauen verwundert hoch und verschenkte ein Lächeln an ihn. „Hm — heute haben Sie sich aber fein gemacht“, sagte sie.

„Ja, zuweilen will man auch Mensch sein“, antwortete er und sah kalt an ihrem bereitwilligen Lächeln vorbei. Er wußte wohl, daß sie ihn gern sah, und wenn er angeheitert war, ließ er sich wohl auf eine kleine Dummheit mit ihr ein. Da nahm er sie in den Arm und tat so, als sei er noch jemand. Im Grunde genommen aber waren ihm alle Frauen gleichgültig geworden, er machte sich nichts aus ihnen. Nichts mehr! Er hatte erfahren, daß auch Liebeleien nicht vergessen machen können, wenn man einmal geliebt hat.

Enttäuscht sah die Frau ihm nach, als er an ihr vorbeiging. Er fühlte ihren Blick im Nacken, aber er war heute zu keiner Dummheit bereit.

Es war ihm ganz eigenartig zumute auf diesem Weg zu Irene. Seit Tagen hatte er sich alles zurechtgelegt, was er sagen würde. Er wollte das mit männlichem Anstand erledigen, wollte keine jämmerliche Selbstanklage vom Stapel lassen, sondern wollte sich nur ihre Verzeihung erbitten für das, was er ihr angetan hatte. Wollte ihr auch danken, daß sie es war, die das Haus am Römerberg gekauft hatte. In keinen Händen hätte er es lieber gewußt als in den ihren.

Ja, dies und jenes wollte er ihr sagen. Und er wollte geduldig schweigen, wenn sie ihn mit Vorwürfen überschüttete, denn dieser Frau gegenüber hatte er jedes Recht zum Aufbegehren verloren.

Aber vielleicht lehnte sie es überhaupt ab, ihn zu empfangen. Vielleicht hatte sie den Namen Kappler so endgültig aus dem Leben gestrichen, wie er damals den ihren. Ein Wunder wäre es nicht, und er war gewillt, auch dies dann mit Anstand hinzunehmen.

Hinter den hohen Fenstern des Hotel-Restaurants saßen gutgekleidete Menschen an weißen Tischen. Kappler ging einige Male vorüber in der Hoffnung, vielleicht Irene unter ihnen wahrzunehmen. Das wäre ihm am liebsten gewesen. Er hätte so tun können, als hätte er sie nicht gesucht. Es war dann eben Zufall.

Endlich raffte er sich doch zusammen und betrat die Halle. Der wohlbeleibte Portier machte gerade Eintragungen in das Fremdenbuch. In wohlgeordneter Reihe hingen die Schlüssel der Fremdenzimmer an einem Brett hinter ihm.

Kappler trat heran und lüftete den Hut. Der Portier nahm seine Brille ab und hob den Kopf. „Sie wünschen, mein Herr?"

Ehe Kappler antworten konnte, rasselte das Telefon, und der Mann mußte ein Gespräch vermitteln.

In diesem Augenblick kam Irene die breite, mit roten Teppichen belegte Treppe herunter. Sie trug einen enganliegenden Fohlenmantel und eine dazu passende Pelzkappe mit einem handbreiten Schleier, der gerade die Augen noch freiließ.

Nun stand sie neben Kappler und wartete, bis der Portier das Gespräch vermittelt hatte. In Kapplers Gesicht spannte sich jeder Zug, aber er brachte kein Wort heraus, seine Kehle war wie zugeschnürt. Entschlossen wandte er den Kopf, suchte ihren Blick.

Ihre Augen gingen flüchtig über ihn hin. Dann

streifte sie die Handschuhe über. Sie kannte ihn nicht mehr. — —

Jetzt übergab sie dem Portier ihren Zimmerschlüssel und fragte, ob Post für sie gekommen sei. Der Mann bedauerte und machte einen Bückling hinter ihr her. Dann fragte er Kappler zum zweitenmal: „Sie wünschen, mein Herr?"

Kappler hatte hinter Irene hergestarrt. Nun fuhr er wie aus einem Traum erwachend erschrocken zusammen.

„Ich wollte — wegen eines Zimmers nachfragen."

„Bedaure, alles besetzt. Vielleicht in ein paar Tagen."

„Nicht nötig", sagte Kappler. „Wirklich nicht mehr nötig."

Dann rannte er auf die Straße hinaus. Ja, dort vorn ging sie. Sie hatte immer noch diesen hohen, stolzen Schritt. Die Jahre schienen ganz spurlos an ihr vorübergegangen zu sein.

Hatte sie ihn erkannt und — nicht kennen wollen? Nein, das war nicht ihre Art. Zum mindesten wäre sie doch etwas erschrocken, meinte er und wollte sich Gewißheit verschaffen. Er beschleunigte den Schritt, holte sie ein, ging an ihr vorüber, kehrte nach einer Weile um und kam ihr entgegen.

Er starrte sie an, wollte sie zwingen, daß sie ihn kenne. Sie konnte diesem Blick unmöglich ausweichen, und aus dem Hintergrund seiner müden Augen mußte sie doch — wenn auch nur leise — das Erinnern ansprechen.

Nun waren ihre Augen in seinem Blickfeld. Ihre Brauen zogen sich ein wenig zusammen, wie im Ärger darüber, daß ein Mensch so aufdringlich sein konnte.

Dann waren sie aneinander vorübergegangen. Sie hatte ihn wirklich nicht erkannt.

Da gab er es auf. Müde sanken seine Schultern nach vorn. Tiefster Lebensüberdruß überkam ihn. Wie hätte sie ihn auch erkennen sollen? Wenn auch sein Bild in ihrem Herzen erloschen war, als fernes Erinnern hatte sie jedenfalls den flotten, eleganten Schauspieler Ludwig Kappler, der keine Ähnlichkeit mehr hatte mit dem Mann von heute.

Ein törichter Traum war zerronnen. Er hatte Peer Gynt sein wollen, den das graue Meer an den Strand der Heimat gespült. In seinem Herzen hatte er den Dialog bereitgehalten:

„Wie schwer ich gefehlt, sei von dir gekündigt!"

Und Solveig war an ihm vorübergegangen. Sie hatte nicht getastet nach ihm, und ihre erlösende Antwort war ausgeblieben:

„Mein einziger Junge, nichts hast du gesündigt!"

Nun hatte diese Episode wirklich ihren Abschluß gefunden. Aber er sollte nicht so erschreckend nüchtern sein, dieser Abschluß. Für sich allein wollte er ihn noch feiern. Er wollte Irene noch einmal auf der Bühne sehen. Vielleicht fand er den Mut, in ihrer Garderobe vor sie hinzutreten. Sie mußte ihn dann erkennen, denn er würde ihr sagen, was er ihr so oft als Peer Gynt gesagt:

„Hast du Richtspruch für einen Sünder, so sprich!"

*

So saß er dann am Abend unbeweglich, die rotgeränderten Augen starr auf die Bühne gerichtet, im Theater.

Diese Frau hatte er verraten und war einem Phantom nachgejagt! Sein zerstörtes Leben konnte nichts anderes sein als die Strafe des Schicksals. Wenn ein Mensch mit seinem Glück so leichtfertig spielt, verdient er, daß ihn das Leben zermalmt.

In diesem Augenblick wußte er, daß er ihr nie mehr begegnen konnte. Leise schlich er sich schon vor dem Ende hinaus und irrte die halbe Nacht durch die menschenleere Stadt. Erst gegen Morgen kehrte er in seine kalte Kammer zurück. Es fror ihn durch und durch. Aber es war nicht der Kälte wegen allein, daß er gierig nach der Schnapsflasche griff. Nein, er wollte und mußte sich betäuben.

Am andern Mittag erwachte er mit schwerem Fieber. Nein, er hatte das nicht gewollt, aber plötzlich stand ein Arzt vor seinem Bett, und man sprach davon, daß er in ein Krankenhaus überführt werden sollte.

Kappler war so müde und gleichgültig, daß er sich dagegen schon nicht mehr zur Wehr setzte. Aber die Wirtin wehrte sich dagegen. Nein, das wollte sie nicht zulassen. Sie ließ ihn im ersten Stockwerk in ein großes helles Zimmer betten und pflegte ihn eigenhändig. Ihre Absicht war eindeutig und klar, sie machte kein Hehl daraus, daß ihr der Mann gefiel. Ihr Wesen war ohne Winkelzüge und ihre Zärtlichkeiten vielleicht von einer derben Offenheit. Aber im Grunde ihres Herzens war sie voller Güte gegen den Mann, von dem sie wohl wußte, daß er einmal bessere Tage gesehen hatte. Und wenn sie an seinem Bett saß und seine Hand hielt, dann spielte sie das Gespräch zuweilen auf ihr heimliches Ziel hin und ließ ihn wissen, daß dieser Gasthof vielleicht nicht das sei, was man eine große Zukunft heißen könne, aber immerhin ernähre er seinen Mann, und vor allem, es war doch eine Heimat, ein warmer Herd, an dem er sich geborgen niederlassen könne.

Manchmal tat es ihm leid, daß er ihren Wünschen nicht entgegenkommen konnte. Dann packte ihn zuweilen ein heftiger Zorn, daß sie ihn nicht einfach seinem Schicksal überließ, denn es war eine große Bereitschaft in ihm, zu sterben. Dies allein schien ihm der beste Schlußstrich zu sein hinter seinem verpfuschten Leben. Jedoch das Schicksal hatte noch einiges mit ihm vor, es hatte seine heimtückischen Fäden noch nicht alle abgespult.

Als er nach Wochen sich zum ersten Mal vom Krankenlager erhob und einige Tage darauf wieder in die Stadt ging, waren die gelben Plakate an den Litfaßsäulen verschwunden. Das Gastspiel Irenes war beendet.

Schnee lag auf den Dächern und Straßen. Weihnachten stand vor der Tür. Kappler trat in eins der großen Geschäfte in der Innenstadt und kaufte einen ziemlich teuren Anhänger mit türkisblauem Stein. Er wollte ihn nicht als Zeichen der Liebe an die Wirtswitwe verschenken, sondern nur als Dank für ihr opfervolles Umsorgen in der schweren Krankheitszeit. Er wußte wohl, daß sie dabei mit einem hintergründigen Gedanken spielte, aber die Güte ihres Herzens hatte ihn dennoch berührt. Nach Weihnachten entzog er sich ihrer Obhut und ihrer verspäteten Liebe. Er konnte nicht Wurzeln schlagen hier. Eines Tages überzählte er sein Geld, das ihm vom Hausverkauf verblieben war. Einige Zeit konnte er sich noch über Wasser halten. Und vielleicht schlüpfte er wieder in das bunte Clownkostüm eines Tingeltangelzirkus. Es waren noch nicht alle Möglichkeiten erschöpft, und mit einer einzigen Geste konnte man dem Publikum auch noch von der Manege aus zeigen, wer man einmal war.

Von niemandem gesehen, verließ er das Haus. Er ging vor die Stadt hinaus, immer weiter und weiter, bis die Häuser aufhörten. Dann verlor sich sein Schritt im klirrenden Frost.

19.

Nun kannte man das weiße Haus am Römerberg kaum mehr wieder. Die Handwerker hatten es innen und außen gründlich renoviert, und das Ehepaar Stangl, das von Friedenau mit heraufgezogen war, hatte sich mit einer wahren Inbrunst über den Garten hergemacht. Die Wege waren wieder sauber von Gras und Disteln, die Obstbäume ausgeschnitten, und die Ligusterhecke zog sich um die Hälfte abgestutzt in weitem Bogen um das ganze Grundstück. Nur an der Südseite hatte Irene ein breites Stück davon entfernen und durch einen Staketenzaun ersetzen lassen, so daß man jetzt einen freien Blick auf das Hügelland hatte. Das ganze Besitztum strahlte Behaglichkeit und großen Frieden aus. Die Seele des Ganzen aber war die Frau selber. Nach ihrem Willen wurde da oben alles gelenkt, ihr Geist durchstrahlte das ganze Haus. Und der Knabe Thomas tollte durch den großen Garten und trug mit anderen Buben über die Hügelwiesen hinweg seine wilden Knabenspiele in die herrlichen Buchenwälder, die sich hinter dem Klostergarten von Maria Zell ausdehnten.

Anfangs war es Irene doch ein wenig schwergefallen, seßhaft zu werden. Mitunter glaubte sie, von fernher komme ein Rufen zu ihr, daß sie sich nicht hier vergraben dürfe, daß es nicht der Sinn ihres Lebens sei, sich ganz allein dieser Stadt mit seinem neuen Theater zu schenken, weil die weite, große Welt ein Anrecht auf sie hätte. Aber sie fühlte, daß dies alles einen Sinn haben müsse, und sie schlug dann — wenn auch mit einiger Überwindung — alle glänzenden Angebote von Film und Bühne aus. Sie fragte sich nicht, ob diese Stadt, die Menschen dieser Stadt es ihr jemals lohnen würden. — —

Die Antwort auf diese Frage erhielt sie schon eindeutig bei ihrem ersten Auftreten im neuen Schauspielhaus. Die Menschen jubelten ihr zu wie besessen. „Hierbleiben!" schrien sie immer wieder. „Hierbleiben!" Der Beifall dröhnte wie das Rauschen eines schweren Gewitterregens durch das Haus, noch lange, nachdem sich der Vorhang schon gesenkt hatte.

Und Irene blieb in dieser Stadt. Das Haus am Römerberg wurde Mittelpunkt, eine geistige Zentrale. Vom Intendanten Halwig bis zu dem berühmten Bildhauer Professor Bechthold traf sich so ziemlich alles dort, was Namen und Klang hatte.

Neuerdings fand sich dort auch ein junger Schriftsteller ein — eigentlich war er Rechtsanwalt. Aber er hatte ein Schauspiel geschrieben, und nachdem er es Herrn von Halwig eingereicht hatte, ließ er sich bei Irene Haydenegger anmelden und erklärte ihr ohne Umschweife, daß sein Stück nur Erfolg haben werde, wenn sie die Titelrolle spiele.

Irene war eigentümlich berührt von der draufgängerischen Art des jungen Mannes. Sie nahm ihn sehr vorsichtig, denn sie hatte schon einmal eine recht schlechte Erfahrung gemacht mit so einem Pegasusritter. Allerdings, mit Holm hatte dieser Rudolf Weihmann nichts gemein. Jener bettelte, dieser forderte. Er war von seinem Werk so überzeugt, daß er nicht feilschen und handeln ließ.

Er nahm aus seiner Aktentasche ein sauber geschriebenes Manuskript und überreichte es ihr. „Wenn Sie gestatten, spreche ich in zwei Tagen wieder vor“, sagte er. „Bitte, sagen Sie mir Ihre Meinung dann ganz offen.“

Als er gegangen war, dachte Irene eine Weile über ihn nach. Eigentlich imponierte ihr seine rasche Art. Aber wo sollte sie hinkommen, wenn jeder junge Mensch, der sich irgendwie literarisch versuchte, ihr sein Manuskript bringen würde mit der ultimativen Forderung, es innerhalb von zwei Tagen durchzulesen?

Sie öffnete den Umschlag und las auf der ersten Seite:

Regina

Schauspiel in vier Akten

von

Rudolf Weihmann

Schon wollte sie zu lesen beginnen, als Professor Bechthold vorfuhr, der eine Büste von ihr in Bearbeitung hatte. Später belegte sie der kleine Thomas mit Beschlag, und am Abend hatte sie Gäste. Sie erinnerte sich erst wieder des Manuskriptes, als ihr am nächsten Tag in der Stadt Rudolf Weihmann an der Seite eines bildschönen Mädchens begegnete. Er blieb sofort stehen, stellte das Mädchen als seine Braut vor und setzte erläuternd hinzu: „Fräulein Haydenegger wird so liebenswürdig sein und sich für mein Stück verwenden."

Irene wollte sagen, daß sie gar nichts versprochen habe, aber das junge Mädchen sah sie dankbar an und sagte: „Ja, mein Verlobter hat mir viel von Ihnen erzählt. Ich bin so glücklich, daß er an Ihnen eine Fürsprecherin gefunden hat."

Als sie sich getrennt hatten, blieb Irene gleich darauf wieder stehen und schaute den beiden nach. Es waren junge, hochgewachsene Menschen. Seltsam, wie in den Augen dieser beiden Menschen der Ausdruck wechselte. Liebe, Fröhlichkeit und ein großer Glaube zueinander lösten sich in ihren Blicken ab. Sie schienen wie geschaffen füreinander zu sein. Irene nahm sich vor, mit Halwig zu sprechen. Aber sie kam nicht dazu, den Anfang zu machen, denn als sie Herrn von Halwig gegenübersaß, brach er mitten im Gespräch ab und öffnete die Schreibtischlade.

„Übrigens, daß ich es nicht vergesse, liebe Haydenegger. Da hat mir vor ein paar Tagen ein junger Schriftsteller ein Manuskript gebracht", er nahm das Heft aus der Schublade und legte es vor sich hin, „und ich habe es durchgelesen —"

„Was ist Ihre Meinung?“ unterbrach ihn Irene sofort. „Kann man es aufführen oder nicht?“

„Ja und nein. Er kann sehr viel, das steht außer Zweifel. Seine Sprache hat etwas unerhört Neues, da quillt alles auf. Aber es sind so viele technische Schwierigkeiten, daß ich das Stück leider ablehnen muß.“

„Das ist schade. Der junge Mensch war auch bei mir. Ich sollte für ihn ein wenig gutsprechen bei Ihnen und wollte es auch tun. Aber wenn Sie in der Angelegenheit schon entschieden haben, ist sie auch für mich erledigt.“

„Wie gesagt, ich habe mich lange damit befaßt. Der Stoff ist fesselnd, die Sprache grandios, aber das Ganze weicht so meilenweit vom bisherigen Stil des Theaters ab, daß man förmlich davor erschrickt.“

So erging es auch Irene an diesem Abend, als sie, nun doch neugierig geworden, in dem Manuskript zu blättern begann. Anfangs verfolgte sie den Gang der Handlung mit wachsendem Interesse. Auf einmal wurde sie gepackt und mitgerissen. In einem Zug las sie das ganze Stück durch. Ihr Urteil ging dann völlig überein mit dem des Intendanten: Vorläufig war wohl nicht daran zu denken, das Stück herauszubringen. —

Rudolf Weihmann war allerdings anderer Ansicht. Er erschien nach zwei Tagen pünktlich um die gleiche Zeit und hörte sich Irenes Gutachten an, ohne eine Miene dabei zu verziehen. Nur ein paarmal sah sie, wie es um seinen knabenhaften Mund zuckte. Als sie geendet hatte, sah er zuerst noch eine Weile vor sich hin und hob dann mit einem Ruck den Kopf. „Vorläufig also nicht, denken Sie?“

„Das ist auch die Meinung des Intendanten.“

„Und wann denken Sie, daß es aufgeführt werden könnte?"

Irene hob bedauernd die Schulter. „Darüber zu entscheiden liegt nicht in meiner Macht."

„Ich will Ihnen sagen, wann es herauskommen wird", sagte er nach kurzer Pause mit einer auffallend lauten Stimme. „Dann nämlich, wenn ich einmal unter der Erde liege und die Würmer an meinen Sarg klopfen. Nein, bitte, unterbrechen Sie mich jetzt nicht. Sie sind — und das soll keine Schmeichelei sein — eine der besten Schauspielerinnen, die wir zur Zeit haben. Könnten die alten Meister aufstehen, sie würden zweifellos in höchstes Erstaunen versetzt, wenn sie sehen dürften, was Sie durch Ihre einmalige Kunst schaffen. Warum aber — ja, das frage ich jetzt — warum verbaut man uns Jungen den Weg mit einer steilen Mauer? Warum läßt man uns nicht ans Licht? Warum verschließt ihr Großen der Bühne euch so kategorisch unserem Wollen und Ringen? Warum habt ihr nicht den Mut zu Neuem? Ihr wollt euch von den alten Klassikern nicht freimachen, aus Anhänglichkeit, aus Bequemlichkeit vielleicht, oder aus alter Überlieferung, was weiß ich."

Irene war nun ebenfalls aufgestanden und schaute den jungen Menschen erschrocken an. In seinen Augen glänzten Tränen.

„Aber nein, so ist das doch wirklich nicht —"

„O doch, ich weiß es ganz genau. Erst die Nachwelt flicht dem Dichter Kränze. Das ist so wunderbar eingerichtet auf dieser Welt. Aber ich pfeife hochachtungsvoll auf diese Theorie. Wenn man hier nicht den Mut findet — ich werde es anderswo versuchen. Und ich werde keine Silbe an dem Stück ändern, eher gehe ich vor die Hunde."

Da wurde Irene von diesem starken Gefühl, das aus ihm heraussprang wie eine heiße Quelle, angerührt. Ganz impulsiv streckte sie ihm ihre Hand hin.

„Hier haben Sie meine Hand, Herr Weihmann. Ich verspreche Ihnen, daß ich tun werde, was in meiner Macht liegt. Jedenfalls soll Ihr Vorwurf mich nicht treffen. Und jetzt kommen Sie, wir wollen gleich darangehen, Einzelheiten des Stückes zu besprechen."

*

Die Uraufführung des Schauspiels „Regina" wurde ein ungeheurer Erfolg, nicht nur für den Autor, sondern für alle, die daran beteiligt waren. Die Presse war sich in ihrer Kritik einig.

„Freilich", schrieb Dr. Klucke, der gefürchtete Kritiker der Neuesten Nachrichten, „hat nicht jeder Anfänger das unerhörte Glück, eine Irene Haydenegger als Vermittlerin seines Werkes zu finden. Was diese Frau aus der Titelrolle macht, gehört zu den erschütterndsten Ereignissen, die je über eine Bühne gegangen sind. Mit diesem jungen Autor ist ein Wein zur Gärung gekommen, dem auch reinste Klärung geschenkt war. Die Handlung berauscht und erregt, und man spürt das bezwingende Erlebnis bis in die letzten Tiefen hinein. Wo der Geist zuweilen ins Unendliche schweift, ist alles wieder bezwungen und gemeistert durch das Wort. Der Intendant Werner von Halwig hat sich mit der Förderung dieses jungen Talents Verdienste erworben, die nicht ohne Nachklang bleiben werden."

Am nächsten Tag kam Rudolf Weihmann mit seiner Braut zum Römerberg.

Herrgott, sich auch noch einmal so freuen zu können, wie diese beiden Menschen, das müßte wunderbar sein! Irene wurde förmlich angesteckt davon, wurde aber plötzlich schweigsam und nachdenklich, als Rudolf Weihmann sagte:

„Das Schönste in Ihrem Leben muß doch sein, helfen zu können. Ich glaube, gnädige Frau, daß es das heiligste Gefühl in einem Menschen sein muß, wenn er seine Kunst nicht verschlossen für sich trägt, sondern anderen damit hilft."

Helfen! Dieser junge Mensch hatte ihr ein Wort hingeworfen, in dem sie einen tiefen Sinn erkannte. Wenn ein Mensch dem andern hilft, selbstlos, nur von dem Gedanken getragen, Helfer zu sein aus Güte und Liebe, müßte das nicht Brücken bauen von Mensch zu Mensch, von Herz zu Herz? Das müßte ein Leben sein, weiß Gott! Alle Tiefen des Verlassenseins müßten sich dann verschließen.

Ja, Irene erlebte wirklich einen frohen Nachmittag mit diesen beiden Menschen, der auch in den folgenden Tagen ihre Stimmung beeinflußte. Aber da strich schon wieder eine dunkle Wolke vorbei am Himmel ihres Glaubens an die Menschen. Ihre Schwester Hermine erschien plötzlich auf der Bildfläche, tat zunächst so, als sei nie etwas zwischen ihnen vorgefallen, und gestand sogar etwas resigniert: „Du siehst noch bedeutend jünger aus als ich. Natürlich, du hast ja auch keine Sorgen."

Irene merkte, wie etwas Kaltes in ihr hochkroch. Sie empfand kaum, daß diese elegant gekleidete Frau, an deren Schläfen sich schon die ersten feinen Falten zeigten, ihre Schwester war.

„Ich nehme nicht an, Hermine, daß du hierhergekommen bist, um mir das zu sagen."

Hermine lächelte etwas süßsauer. „Natürlich nicht. Aber hast du nicht einen Jungen?" Irene schwieg einen Augenblick. Dann hob sie die Augen. „Doch, ich habe einen Jungen."

„Ich habe drei. Zwei Buben und ein Mädel, eine Irene übrigens. Ja, ja, wir einigten uns, daß sie deinen Namen tragen soll."

„Ich weiß zwar nicht, wie ich zu dieser besonderen Ehre komme, aber immerhin —"

„Du bist aber doch nicht verheiratet?" unterbrach sie die Schwester schnell.

„Ich bin — nicht verheiratet."

„Sei froh, man hat bloß Ärger mit den Ehemännern. Was sagst du übrigens zu Holms Entwicklung?"

„Ich bin darüber nicht informiert."

„Also immer noch böse?"

„Böse? Nein. Weißt du, ich habe das in den hintersten Winkel meiner Vergangenheit gestellt und denke überhaupt gar nicht mehr daran."

Nun war es soweit, daß Hermine den wahren Zweck ihres Kommens nicht mehr verschleiern wollte. Mit harter Betonung sagte sie: „Natürlich, du hast ja keine Zeit, dich um deine Verwandtschaft zu kümmern. Die große Irene Haydenegger hat es nicht nötig, sich daran zu erinnern, daß Wolfgang Holm sich einmal ihrer Protektion erfreute. Lieber fördert man unbekannte junge Talente wie diesen Weihmann."

Irene stand auf und antwortete zornig: „Das kann ich halten, wie ich will. Auf alle Fälle hat Herr Weihmann bewiesen, daß er etwas kann. Aber bitte — keine Umschweife. Sag mir, was du von mir willst."

Hermine öffnete ihr Zigarettenetui. „Du gestattest doch? — Was ich von dir will? Das ist eigentlich gleich gesagt. Du sollst uns helfen, daß Wolfgangs Stück ‚Die Magd' am neuen Schauspielhaus herauskommt."

„Du vergißt, daß ich darüber nicht entscheiden kann. Dieses Stück wurde vor Jahren von Herrn von Halwig abgelehnt."

„Weil man es damals noch nicht verstand. Jetzt aber ist das Tor aufgeschlossen, der Weg für die jungen Kräfte ist frei. Und dein Einfluß auf die Leitung des Theaters ist doch groß. Es wäre dir also ein Leichtes, dich für Holm einzusetzen."

„Du schätzt meinen Einfluß zu hoch ein. Ich kann Herrn von Halwig meine Auffassung über ein Stück wohl unterbreiten, aber die Verantwortung hat dann doch er zu tragen."

„Sag doch gleich besser, du willst nicht."

„Das könnte ich sagen, ja. Aber weil du es doch nur so auffassen würdest, als wollte ich mich rächen, will ich mich für die Sache einsetzen, und es würde mich freuen, wenn es der gleiche Erfolg würde wie ‚Regina'."

„Dann darf ich dir das Manuskript gleich hierlassen?"

„Nein, reiche es nur der Intendantur ein. Ich werde dann mit Herrn von Halwig drüber sprechen."

„Schön, dann kann ich ja wohl wieder gehen?"

Irene gab keine Antwort, sondern ging ans Fenster und zupfte ein paar welke Geranienblüten ab.

Im selben Augenblick kam Thomas hereingestürmt. Er beachtete den Besuch gar nicht, sondern lief gleich auf seine Mutter zu.

„Mutti, darf ich noch eine Stunde zum Spielen fort?"

Lächelnd strich ihm Irene über das lockige Haar. „Hast du denn deine Aufgaben schon gemacht, kleiner Räuber?"

„Noch nicht. Aber ich mach sie schon, am Abend!"

„Nein, nein, mein Guter. Erst kommt die Arbeit, dann das Spiel. Wenn du fertig bist, kannst du meinetwegen noch eine Stunde fort."

„Willst du ihm denn nicht sagen, daß ich seine Tante bin?" ließ sich Hermine vernehmen und trat neben den Knaben. „Oder weißt du gar nicht, daß du eine Tante hast?"

„Nein", sagte Thomas und ließ seine dunklen Augen über Hermines elegante Gestalt hingehen.

„Mach deine Aufgaben jetzt", sagte Irene und schob den Knaben fort.

Als sich die Tür hinter ihm schloß, meinte Hermine: „Die hohe Stirn und die Partie um den Mund hat er von dir. Aber die Augen erinnern ganz an Ludwig Kappler."

Irene ging nicht darauf ein, sondern sagte: „Ich werde also in deiner Angelegenheit zu erreichen suchen, was möglich ist." Sie öffnete dabei die Glastür, vielleicht um frische Luft hereinzulassen, vielleicht aber auch, um damit eindeutig darzutun, daß sie die Unterredung für beendet betrachtete.

Der Abschied war noch um einige Grade kühler als der Empfang. Hier fühlte Irene eigentlich erst, wie vollständig sie die Schwester aus ihrem Leben verloren hatte. Es war, als ginge ein fremder Mensch von ihr, mit dem sie nie etwas gemein gehabt hatte.

Aber sie stand zu ihrem Wort. Holms Stück „Die Magd“ hatte in den Jahren, da es im zweiten Fach seines Schreibtisches geschlafen hatte, nicht an Wert gewonnen. Herr von Halwig entschloß sich nur nach langem Zögern, und nur weil er der Haydenegger einen Gefallen tun wollte, zur Annahme des Stückes, allerdings unter der Bedingung, daß sich der Autor zu vielen Streichungen und Änderungen bereit erklärte.

Holm tat geflissentlich alles, was man von ihm verlangte. Irene empfand fast einen Ekel vor soviel Bereitwilligkeit. Wo der junge Weihmann verbissen um jeden Satz kämpfte, den man ändern wollte, gab Holm knieweich wie ein lendenlahmer Greis nach, der bloß vor seinem Absterben noch eine glückliche Stunde erreichen wollte.

Die Wochen gingen hin. Die Uraufführung fand statt. Sie wurde ein riesiger Reinfall. Tags darauf schrieb Dr. Klucke in den Neuesten Nachrichten:

„Es ist unverständlich, wie eine Darstellerin vom Format einer Haydenegger mit einer solchen Rolle gequält werden durfte. Sie gab sich zwar alle erdenkliche Mühe, aber aus dieser schablonenhaften Magdrolle konnte auch sie mit dem besten Willen nichts herausholen. Dieses Stück hätte nur einen Vorteil gehabt, wenn es nie geschrieben worden wäre. Herr von Halwig, wir warnen vor solchen Experimenten, die weiter nichts sind als eine Verhöhnung des Publikumsgeschmacks. Einzig und allein der großen Beliebtheit der Künstlerin Irene Haydenegger ist es zuzuschreiben, daß sich das Publikum so diszipliniert verhielt und nicht schon nach dem zweiten Akt ein Pfeifkonzert veranstaltete. Das Stück kann man nicht einmal mit Ehren begraben. Aber man lege ihm wenigstens als Trost die Blumen des gestrigen Abends auf das Grab."

Irene fühlte sich zutiefst getroffen, nicht der Kritik wegen, nein, sie entsprach vollkommen der Wahrheit. Sie schämte sich nur, daß sie sich für etwas aufgeopfert hatte, obwohl sie gefühlt hatte, daß es ein Reinfall werden müsse.

Zum Dank dafür schrieb ihr Hermine einen Brief, in dem sie Irene die ganze Schuld zuschob. Sie habe den Intendanten solange beeinflußt, Änderungen und Streichungen vorzunehmen, bis vom wirklichen Kern des Stückes nichts mehr übrigblieb. Sie habe dies mit voller Absicht getan, um kleinliche Rache zu üben. Leider sei ihr das gut gelungen, aber ein Genie zerbreche ja gottlob nicht an kleinlicher Rache.

Das Genie Wolfgang Holm kehrte bald darauf mit seiner Familie dieser undankbaren Stadt den Rücken. Es war das Letzte, was Irene von der Familie Holm hörte.

Aus dieser Angelegenheit aber zog sie die Erkenntnis, daß es nicht gut war, wenn man das Wort vom Helfen allgemein anwenden wollte. Helfen hatte nur einen Sinn, wenn es sich wirklich um etwas Großes handelte, wenn es sich wirklich lohnte, alles Können dafür einzusetzen.

Aber sonst — nein, es klopfte keiner vergebens an ihre Tür. Für notleidende Künstler hatte sie stets eine offene Hand. Sie half, wo es anging, und durch ihre Vermittlung war schon mancher wieder zu einem festen Engagement gekommen.

Nur einem konnte sie keine Hilfe geben. Er blieb verschollen. Und gerade ihm hatte sie alles aufbewahrt, was an Güte in ihrem Herzen war. Auch die Liebe.

Dabei war ihr Ludwig Kappler näher, als sie ahnte.

20.

Über dem Kloster lag der Glanz eines schönen Spätsommertages. Die Glocken hatten einen friedsamen Klang und ließen ihr Mittagsläuten wie eine wundersame Botschaft durch den hellen Tag ertönen.

Um so eine Mittagsstunde geschah es, daß die Kutschenpferde des Klostergutes vor einem vorbeifahrenden Auto scheuten und durchgingen. Der stämmige

Knecht riß verzweifelt an den Zügeln, und ein paar junge Nonnen, die mit auf dem Fuhrwerk saßen, stießen helle Schreie um Hilfe aus. Das leichte Gefährt kam immer mehr ins Schleudern, und es war leicht abzusehen, wann es sich überschlagen würde.

Da stand plötzlich ein Mann mitten auf der Straße und warf sich den rasenden Pferden in die Zügel. Das Gefährt kam dadurch zum Stehen, aber der Fremdling lag blutüberströmt im Straßengraben und gab kein Zeichen des Lebens mehr von sich. Auch dann nicht, als man ihn in einer leeren Knechtskammer des Klostergutes sorgsam gebettet hatte. Ein paar Arbeitsschwestern wuschen ihm das blutüberströmte Gesicht, die Mutter Oberin kam vom Kloster herüber und ließ sich den Vorfall berichten, ließ einen Arzt rufen und ordnete sorgsamte Pflege an.

Die ruhige, etwas dunkle Stimme der Oberin hörte Ludwig Kappler wie aus weiter Ferne in sein dämmerndes Bewußtsein dringen. Als er aber ganz zu sich kam, war niemand um ihn. Er hob sich ein wenig in den Kissen auf, stöhnte über die Schmerzen im Rücken, aber er ordnete nun seine Gedanken in klarer Reihenfolge.

Von weither war er gewandert. Er wollte nur einmal noch in der Nähe der geliebten Frau sein und dann wieder weiterwandern, dem Ende zu. Nun hatte es das Schicksal doch anders bestimmt. Hier lag er nun und konnte durch das kleine Fenster hinüberblicken auf das weiße Haus am Römerberg. Ein roter Glanz brach aus den Fenstern, und Kappler schloß daraus, daß es Abend sein mußte.

Da öffnete sich leise die Tür, und in Begleitung des Hausmeisters erschien die Mutter Oberin. Ihr Gesicht war etwas gerötet, ihr Kleid war weiß, blütenweiß. Mit ihrer dunklen Stimme fragte sie aus drei Schritt Abstand zum Bett hin: „Wie geht es Ihnen? Brauchen Sie etwas? Ich bitte, jeden Wunsch zu äußern.“

„Nein, danke, ich brauche nichts.“

„Gott der Herr hat seine Hand noch einmal schirmend über Sie gehalten“, sagte sie jetzt. „Sie sollen ganz gesund werden hier. Wir werden für Sie beten. Durch Ihr Eingreifen haben Sie ein großes Unglück verhindert. Wie ist Ihr Name, bitte?“

„Ich heiße — Ka — Karl Westner.“

„Haben Sie Angehörige? Sollen wir jemand benachrichtigen?“

„Nein — ich habe niemanden.“

„Herr Verwalter, sehen Sie zu, daß unbedingte Ruhe herrscht in diesem Flur. Die Pflege wird von Schwester Seraphin übernommen. Gelobt sei Jesus Christus.“

Die Tür schloß sich wieder hinter der hohen, weißen Gestalt und dem Mann, der sich hier Verwalter nennen durfte, wenngleich sein Dienst über den eines Hausmeisters kaum hinausreichte; denn was hier verwaltet werden mußte, geschah im Willen dieser Mutter Oberin, die ihr Orden trotz ihrer Jugend schon mit diesem hohen Rang bedacht hatte.

Sie kam nie mehr herüber in das Gesindehaus des Klostergutes, das wie ein abgezweigter Flügel des eigentlichen Klosters etwas abseits, aber auch noch von der hohen strengen Mauer umschlossen war. Schwester

Seraphin war alt und wie eine wirkliche Mutter. Unter ihren Händen genas Ludwig Kappler, der sich in einer blitzschnellen Eingebung des Namens eines längst verstorbenen Kollegen bedient hatte, sehr schnell. Als die letzten Spätsommertage bis in die hohen Vormittagsstunden hinein von dichten Herbstnebeln erdrückt wurden, konnte er am Nachmittag schon in der Sonne sitzen.

Zur Not hätte er eigentlich schon wieder weiterziehen können. Aber das Kloster wollte seinen Dank für seine Tat über Gebühr hinaus ausdehnen, zumal er sich durch kleine Arbeiten recht nützlich machte. Und überdies gab es für ihn soviel zu sehen, was sich da drüben in der Römerbergvilla abspielte. Zuweilen trat eine große schlanke Frau auf die Terrasse. Ihr Haar leuchtete im Licht der Sonne, und ihre Stimme kam ungebrochen über den Taleinschnitt herüber. Beim Klang dieser Stimme hob der Mann an der Klostermauer wohl den Kopf, und es kam ein heller Schein in seine müden Augen.

Es war nicht einsam um diese Frau da drüben. Zuweilen sah man Wagen vorfahren, und von der Terrasse herüber klangen die Weingläser. Bedeutende Männer waren um Irene Haydenegger, aber man wußte nicht, welcher dieser Herren ihr zugehörig war. Ludwig Kappler konnte auch nie herausfinden, wem der Junge gehörte, der durch den Garten tobte und dann wieder artig am Tisch der Großen sitzen durfte, wenn der Kaffee auf der Terrasse aufgetragen wurde. Nein, Kappler konnte sich das nicht zusammenreimen, und fragen wollte er niemanden. Wer hätte hier auf diesem Klostergut auch schon Bescheid gewußt? Die jungen Arbeitsschwestern, die vom Kloster herübergeschickt wurden, um säen und ernten zu helfen, waren züchtige Halbnonnen, die in ihrem grauen Arbeitskleid gehorsam Gott zu dienen suchten, nur von dem frommen Wunsch beseelt, bald in den Kreis derer aufgenommen zu werden, die sich der Welt vollständig abgewandt hatten und nur noch in blütenreinem Weiß gingen. Sie wagten nicht einmal ein Lächeln, wenn einer der Klosterknechte ein Wort vom wirklichen Leben hinwarf.

Diese Knechte waren vorsichtig ausgewählt. Es durften keine lauten, lärmenden Männer sein, denen die Achtung vor den grauen und weißen Kleidern dieses Reiches fehlte. Sie standen gewissermaßen nur zu einem Teil im wirklichen Leben, obwohl ihnen eigentlich die Freiheit nur in einem geringen Maße beschnitten war. Sie konnten sonntags in die Stadt gehen, sie konnten sogar der Liebe nachgehen. Hier aber konnten und durften sie nichts anderes sein als Klosterknechte, die alle Leidenschaften vor der Gemarkung des Klosters liegenzulassen hatten. Sie fuhren mit den schweren belgischen Pferden über die weitgestreckten Felder und Äcker und dienten Gott auf ihre Weise, indem sie der Erde dienten.

Kappler suchte und fand keine Gemeinschaft mit ihnen. Er ging schweigsam durch den Tag. Was ihm an leichter Arbeit zufiel, tat er ohne Auftrag in stiller und geduldiger Weise, war aber in seiner Art noch schweigsamer als die Schweigsamsten dieses Hauses, die man zuweilen drüben betend durch den Klostergarten schreiten sah. Er saß in seinen freien Stunden wie ein stiller Büßer auf der Bank unter den Trauerweiden. Dort geschah es auch, daß sich einmal einer von den Knechten zu ihm setzte. Von dieser Stunde an wurde Ludwig Kappler noch schweigsamer und bedrückter, denn dieser Mann zog mit seinem Wissen einen dunklen Schleier von Kapplers Seele fort, indem er ihm ungefragt eine schönklingende Legende unterbreitete, die Legende vom Haus am Römerberg.

„Du sitzt so oft hier", begann der Knecht. „Gibt es denn da drüben auf dem Römerberg etwas zu sehen für dich?"

„Nicht mehr als für andere", erwiderte Kappler. „Bist du schon lange hier auf dem Klostergut?"

„Schon bald an die zwanzig Jahre."

„Dann weißt du auch, wer da drüben wohnt?"

„Wie sollte ich nicht wissen, was jeder hier weiß." Der Knecht sah, wie es flüchtig über das Gesicht des anderen hinzuckte, und folgte der Richtung seines Blikkes. „Irene Haydenegger", sagte der Knecht. „Du hast sicher schon von ihr gehört. Die Schauspielerin Irene Haydenegger."

„Vielleicht — ich weiß es nicht genau."

„Ihr gehört das Haus da drüben jetzt. Früher hat es einem gewissen Kappler gehört, der irgendwo in der Welt untergegangen ist."

Kappler schloß die Augen. Sein Bart hing ihm wie zerzaustes Seegras über die schmal zusammengepreßten

Lippen. Ohne die Augen zu öffnen, fragte er: „Ist sie verheiratet — diese Frau da drüben?“

„Nein. Es heißt, sie habe in ihrem Leben nur einmal einen Mann geliebt.“

„Wer wollte das wissen?“ fragte Kappler rauh.

„Das ist so durchgesickert. Dieser Mann soll Kappler gewesen sein — jener Kappler, der verschwunden ist. Vielleicht hast du schon den Jungen da drüben gesehen? Er kommt auch hier zuweilen vorbei. Den soll sie von diesem Kappler haben.“

„Nein! Das ist nicht wahr!“ schrie Kappler auf, als hätte man ihn eines gräßlichen Verbrechens bezichtigt.

Verwundert schaute ihn der andere von der Seite an, zuckte mit den Achseln und meinte: „Die Grenze zwischen Wahrheit und Gerede ist oft so eng gezogen, daß man sie nicht unterscheiden kann. Aber mancher von uns hat den Kappler noch gekannt — er kam ja auch oft hier vorbei — und wenn man sich den Jungen genau ansieht, findet man schon eine verdammte Ähnlichkeit. Aber was kümmert es uns? Wir stehen abseits vom Leben dieser Großen. Was man unsereinem als Schuld ankreiden würde, ist bei ihnen kaum der Rede wert.“

„Denkst du?“ sagte Kappler und lachte grell auf. Dann erhob er sich. Sein Gesicht war plötzlich ganz mager und mauerbleich. Die Hände hatten sich zu Fäusten zusammengekrallt. Ohne noch ein Wort zu sprechen, ging er davon, mit langsamem Schritt und hochgezogenen Schultern, wie ein alter Mann.

Hatte die Welt plötzlich ihr Gesicht verändert? Stand denn nicht alles still: der Atem des Windes, die

Wolken des Himmels, die Sonne in ihrem ewigen Kreislauf?

Nein, alles ging weiter, wie es seit Jahrtausenden dahingegangen war, ohne Rücksicht auf Schuld und Irrtum der Menschen.

Ludwig Kappler ging in seine Knechtskammer, in der der Boden immer blank gescheuert war und nach Lauge roch, in der über dem einfachen Bett aus groben Fichtenbrettern ein großes Kruzifix hing wie in allen Kammern und Winkeln dieses Hauses. Die schmalen Schränke aus rohgehobelten Brettern waren wohl nirgends so bescheiden wie hier, wo alles den Anschein von Armut erwecken sollte. In diesem Schrank hatte Ludwig Kappler ein kleines schwarzes Buch versperrt. Das nahm er jetzt heraus und schlug es auf. Die halbe Nacht durch las er darinnen, er ging gewissermaßen sein ganzes verpfuschtes Leben durch, angefangen von dem Augenblick, da Mia Konvelli ihn in kalter Grausamkeit ins Leere stieß, bis zu dem Tag, als man ihn schwerverletzt hierherbrachte.

Als er zu Ende gelesen hatte, zog er einen dicken Doppelstrich unter das Geschriebene und bezeichnete die neue Seite mit Nummer 1, weil ihm schien, daß er nun ein ganz neues Kapitel zu schreiben habe, und wäre es nur der Schlußakt des Schauspiels seines verpfuschten Lebens.

*

O ja, es gab nun eine ganze Menge einzutragen in dieses Tagebuch, dem er eigentlich den Namen Nachtbuch hätte geben sollen, denn nur in den stillen Nachtstunden saß er darüber und schrieb mit steilen Buchstaben alles ein, was ihn bewegte und erschütterte.

6. November.

Heute traf ich den Knaben Thomas. Er ist ein eigenartiges Kind, für sein Alter geistig schon mächtig entwickelt. Man könnte fast alles mit ihm besprechen. Nur das eine nicht — was er nie erfahren darf, nämlich, daß er mein Sohn ist. Ja, ich schreibe dies heute mit grimmiger Erkenntnis nieder, weil es so sein muß. Ich habe nach seinem Geburtstag alles genau berechnet. Ein Irrtum ist ausgeschlossen. Freilich, eine Ähnlichkeit festzustellen — wie könnte man das? Er ist wie ein blühendes Wunder im Vorfrühling, ich bin ein verwittertes Wrack. Er hat Vertrauen zu mir gefaßt und will wiederkommen. Und das ist die Hauptsache.

15. November.

Habe heute mit Thomas lange vor dem Spiegel gestanden und mein Gesicht nah an das seine gehalten. Weiß Gott, unsere Augen sind ganz gleich. So wie er muß ich als Knabe gewesen sein. Wie mich das Anschmiegen an seine Haut berührt hat! Da fühlte ich zutiefst, daß er ein Teil von mir ist. Ich hätte unendlich zärtlich sein mögen zu ihm. Sein Wesen ist wie ein Echo meiner Seele. Nie hätte ich geglaubt, daß es so schwer ist, etwas verbergen zu müssen. Aber ich muß ja. Muß ich denn wirklich?

19. November.

Heute bat mich der Knabe Thomas, daß ich ihm etwas aus meinem Leben erzähle. Du liebe Einfalt! Wie könnte ich das? Wie könnte ich diesen Knaben, an dem alles so hell und klar ist, in das Bergwerk meiner Seele steigen lassen? Es gibt keine schimmernden Tropfsteinhöhlen dort und keine Goldadern. Da muß ich schon zur Lüge greifen. Und ich erzählte ihm die Geschichte von einem Mann und einer Frau, die einander unsagbar liebten. In ein solches Gewand gekleidet klingt meine Schurkentat wie ein schönes Märchen. Bei Gelegenheit will ich ihm einmal Peer Gynt vorlesen. Aber ich glaube kaum, daß dieses Buch des Weltenwanderers in der Klosterbibliothek zu finden sein wird. Dumm ist nur, daß mich neuerdings so seltsame Rührung übermannt, wenn Thomas bei mir ist. Vielleicht saufe ich wieder. Das hat mir schon über so vieles weggeholfen. Es gibt einige ausgezeichnete Liköre im Kloster. Sind nur schwer zu haben für unsereinen.

22. November.

Herr, erbarme dich meiner. Was muß ich noch alles erfahren? In Muttis Schlafzimmer, erzählte mir heute Thomas, hänge das Bild eines Mannes, der die gleichen Augen habe wie ich. Daß sie mich noch liebt, glaube ich nicht. Sie wird es nur im Erinnern an einen toten Kollegen aufbewahrt haben. Immerhin ist diese Feststellung wert, einige Schnäpse zu trinken. Prosit, du schönes, verfluchtes Leben!

3. Dezember.

Der Knabe Thomas hängt mit einer großen Liebe an seiner Mutter. Er malt ihr Bild in den schönsten Farben.

Sie muß eine Mutter von seltener Güte, gerechtester Strenge und ein Vorbild in jeder Hinsicht sein. Es ist charakteristisch für sie, daß sie sich aus ihren Erfolgen gar nichts macht, obwohl ihr Leben eine einzige Kette höchster Ehrungen ist.

Im Auftrag der Mutter Oberin wurde mir heute vom Verwalter mitgeteilt, daß ich mich entscheiden sollte, ob ich noch länger hierbleiben wolle.

Natürlich wollte ich das. Es wird mich doch um Gottes willen jetzt nicht jemand von dem Knaben — von meinem Jungen — wegreißen wollen?

12. Dezember.

Die Tage meines Daseins werden allmählich zu einer köstlichen Komödie. Thomas hat seiner Mutter von mir erzählt, und es ist wiederum bezeichnend für ihre Einfachheit, daß sie nichts Unehrenhaftes finden kann an der innigen Freundschaft ihres Jungen mit einem minderen Klosterknecht. Obwohl es in seiner zweiten Schulklasse noch nicht verlangt wird, will er von mir Englisch lernen. Was würde ich lieber tun als dies! So lange ich lebe, will ich nun hierbleiben. Die Entwicklung meines Knaben will ich von meinem Platz aus ganz unbemerkt, aber zielbewußt lenken. Aus ihm soll das werden, was ich nicht erreichte: ein ganzer Mensch. Es wird immer klarer in mir. Die Schrecken werden kleiner, das belebt mich irgendwie.

16. Dezember.

Man soll sich nie zu früh freuen. Das Schicksal war mir nie gut gesinnt, aber nun spielt es mir einen Riesenstreich. Irene hat ihrem Knaben die Wahrheit gesagt. Jawohl, Thomas sagte mir heute, daß der große Schauspieler Ludwig Kappler sein Vater gewesen, aber längst gestorben sei. Warum sie gerade jetzt dem Knaben dies erzählte? Vielleicht hielt sie ihn schon reif genug zur Wahrheit, oder wollte sie dem Geschwätz lieber Mitmenschen vorbeugen, damit dem Knaben das Andenken an seinen Vater nicht verzerrt würde. Nun weiß er es also, und — ich weiß es auch. Alle Zweifel sind nun ausgeschlossen. Prosit, geliebtes, liebes Leben! Dein Sinn besteht darin, daß man fruchtbar zu sein und sich zu vermehren habe. Halli-hallo! Ich habe mich vermehrt. Mein Liebchen, was willst du noch mehr? — Dieser goldbraune Klosterlikör schmeckt verteufelt gut. Er geht so schwer ins Blut und stimmt melancholisch. Aber ich glaube, er greift auch die Magenwände an mit der Zeit. — Natürlich werde ich nicht nach dem Römerberg gehen, obwohl ich eingeladen bin.

19. Dezember.

Sie läßt nicht nach. Sie will den Freund ihres Sohnes kennenlernen und läßt mir zum zweiten Male durch ihn sagen, daß ich am Heiligabend kommen solle. Das fehlte mir gerade noch! Es wäre zwar keine Gefahr, daß ich erkannt würde, aber es ist mir doch unbehaglich dabei zumute, denn schließlich — nicht wahr, es war doch einmal mein Haus. Selma Marlene hat darin gewohnt und ist darin gestorben. Und es lebt jetzt die Frau dort, die ich einmal wahrhaftig liebte. Warum fällt mir gerade in letzter Zeit so oft ein, daß es doch besser gewesen wäre, wenn ich Selma Marlene nicht vorgegriffen hätte, als sie das Gift in das Glas warf? Wieviel wäre mir und ihr erspart geblieben! Nein, ich werde nicht hingehen. Aber ich habe Thomas etwas zu schenken. Ich habe einen Hirtenknaben geschnitzt aus hartem Nußbaumholz. Kein großes Kunstwerk, ich bin kein Michelangelo. Aber er wirkt sehr natürlich und hat vollständig den getreuen Ausdruck eines Wächters. Zuerst hatte ich es mit einer Madonna versucht. Aber es ist doch zu wenig Frömmigkeit in mir. Ich glaube, für solche Sachen muß man innerlich ganz aufgeschlossen sein und ohne Wankelmut glauben können. Meine Madonna war zu plump, es fehlte ihr das Reine, sie hatte ein verknittertes Gesicht, ähnlich wie die Nonne Seraphine, die mich immer noch wie eine Mutter umsorgt. Ich weiß nicht, was diese stillen Frauen haben, daß sie mir alle gut sind.

22. Dezember.

So sei es denn. Nein, ich kann mich nicht mehr darum herumdrücken. Heute schickte mir Irene Haydenegger durch ihren Sohn — durch unseren Sohn — ein Brieflein, worin sie mich dringend bittet, den Heiligabend mit ihnen zu verleben. Thomas habe ihr nun schon soviel Gutes von mir erzählt, daß sie mich endlich kennenlernen müsse. Also, was soll ich tun? Ich fühle jetzt schon, daß ich hingehen werde — nicht ich, Ludwig Kappler, sondern eine ausgebrannte Form, ein Mensch, der vergebens nach einem neuen Sinn seines verplemperten Lebens sucht. Ich muß nicht ihretwegen gehen, sondern ich darf meinem Thomas die Freude nicht verderben. Wohlan denn! Ich will mich besinnen, wer ich einmal war. Ich will wahrhaftig nicht umsonst der große Schauspieler gewesen sein, vor dem sich einmal

Tausende von Herzen in Ehrfurcht neigten, wenn aus meinem Munde die unsterblichen Worte großer Dichter ihre Seelen anrührten. Nun will ich das letzte große Spiel meines Lebens spielen, Irene Haydenegger. Ich will dein Gast sein, und du wirst nie erfahren, wen du geladen hast. Ich will meine große Maske tragen. Ich werde in dein Haus kommen, das einmal mein Haus war und das unser gemeinsames Haus hätte werden können, wenn das Negative meines Lebens das Gute nicht zu stark überwogen hätte.

23. Dezember.

Morgen werde ich zum Römerberg gehen. Ich habe mir schon alles genau ausgedacht. Meine Rolle ist gut einstudiert. Ich werde wieder aus ihrem Hause gehen, so wie ich es betrete, denn — sie liebt mich noch, trotz allem. Seit ich das weiß, bin ich ruhiger. Ihr Mitleid würde den Ekel überwinden. Und das darf nicht sein. Dein Wein, liebe Solveig, ist reif — aber ich habe nicht mehr den Mut, ihn zu trinken — —

Hier brachen die Aufzeichnungen des Klosterknechtes Karl Westner — Ludwig Kappler ab.

21.

Jedes Jahr am Heiligabend war es Brauch, daß die Hofknechte hinübergebeten wurden in den großen Saal zur Bescherung. Neun Knechte umstanden den Baum und fühlten sich bei dem steifen Zeremoniell sicher nicht ganz wohl. Auf der linken Seite standen die Arbeitsschwestern, in düsteres Grau gehüllt, auf der rechten die Nonnen in feierlichem Weiß. Sie standen unbeweglich wie Tempelsäulen und fielen mit hellen, engelreinen Stimmen ein, als das Harmonium das Weihnachtslied anstimmte.

Hernach reichte die Mutter Oberin jedem der Knechte in Schüsseln aus weißer Pappe die Geschenke und sagte, daß im Nebenraum der Tisch gedeckt sei zum Abendbrot.

Als Beschenken, Singen und Abendbrot vorüber war, zogen die Knechte wieder hinüber in den Hof, um noch auf ihre Weise beisammen zu sein. Sie vermißten dabei den Letzten ihrer Knechtsgemeinschaft nicht, weil er ja immer allein ging. Sicherlich saß er nun wieder droben in seiner Kammer. — —

Nein, diesmal hatten sie nicht recht, denn gerade um diese Zeit trat Ludwig Kappler durch die hintere Tür des Stalles in die kaltglitzernde Nacht hinaus. Zärtlich barg er in seinem Mantel den Hirtenknaben aus Nußbaumholz.

Kalt und beinahe weiß stand der Mond am Himmel. Der Schnee krachte bei jedem Schritt. Nun stand der Mann am Tor und stampfte ärgerlich mit dem Fuß auf. Es war verschlossen. Sonst war Torschluß erst um zehn Uhr, aber heute hatte man schon mit einfallender Dämmerung geschlossen, weil es doch an diesem Abend niemandem einfallen würde, das Reich des Friedens zu verlassen.

Umkehren konnte er nicht mehr. Er mußte auftreten, mußte die große Szene seines Schauspiels spielen. Eine kleine Weile stand er unschlüssig in der klirrenden Kälte. Reif fiel in seinen Bart und überdeckte seine Augenbrauen.

Am Torbalken versuchte er es zuerst. Es ging nicht. Der Stamm der Trauerweide war barmherziger. Er ließ ihn hochkommen und erlaubte ihm ein Hinschwingen auf die Mauer.

Da stand er nun oben. Er griff ängstlich nach seiner Brusttasche, ob er das Hirtenknäblein noch bei sich trage.

Von seiner hohen Warte aus sah er über das weiße glitzernde Land hinaus. Die Stadt war ein einziges Lichtmeer. Weiß und feierlich lag das Mondlicht über dem Haus am Römerberg. Das alles genoß er noch einmal in stillem Schauen.

Dann sprang er. Und blieb mit einem leisen Aufschrei liegen — —

So fanden sie ihn am Morgen des anderen Tages. Und niemand wußte so recht, ob es vom Sturz gekommen oder ob er erfroren war. Jedenfalls lag er nun in der kleinen Halle neben der Klosterkirche auf hartem Schragen, und zwei Kerzen brannten neben seinem bleichen Gesicht.

*

Irene Haydenegger wunderte sich ein wenig, als die Oberin des Klosters Maria Zell sie bitten ließ, bei ihr vorzusprechen. Sie ahnte zwar, daß es irgendwie mit dem ihr unbekannten Mann zusammenhängen mochte, der ihrem Thomas Freund geworden war und den sie für den Weihnachtsabend eingeladen hatte, ohne daß er gekommen war. Auffallend war nur, daß man sie deswegen zu einer festgesetzten Stunde ins Kloster bestellte.

Man hieß sie in einem Vorraum einen Augenblick warten. Die Mutter Vorsteherin werde sofort verständigt werden. Dann wurde sie in ein kleines, helles Zimmer geführt. Die Vorsteherin stand am Fenster und drehte sich bei ihrem Eintreten um. Ihre Hand spielte ein wenig verlegen mit dem Kreuz, das sie an schmaler Kette um den Hals trug.

„Sie sind Frau Haydenegger? — Ich habe Sie hierherbitten lassen um einer traurigen Sache willen. Einer unserer Hofknechte wollte am Heiligabend zu Ihnen kommen. Dabei ist ihm ein Unglück zugestoßen. Aber bitte, nehmen Sie doch Platz."

„Ich bitte zu entschuldigen, wenn ich mit dieser Einladung gegen die Regel des Klosters verstoßen haben sollte", sagte Irene schnell.

„Nein, nein, keineswegs. Die Angestellten des Klosters sind an die Ordensregel nicht gebunden. Leider versuchte dieser Mann auf eine etwas ungewöhnliche Weise über die Mauer zu kommen. Er hätte ohne weiteres den Torschlüssel haben können. Ich bedaure den Vorfall sehr. Sie hatten keine Ahnung, wen Sie zu sich geladen hatten?"

Irene wurde nun doch ein wenig unruhig.

„Aber nein — das heißt, mein Sohn hatte sich mit ihm befreundet und mir so viel Gutes von ihm erzählt, daß ich ihn auch kennenlernen wollte. Ich bitte Sie, jedes Mißtrauen fallen zu lassen. Kann ich den Mann sehen — in Ihrer Gegenwart vielleicht sprechen, Frau Oberin?"

„Nein — das können Sie nicht mehr. Der Mann ist tot."

„Um Gottes willen! Wie geschah das?"

„Er ist von der Mauer gestürzt und hat sich schwere innere Verletzungen zugezogen. Nach ärztlicher Feststellung aber ist er dann erfroren. Wissen Sie den Namen dieses Mannes?"

„Nein. Doch, ich glaube, mein Junge sagte einmal — Karl Westner, oder so ähnlich."

Nun entkleidete sich die Mutter Oberin ihres letzten Restes anerzogener Steifheit und wurde wirklich Mutter, mitfühlende Mutter und Frau.

„Nein, dieser Mann war Ludwig Kappler." Ihre Hand griff schnell über den Tisch herüber, als sie das Erblassen sah. Mit beiden Händen umschloß sie Irenes Hände. „Gott ist in seinem Walten unerforschlich. Er rief diesen Menschen in einer heiligen Stunde zu sich. Wir wollen es als ein Zeichen seiner Güte betrachten. Weinen Sie sich ruhig aus, das lindert den Schmerz."

Mit übermenschlicher Gewalt wollte Irene sich beherrschen. Aber unaufhaltsam rannen jetzt die Tränen aus ihren Augen. Und dann preßte sie mit einem harten Aufschluchzen ihren Kopf auf die tröstenden Hände der Mutter Oberin, die sie ruhig gewähren ließ.

„Kann ich ihn sehen?“ fragte sie nach einer langen Weile.

„Natürlich können Sie es. Dieser Mann hat den Frieden gesucht, und ich glaube, daß er ihn bei uns gefunden hat. Ich habe deshalb auch beschlossen, ihm in unserem Friedhof hier einen Platz anzuweisen, es sei denn, daß Sie es anders wünschen.“

„Nein, bitte, nur kein Aufsehen.“

Die Oberin stand jetzt auf und öffnete ein verschlossenes Kästchen an der Wand. „Dann hätte ich Ihnen hier noch etwas zu überreichen. Es hat niemand darin geblättert als ich. Ich halte es für meine Pflicht, es Ihnen auszuhändigen. Es steht von Schuld und Sühne und Liebe darin geschrieben. Auch diesen kleinen Hirtenknaben fand man bei ihm. Vermutlich sollte es ein Geschenk für den Jungen sein. Und nun kommen Sie, ich werde Sie zu ihm führen.“

Da lag er nun, ein stiller, schlafender Peer Gynt, mit einem leisen Lächeln um den Mund. Es blieb ein Geheimnis, woher er dieses Lächeln noch genommen. Vielleicht hatte er in letztem Aufrichten noch die brennenden Lichter des Weihnachtsbaumes auf dem Römerberg geschaut.

Irene stand steinern und unbeweglich vor ihm. Sie suchte aus diesem schlafenden Gesicht jenes andere Gesicht herauszufinden, das dieser Mann einmal wirklich getragen hatte. Es war von den Jahren verändert worden, und nur ihre Liebe sah, was anderen verborgen blieb. Es war Ludwig Kappler, ja, er war es.

Die Kerzen brannten still und feierlich und warfen

einen hellen Schein auf dieses Gesicht, aus dem im Tode noch Gesicht um Gesicht aufblühte; die Gesichter Peer Gynts, Orests, König Lears und wie sie alle hießen. Und sie sah auf seine auch im Tode noch schönen Hände, die über der Brust friedvoll gefaltet waren und ein kleines Kreuz hielten.

„Warum hast du nicht heimgefunden, lieber Peer?" fragte sie in sein stilles Gesicht hinein. „Hast du denn nie gefühlt, daß ich auf dich gewartet habe — so wie nur Solveig auf ihren Peer warten konnte? Alles wäre für dich bereit gewesen, weil mein Herz nie glauben wollte, daß du tot sein könntest. Aber nun bist du es wirklich und läßt deine Solveig allein. Mein ganzes Warten ist sinnlos gewesen —"

Erschrocken verstummte sie und schaute auf. Aber die Oberin war leise hinausgegangen. Irene war auf einmal zumute, als sei sie noch zu keiner Stunde ihres Lebens so allein und verlassen gewesen. Sie neigte das Haupt und sprach leise Solveigs Worte vor sich hin:

„Mein einziger Junge, nichts hast du gesündigt.
Schlaf nun und träume, du Junge mein —"

Dann ging sie langsam hinaus. Draußen schien die Sonne über dem weißen Land. Ein paar Krähen strichen mit müdem Flügelschlag durch den Klostergarten und hockten sich wie zwei stumme Wächter auf den verschneiten Torbogen.

*

Eine seltsame Ironie des Schicksals fügte es, daß in der Schauburg, dem größten Kino der Stadt, Mia Konvellis neuester Film anlief, als man Ludwig Kapplers sterbliche Überreste im kleinen Klosterfriedhof der Erde übergab.

Irene schluchzte laut auf, als man den Sarg in die Grube senkte, und Thomas barg zitternd sein tränenüberströmtes Gesicht an ihre Hand. Er weinte bitterlich um seinen verlorenen Freund.

Hilflos und ein wenig schwerfällig standen die Klosterknechte auf der linken Seite des Grabes. Der Hausmeister trat von einem Fuß auf den andern, weil er etwas sagen sollte. Er hatte es wohl auswendig gelernt und immer wieder vor sich hingesagt, daß es feierlich und gemessen klingen möchte. Aber es war dann doch nur ein schnelles Gestammel, und es klang wirklich bei solcher Hast nicht überzeugend, wenn er sagte, daß sie mit dem Toten einen der Besten aus ihrer Gemeinschaft verloren hätten. Außerdem war es ein Verleugnen der Wahrheit, denn niemand konnte besser wissen als der Hausmeister, daß Ludwig Kappler niemals einer der Ihren gewesen war.

Auf der anderen Seite des Grabes stand eine kleine Schar weißgekleideter Nonnen. Ihr Totenlied klang feierlich getragen über den kleinen Gottesacker. Eine von den Arbeitsschwestern warf einen kleinen Strauß blasser Treibhausblumen ins offene Grab und rief mit dünner Stimme:

„Nun schlaf wohl, du getreuer Knecht Gottes.“

Auch dies war wiederum ein Vorbeireden an der

Wahrheit, denn der Tote war in seinem Leben doch wirklich einmal mehr gewesen als ein einsamer Klosterknecht. Das wußten sie hier nur nicht. Die Welt wußte es. Aber die Welt wußte nichts von dem einsamen tragischen Sterben dieses großen Schauspielers.

Die Mutter Oberin war nicht zum Begräbnis erschienen, aber es war doch ein Akt der Güte, daß sie es ihm auf diese Weise bereiten ließ, und dies bewies vielleicht, daß man ihm alles vergeben hatte, auch die Lüge, mit der er unter falschem Namen in die Gemeinschaft der dienenden Hofknechte getreten war.

Ein kalter Wind strich über die Klostermauern her und wehte die weißen Kranzschleifen empor, die an dem großen Kranz aus dunkelroten Rosen befestigt waren. Darauf stand schlicht geschrieben: „Letzter Gruß von Irene und Thomas Haydenegger."

Weil niemand von den Versammelten wußte, wie Irene zu dem Toten gestanden hatte, fiel es auch niemandem ein, ihr Beileid zu bekunden. Irene war froh darüber. Nur einer der Knechte strich dem Buben Thomas mit linkischer Hand übers Haar, weil er vielleicht ahnen mochte, daß er dem Toten recht nahegestanden hatte.

Dann leerte sich der Platz. Vom Klosterturm schlug es vier Uhr.

Das war die Stunde, in der drunten in der Stadt die Menschen in die Schauburg strömten, zu Mia Konvellis neuestem Film. Von einem großen Transparent leuchtete ihr klassisch schönes Gesicht in den Wintertag. Der Kopf war weit zurückgebogen, ihr dunkles

Haar fiel wie ein glitzerndes Geschmeide über ihre entblößten Schultern, der große, strahlende Blick war schwermütig in unbestimmte Fernen gerichtet.

Unter dieser Großaufnahme stand wie bitterer Hohn in breiten Lettern der Titel des Films:

„Ich kann ohne Dich nicht leben —"

*

Monate gingen ins Land. Um Irene Haydenegger breitete sich letzte Einsamkeit, obwohl sich in ihrem Leben nichts änderte. Sie blieb nach wie vor die unerreichte Darstellerin der großen klassischen Frauengestalten. Abend für Abend neigten sich Hunderte vor ihrem Genius. Und niemand, nicht einmal Herr von Halwig ahnte, wie schwer das Leid bei ihr zu Gast gewesen in diesen schon vergessenen Winternächten.

Nun war der Frühling hell und sieghaft im Lande. Die Bäume blühten auf dem Römerberg. Die Sonne warf ihr Licht in breiten Strömen über alle Dinge hin und drang um die dritte Mittagsstunde durch das Schattengespinst der Trauerweiden bis zu dem Grab im stillen Klosterfriedhof hin, wo auf weißem Marmorstein unter einem goldenen Kreuz nur schlicht der Name stand:

„Ludwig Kappler"

Mehr anzudeuten hielt Irene Haydenegger nicht für notwendig. Ihr war dieser Name einmal alles gewesen. Mit ihm verbanden sich die Erinnerungen an ihre schönsten Zeiten. Ludwig Kappler war vom geraden Weg abgekommen und in einen Irrgarten geraten.

Durch wessen Schuld? Wer konnte es sagen? Wahrscheinlich war sein Leben so vorgezeichnet gewesen von Anfang an. Darum hatte er alles vergessen müssen, auch die Wahrheit um das große Lieben, das ihm trotz allem bewahrt geblieben war.

In diesem Sinne erzählte Irene Haydenegger auch ihrem kleinen Sohn die Wahrheit, weil er sich bei einigem Nachdenken doch seine Gedanken darum gemacht hätte, wieso die Mutter um diesen Mann getrauert hatte, der im letzten Kehrreim seines Daseins Klosterknecht geworden war. Sie stellte Bild um Bild voll makelloser Schönheit vor den Knaben hin und sagte ihm in einer Stunde zwischen Abendrot und Aufleuchten der Sterne, daß dieser Mann sein Vater gewesen sei. Sie stellte alle seine Vorzüge in ein helles Licht und nahm von seiner Schuld jeden Rest wirklichen Schuldigseins, indem sie es Irrtum nannte, dem alle Menschen zu irgendeiner Zeit einmal verfallen können.

Sie saßen im Garten an einem warmen Sommerabend. Hell blühten die Sternblumen über den Hügelwiesen. Das Gesicht der Mutter zugewandt, hockte Thomas vor ihr, als wolle er ihr jedes Wort vom Munde trinken. Sein Herz war weit geöffnet, und er wurde nie müde, von seinem Vater zu hören. Einmal sagte Irene — und bekannte damit ganz unbewußt, was ihr Ludwig Kappler bedeutet hatte:

„So etwas Helles und Schönes soll jeder Mensch in seinem Leben haben, auch wenn es noch so dunkel um ihn wird.“

*　　*

*